KB234214

미로의 저쪽

1

김성종

장편추리소설

미로의 저쪽

1

김성종

장편추리소설

도서출판 남도

미로의 저쪽 1

-차 례-

악몽의 밤

겨울밤이 깊어가고 있었다.

그녀는 캄캄한 어둠 속에서 삭풍이 휩쓸고 간 뒤끝에 남아 있는 긴 여운을 어렴풋이 들었다. 그와 함께 개 짖는 소리도 들려왔다. 바람에 창문이 흔들흔들했다.

그녀는 식은땀에 젖어 있는 몸을 남편 쪽으로 돌렸다. 남편의 넓은 품속을 파고들면서 비로소 남편과 자신이 벌거벗은 알몸으로 잠이 들었다는 것을 깨닫는다.

성의 유희가 끝나면 그들은 언제나 알몸인 채로 잠이 든다. 너무 격렬하기 때문에 그것이 끝나면 나른한 나머지 잠옷 따위를 찾아 입기가 귀찮은 것이다.

그렇게 버릇이 든 지 6개월, 신혼의 단꿈이 무르익을 대로 무르익어 그녀는 오히려 그 행복이 깨어질까봐 두렵기조차 했다. 너무 행복하기 때문에 이따금씩 들려오는 소리처럼 두려움이 가슴을 스치고 지나가는 것이다.

알몸으로 잠드는 밤이 그녀에게는 제일 행복한 밤이다. 성의 유희가 안겨주는 나른함에 폭 젖어 고이 잠들 수가 있기 때문이다. 그런 점에서는 남편도 마찬가지인 것이다.

그런데 오늘밤은 다르다. 깊이 잠들지 못한 그녀가 무서운 악몽에 눈을 뜬 것이다. 그것은 이런 꿈이었다.

그녀는 회사에 나간 남편이 돌아오기를 이제나 저제나 하고 기다리고 있었다. 벽시계가 열두 점을 쳤을 때 밖에서 남편의 부르는 소리가 들려왔다. 그것은 몹시 애처롭고 멀리서 들려오는 듯한 소리였다.

그녀는 문을 열고 밖으로 나갔다. 밖에는 눈이 하얗게 쌓여 있었다.

하얀 눈 위에 흰 옷을 입은 사람이 우두커니 서 있었다. 남편이었다. 들어오지 않고 거기서 무얼 하고 있느냐고 묻자, 그는 자기는 집에 들어갈 수 없게 됐다고 하면서 마지막으로 당신 얼굴을 보러 왔다고 하는 것이었다.

그녀가 달려가 남편을 잡으려고 하자 그는 뒷걸음질치면서 자기 얼굴을 똑똑히 보라고 했다. 시키는 대로 가까이 다가서서 남편의 얼굴을 들여다본 그녀는 까무러칠 듯 놀랐다.

그도 그럴 것이 그의 얼굴에는 눈도 코도 입도 없었던 것이다. 그녀가 정신을 차리고 다시 보았을 때는 남편은 이미 사라지고 있었다. 그녀는 남편을 부르며 뒤쫓아 갔지만 그를 따라잡을 수는 없었다. 마침내 그의 모습이 어둠 저쪽으로 사라졌을 때 거기에는 남편의 슬피 우는 울음 소리만이 남아 있었다.

생각할수록 이상한 꿈이었다. 그러나 남편은 지금 그녀 곁에 누워 코까지 골며 곤히 잠들어 있었다. 그녀는 남편의 존재를 확인하려는 듯 더욱 그의 품속으로 파고들며 손을 뻗어 그의 얼굴을 만져 보았다.

눈도 코도 입도 다 있다. 손이 밑으로 내려가다가 하복부 위에서 잠시 머물렀다.

이윽고 그녀의 섬세한 손은 남편의 가장 귀중한 부분을 어루만지기 시작했다. 말랑말랑하던 그것은 그녀의 섬세한 손놀림에 서서히 일어서면서 단단히 굳어져 갔다.

그녀는 손 안에 그것을 가득 쥐면서 비로소 안도의 한숨을 내쉬었다. 그녀에게 있어서 그것은 믿음이자 사랑이었으며 또한 희망이기도 했다. 우리 남편은 이렇게 든든하게 솟구치고 있지 않은가. 악몽 따위에 식은땀을 흘리다니, 나도 참!

얼마 후 그녀는 남편의 그것을 움켜쥔 채 다시 잠이 들었다. 아주 편안한 마음으로 아기처럼 잠들었다.

그녀가 눈을 뜬 것은 강렬한 불빛 때문이었다.

처음 그녀는 너무 눈이 부셔 눈을 뜰 수가 없었다. 그리고 이게 웬 불빛일까 하고 생각했다.

두 개의 플래시 불빛이 하나는 그녀의 남편을, 다른 하나는 그녀를 비추고 있었다. 그런데도 그녀의 남편은 곤한 잠에 떨어져 있었다.

이것은 꿈이 아니다 라고 생각했을 때 이불이 휙 젖혀졌다.

"누구예요?"

그녀는 놀라 소리치며 상체를 일으키려고 했다. 그러자 발이 튀어나와 우악스럽게 그녀의 어깨를 짓밟았다.

"쉿! 조용히! 그대로 있어."

남자의 쉰 목소리가 흡사 바윗덩어리처럼 그녀를 짓눌렀다. 위압적인 그 목소리에 그녀는 정신이 혼미했다.

강렬한 불빛이 만들어낸 두터운 장벽에 가려 어둠 속에 서 있는 사람들의 모습은 보이지 않았다.

하나…… 둘…… 셋…….

그녀는 거기까지 헤아릴 수 있었다. 이건 꿈이 아니야. 짓밟히고 있는 어깨에 고통이 느껴졌다. 어깨를 짓누르고 있는 것은 맨발도 양말 신은 발도 아니었다. 투박스런 농구화 발이었다. 이건 꿈이 아니야. 그녀는 다시 자신에게 확인시켰다.

그러고 나자 비로소 '강도'라는 말이 살아 있는 벌레처럼 꿈틀거리며 등을 기어오르기 시작했다.

그 벌레는 지금까지 선택된 인간에게만 달라붙는 줄 알았었는데, 그래서 남의 일처럼 여겨왔던 것인데, 그 놈이 마침내 자신에게도 마수를 뻗어온 것이다. 그녀는 식은땀을 흘리며 바르르 떨었다.

소리쳐야 한다고 생각했지만 입이 납덩이처럼 무거워 떨어지지가 않았다.

"일어나!"

한 명이 남편의 엉덩이를 걸어찼다. 남편은 몸을 뒤틀면서 깨어날 듯하다가 심호흡을 하면서 움직임을 멈추었다.

"이 새끼, 일어나라니까!"

다른 한 명이 이번에는 얼굴을 사정없이 걸어찼다. '퍽!' 하는 소리가 났다.

그녀의 남편은 눈을 번쩍 떴다. 그리고 눈을 몇 번 끔벅거리다가 후다닥 일어나 앉았다. 멍한 표정이 조금은 우스꽝스러워 보이기까지 했다. 코밑을 적시고 있는 피가 마치 코밑수염처럼 보였기 때문에 그런 인상을 풍겼는지도 모른다.

그러나 멍한 표정은 잠깐 동안에 불과했다. 그는 재빨리 사태를 간파했고 이내 도전적인 표정을 지었다.

"누, 누구요?"

"보면 몰라!"

그가 다음 말을 꺼내기도 전에 가슴으로 발길이 날아왔다. 그는 가슴을 싸쥐면서 뒤로 나가떨어졌다.

"안 돼요!"

그녀는 어깨를 짓누르고 있는 발을 밀어내면서 소리질렀다. 그러자 칼날이 빛을 뿜으며 다가왔다.

"조용히 하라니까!"

쉰 목소리는 서두르는 기색이 없이 침착했다. 그러면서도 단호하고 위압적이었다.

"조용히 하는 거야. 알았지?"

찰칵 하고 스위치를 올리는 소리와 함께 방안에 불이 환하게 들어왔다.

그녀는 반사적으로 몸을 움츠렸다.

"볼 만하군."

쉰 목소리가 말했다.

일행은 모두 네 명이었다.

모두가 눈만 나오는 검은 털모자를 머리에 뒤집어쓰고 있었다. 옷차림도, 신고 있는 농구화도 검은색 일색이었다. 손에 끼고 있는 가죽장갑도 검은색이었다. 하나같이 긴 잭나이프를 들고 있었다.

"단잠을 자는데 깨워서 미안해. 반항하지 않겠다면 일어나 앉아도 좋아."

쉰 목소리가 말했다. 말투나 태도로 보아 리더인 듯했다.

젊은 부부는 일어나 앉았다.

여자가 사시나무 떨듯 떨어대고 있는 데 반해 남자는 의외로 침착했다.

그는 충혈된 눈으로 검은 사나이를 하나하나 뚫어지게 쏘아보고 있었다. 골격이 굵고 건장한데다 운동으로 단련된 근육질의 몸이 사나이다워 보였다.

얼굴은 강인하고 투지에 불타는 인상이었다. 짙은 눈썹 밑에서 두 눈이 표범처럼 빛나고 있었다.

"손을 묶어."

쉰 목소리가 턱으로 벌거벗은 남자를 가리켰다.

"여자도 묶을까요?"

검은 사나이 중 한 명이 준비해 온 끈을 늘어뜨리면서 물었다. 그러자 여자의 남편이 냉큼 받아 말했다.

"요구대로 다 들어줄 테니 내 아내한테는 손대지 마시오. 내 아내는 임신 중이오. 놀라게 하지 마시오."

리더는 젊은 부부를 번갈아 보고 나서 고개를 끄덕였다.

"여자는 묶지 않아도 좋아."

말이 끝나기가 무섭게 끈을 들고 있던 사나이가 벌거벗은 남자 뒤로 돌아갔다.

사나이는 작업을 신속 정확하게 하기 위해 가죽 장갑을 벗었다. 그리고 남자의 팔을 뒤로 꺾은 다음 노란색 나일론 끈으로 손목을 단단히 묶었다. 여자의 남편은 고통스러운 듯 얼굴을 찡그렸다.

여자의 눈은 남편의 얼굴에 못박혀 있었다. 그러던 것이 작업이 끝나갈 때쯤엔 검은 사나이의 손놀림을 주시하고 있었다.

사나이가 일을 끝내고 먼저 오른손을 장갑 속에 집어넣었다. 다음에 왼손을 쳐들었다. 새끼손가락 하나가 보이지 않았다. 불과 수 초 사이였지만 그녀는 그 사나이의 왼손 새끼손가락이 없음을 분명히 알아볼 수 있었다.

"요구하는 게 뭐요?"

남자가 턱을 치켜들고 물었다.

"돈!"

"돈이라면 저기 있으니 가져가시오."

남자는 장롱을 가리켜 보였다.

"당신이 가서 가져와."

쉰 목소리는 손가락으로 여자를 지적했다. 여자는 그제야 정신을 차리고 벗어 놓은 옷가지를 집어 들었다.

"안 돼! 옷을 입어서는 안 돼! 입지 마! 그대로가 좋아. 자, 빨리 가져와!"

그녀는 남편을 한 번 쳐다보고 나서 엉거주춤 일어섰다. 그리고 다시 남편을 바라보았다. 그는 고개를 끄덕여 아내를 안심시켰다.

"겁내지 말고 시키는 대로 해."

"안 돼요, 그건……."

아내는 금방이라도 울음을 터트릴 것만 같았다.

"그게 문제가 아니야. 빨리 주라니까."

남편은 안타까운 표정이었다.

그녀는 망설이다가 장롱 쪽으로 다가갔다.

검은 사나이들은 그녀의 움직임을 감상하고 있는 눈치였다.

그녀의 피부는 눈부실 정도로 희고 깨끗했다. 아직 임신 초기인지 눈에 띄게 배가 부르지는 않았다. 미끈하게 뻗었으면서도 육체의 모든 부분이 고르게 잘 발달되어 있어 풍만한 느낌을 주고 있었다.

그녀는 장롱 문을 열고 안에서 빨간 함을 꺼냈다. 뚜껑을 열고 돈다발을 집어냈다.

"그것뿐인가?"

“그것뿐이오.”

남편이 대답했다.

검은 사나이 한 명이 그녀의 손에서 돈다발을 채갔다.

“모두 얼마야?”

“2백만 원입니다.”

“있는 대로 다 내놔.”

“없습니다. 그게 전붑니다.”

남편은 강한 어조로 말했다.

“사장이 뭐 이래? 돈이 없으면 다른 것이라도 내놔.”

“없습니다.”

“말을 듣지 않는군. 샅샅이 뒤져!”

한 명이 부부를 감시하고 나머지 세 명이 집안을 뒤지기 시작했다.

얼마 후 문갑 속에서 패물이 나왔다. 결혼 패물이었다. 그것을 바라보는 여자의 검은 눈에는 물기가 번지기 시작했다.

집은 검은 벽돌로 지은 2층 양옥이었다. 지은 지 얼마 안 된 그 집은 두 식구가 살기에는 너무 컸다. 대지도 넓어 2백여 평이나 되었다.

검은 사나이들은 방방을 뒤져 돈이 될 만한 것들을 모두 챙겼다. 더 이상 챙길 것이 없자 그제야 그들은 안방에 집합했다.

“이 집을 훔쳐갔으면 좋겠는데 말이야, 이거 싯가로 얼마나 되지?”

“모르겠소. 훔칠 수 있으면 훔치시오.”

남편은 분노에 차서 말했다.

"꽤 뻣뻣하게 나오는군."

"일이 끝났으면 돌아가시오."

"아직 시간은 많아. 날이 새려면 아직 멀었어. 겨울밤이 긴 줄 모르나?"

"그만 했으면 됐지 뭐가 또 필요하다는 거요?"

남편은 점점 드세게 나오고 있었다.

"꼭 필요한 게 있지. 우리한테는 여자가 필요해."

"뭐라고?"

남편은 벌떡 몸을 일으켰다. 그와 동시에 여기저기서 주먹과 발길이 날아왔다.

"안 되겠어, 이 새끼. 무릎을 꿇어!"

그는 손이 뒤로 묶여 꼼짝할 수가 없었다. 목에 겨누어진 칼날에 눌려 그는 하는 수 없이 무릎을 꿇었다.

"조용히 있는 거야. 알았어?"

그들은 재빨리 그의 입에 테이프를 붙였다.

세 명이 그를 방에서 끌어내 다른 방으로 데리고 갔다. 거기서 그들은 일을 치르는 동안 남편을 감시했다.

안방에는 이제 여자와 남자 두 사람만 남아 있었다.

그녀는 이불로 몸을 감싸면서 상대방 사나이를 노려보았다. 그는 리더로 보이는 쉰 목소리의 사나이였다. 그가 첫 번째 주자로 그녀의 몸을 탐할 작정인 모양이었다.

그녀는 구석 쪽으로 자리를 옮겨 몸을 웅크렸다.

검은 사나이는 물들인 군용 파커를 벗었다.

"이리 와."

그가 조용히 말했다.

그러나 여자는 이불로 몸을 감싸면서 더욱 웅크릴 뿐이었다. 그녀는 독실한 기독교 신자였다. 그래서 마음속으로 재빨리 기도하면서 하느님이 반드시 자신을 구해 줄 것이라고 생각했다.

"이리 오라니까!"

사나이는 거칠게 쏘아붙였다.

그래도 여자가 움직일 기미를 보이지 않자 그는 그녀 쪽으로 다가가 이불을 홱 걷어치웠다. 그리고 그녀의 팔을 움켜잡더니 방 가운데로 힘껏 잡아끌었다.

"안 돼요! 살려 주세요!"

그녀는 방 가운데로 나뒹굴면서 소리쳤다.

"아, 안 돼요! 사람 살려요!"

여자는 발버둥치면서 남자를 필사적으로 밀어냈다.

"조용히 하라니까!"

사나이는 주먹으로 그녀의 턱을 힘껏 후려쳤다. 일격에 그녀는 사지를 쭉 뻗으면서 기절해 버렸다.

잠시 후 첫 번째로 여자를 맡았던 사나이가 방으로 들어오고 두 번째 사나이가 대신 방을 나갔다. 그것을 보고 남편은 몸을 부르르 떨었다. 그러나 그뿐 그는 속수무책으로 보고만 있을 수밖에 없었다.

임신한 아내가 지금 놈들에게 당하고 있다는 것은 보지 않아도 알 수가 있었다.

그는 칼로 가슴을 도려내는 것만 같았다. 이러고 있어서는 안 된다. 아내를 당하게 해서는 안 된다. 목숨을 바쳐서라도 아내를 구해야 한다. 아내는 지금 임신 중이 아닌가?

그러나 마음과는 달리 그는 자신을 선뜻 행동에 옮길 수가 없었다. 뭘 꾸물거리고 있는 거지? 자, 일어나라. 두 손은 묶였지만 다리는 아직 자유스럽다. 머리로 한 놈을 들이받고 나머지 놈들은 발로 상대하는 거다. 결국은 내가 쓰러지겠지만 해볼 때까지 해보는 거다.

그 사이에 아내는 빠져나갈 수 있으리라. 자, 일어서라. 일어서서 제일 가까이에 서 있는 저 놈의 가슴팍을 머리로 힘껏 들이받아라!

그러나 그는 끝내 일어서지 않았다. 별로 어렵지 않게 야욕을 채운 그들은 매우 만족스러워하는 모습들이었다.

"아내를 겁탈당한 기분이 어때?"

쉰 목소리가 가까이 다가와 그의 입에서 테이프를 떼어내며 놀렸다.

"언젠가는 복수를 하고 말 테다. 네놈들을 찾아내서 모두 죽이고 말 거야!"

남편은 이를 갈며 말했다.

"후후……. 웃기는군. 매우 웃기는군. 아직 정신을 덜 차린 모양이지."

"내 아내를 어떻게 했지?"

"죽지는 않았어. 잠시 기절했을 뿐이야."

"너희들은 잘못 들어왔어. 사람을 잘못 건드렸어."

"잘못 건드렸다구? 그래도 사내 값을 하겠다고 뻣뻣하게 나오는군."

그때 그는 뒤로 묶여 있던 두 손이 느슨해지는 것을 느꼈다. 그는 힘을 주어 한쪽 손을 가까스로 빼내는 데 성공했다. 다른 손은 쉽게 빠졌다.

이제 두 손은 자유로운 상태에 놓여 있었다. 그들은 아직 아무것도 눈치 채지 못하고 있는 듯했다.

다시 농구화 발이 올라와 그의 얼굴에 닿는 순간 그는 그 발을 움켜잡으면서 이마로 상대방의 얼굴을 힘껏 받았다. 예기치 않은 습격에 상대방은 보기 좋게 뒤로 벌렁 나가떨어졌다. 그것을 본 세 명의 사나이들은 일제히 칼을 뽑아들었다.

무기가 없는 그는 되는 대로 아무거나 집어 들었다. 지푸라기라도 있으면 붙잡고 싶은 심정이었기 때문에 손에 닿는 것을 집어 든다는 것이 베개를 집어 들었다. 칼을 겨누며 가까이 다가오는 놈을 향해 그것을 집어던졌다. 그리고 재빨리 쓰러져 있는 놈에게 달려들어 칼을 뺏으려고 했다. 칼을 들고 있는 손목을 움켜잡고 다른 한 손으로는 머리를 끌어안았다.

그때 어깨에 예리한 아픔이 왔다.

그는 얼굴을 찌푸리면서 몸을 일으켰다.

그 바람에 손을 쥐고 있던 가면이 머리에서 빠져나왔다. 가면이 벗겨진 사나이는 당황했다. 그는 대머리였다. 집주인은 눈을 크게 뜨고 대머리를 바라보았다. 그때 제 2격이 얼굴을 향해 날아왔다. 그가 재빨리 뒤로 얼굴을 젖히는 바람에 칼끝은 뺨을 스치고 지나갔다. 스친 자국에서 금방 피가 솟았다.

"살려 두면 안 돼! 죽여!"

대머리가 몸을 일으키며 소리치자 검은 사나이들은 칼을 휘두르며 그에게 달려들었다.

그는 칼을 손으로 막으면서 소리질렀다. 그것은 이웃집에 도움을 청하는 절박한 외침이었지만, 도움이 되기는커녕 사나이들을 더욱 날뛰게 만드는 것밖에 되지 않았다.

아무리 근육질이 강철 같은 남자라고 하지만 맨손으로 날카로운 칼끝을 막아낸다는 것은 무리였다. 그는 사나이들이 칼을 휘두를 때마다 무력하게 몸부림만 쳐댈 뿐이었다.

칼끝이 얼굴에 사선을 긋는 순간 그는

"으악!"

하고 비명을 지르면서 두 손으로 얼굴을 감싸 쥐었다.

그 틈을 이용해 이번에는 날카로운 칼끝이 등판을 뚫고 들어와 심장을 건드렸다.

그는 무릎을 꺾으면서 마지막 힘을 짜내 얼굴을 번쩍 쳐들었다. 그리고 허공을 무섭게 노려보면서,

"월아!"

하고 외쳤다.

그 외침이 너무 컸던지 아니면 삭풍 때문인지 창문이 유난히도 덜컹거렸다.

그것이 그의 입에서 흘러나온 마지막 말이었다. 이윽고 그의 몸은 마치 거목처럼 앞으로 털썩 쓰러졌다. 얼굴이 방바닥에 부딪치는 소리가 둔탁하게 방안을 울렸다.

그녀는 남편이 부르는 소리를 어렴풋이 들었다. 그래서 일어나 남편에게 가야 한다고 생각했지만 몸을 움직일 수가 없었다. 그녀는 가물가물 흔들리는 의식을 붙들고 남편의 목소리에 귀를 기울였다. 그러나 남편의 외치는 소리는 한 번으로 그치고 더 이상 들려오지 않았다. 남편의 그 외마디 외침은 마치 악몽 속에서 들었던 울음처럼 긴 여운을 남기고 있었다.

"벌써 다섯 시야! 서둘러!"

검은 사나이들은 명령에 따라 급히 떠날 채비들을 했다.

"증거를 남기면 안 돼! 조그만 거라도 모두 챙겨!"

그들은 피로 얼룩진 방안을 둘러보았다. 난장판이 되어 있는 방안에서 무엇을 찾아낸다는 것은 어려운 일이었다.

더구나 그들은 다급해져 있었다.

"빠트린 거 없나 살펴봐!"

"없습니다!"

대머리는 시체를 턱으로 가리켰다.

"칼을 뽑아야 할 거 아니야! 바보 같으니!"

한 명이 남편의 시체 위에 허리를 굽히고 등에 박혀 있는 칼을 뽑아냈다.

방안은 숨 막힐 정도로 피비린내로 가득 차 있었다.

"숨이 완전히 끊어졌는지 살펴봐. 살아나면 큰일이다."

두 명이 양쪽에서 맥을 짚어보았다.

“끊어졌습니다!”

“됐어. 자, 출발!”

“여자는 어떻게 하지요?”

“내버려 둬. 내 얼굴을 보지는 못했으니까. 죽일 필요 없어. 빨리 나가!”

세 명이 먼저 밖으로 빠져나갔다. 대머리는 마지막으로 뒤따라 나가려다가 한 곳에 시선이 머물렀다. 멈칫하면서 그것을 바라보았다.

그의 시선이 머문 곳은 죽은 남자의 왼손이었다. 그는 오른손을 보았다. 오른손은 펴져 있었다. 그런데 왼손은 주먹을 쥐고 있었다, 그것도 아주 단단히—. 그것은 마치 주먹 안에 무슨 귀중한 것을 움켜쥐고 있는 것 같은 느낌을 던져오고 있었다. 불길한 예감에 대머리는 몸을 돌려 시체 쪽으로 다가갔다.

그는 먼저 한 손을 뻗어 그 주먹을 풀려고 했다. 그러나 주먹은 돌처럼 단단히 뭉쳐져 있어서 쉽게 풀리지가 않았다. 그는 두 손으로 그것을 움켜쥐고 양쪽으로 힘껏 벌려보았다.

그러나 역시 마찬가지였다. 주먹은 끄떡도 하지 않았다. 그는 이를 악물고 혼신의 힘을 다해 거기에 매달렸다. 그래도 풀리지 않자 발로 그것을 짓밟아댔다. 주먹 안에 무엇이 있을지도 모른다는 생각은 이제 확신으로 변해 있었다.

시간이 너무 걸린 것 같았다. 하는 수 없이 그는 끝내 주먹을 풀지 못한 채 일어섰다. 아무래도 마음이 켕기는지 몇 번이나 뒤를 돌아다보았다.

그는 옆방을 지나다가 잠시 안을 들여다보았다. 여자는 죽은 듯이 누워 있었다. 아직도 깨어나지 못한 것 같았다.

밖에는 먼저 나간 사나이들이 그를 기다리고 있었다. 모두가 복면을 벗고 있었다.

"왜 이렇게 늦었습니까?"

누군가가 물었지만 그는 아무 말도 하지 않고 골목에 세워둔 승용차에 올랐다. 잠시 후 차는 조용히 골목을 빠져나가 차도 쪽으로 움직였다.

눈이 덮인 새벽 거리는 차량의 통행이 거의 없어 아주 조용했다. 어둠은 아직 걷히지 않고 있었다. 차 속의 사나이들은 약속이나 한 듯 입을 꾹 다물고 있었다.

10분쯤 지나 먼저 한 사나이가 차에서 내렸다. 다시 10분쯤 지나 차는 또 한 사나이를 내려주고 출발했다.

세 번째 사나이는 도심의 광장 부근에서 내렸다.

차 속에 혼자 남은 대머리는 잠시 광장을 바라보다가 교통 법규를 무시한 채 광장을 가로질러 차를 몰았다.

광장을 벗어나 오른쪽으로 커브를 돌고 나서 그는 차를 세웠다. 엔진을 걸어둔 채 차에서 내린 그는 차도 옆에 서 있는 공중전화 부스로 들어갔다.

전화통이 놓여 있는 선반 위에는 구토물이 얼어붙어 있었다. 그는 거기에다 침을 뱉고 나서 오른손의 가죽장갑을 벗었다. 그리고 다이얼을 돌렸다.

기다렸다는 듯 즉시 신호가 떨어졌다.

"짜라투스트라는 이렇게 말했다."

대머리는 쉰 목소리를 냈다.

"율리시즈……."

재빠른 목소리로 대답했다.

"끝냈습니다."

"실수는 없겠지?"

"그 자를 죽여 버렸습니다."

"뭐라고? 죽이지 말라고 했잖아?"

"그 자가 제 얼굴을 봤습니다. 그래서 하는 수 없이……."

"바보 같이……."

잠시 침묵이 흘렀다.

"시끄러워지겠군."

"뒤탈 없이 해놨습니다. 강도 살인으로 알 겁니다."

"자신할 수 없어. 강도와 강도 살인은 달라. 살인 사건에 대해
서는 경찰이 집요하게 달라붙는단 말이야. 그리고 여자는 어떻게
했지?"

"좀 건드렸습니다."

"혼자서?"

"아닙니다. 넷이 모두……."

"그리고?"

"기절했기에 내버려 두고 왔습니다."

"여자는 얼굴을 보지 못했나?"

“네, 여자는 제 얼굴을 보지 못했습니다.”

“이왕 그렇게 된 김에 그 여자까지 깨끗이 해치워 버릴걸 그랬어⋯⋯.”

“글쎄요.”

“현장을 지켜본 유일한 목격자란 말이야.”

“그 여자는 우리를 모릅니다. 모두 복면을 했기 때문에⋯⋯.”

“하지만 목소리까지 바꾼 건 아니잖아. 발자국도 있을 테고⋯⋯ 그밖에 많을 테지.”

대머리는 마른침을 꿀꺽 삼켰다.

“그럼, 그 여자를 해치우죠.”

“어리석은 소리하지 마. 지금쯤 경찰이 쫙 깔렸을 텐데 그 속에 뛰어들겠다는 거야! 바보 같으니!”

“그럼, 어떡하죠?”

“좀 기다렸다가 경찰 수사가 느슨해질 때쯤 해치워.”

“그때 가서 해치워 봐야 무슨 소용이 있습니까? 경찰에 모든 걸 불었을 텐데요.”

“이거 봐, 왜 그렇게 멍청하지? 그 여자는 유일한 목격자야. 아무리 경찰에 말했다고 하지만 사실을 정확히 설명할 수는 없는 거야. 정확한 것은 그 여자의 머리 속에 있어. 일테면 목소리 같은 것을 어떻게 정확하게 설명할 수 있겠어? 그리고 그 여자가 받은 인상 같은 것도 말이야. 그 여자는 말로 표현해 내지 못한 것들을 가슴속에 품은 채 너희들을 찾아 나설지도 몰라. 직접 말이야.”

“알겠습니다. 기회를 봐서 처치하겠습니다.”

"당분간은 조용히 있는 거야. 그러고 나서……."

"알겠습니다."

대머리는 수화기를 내려놓은 다음 구토물 위에 다시 침을 뱉었다.

오 월(吳月)은 벽에 몸을 의지하면서 옆방으로 걸어갔다.

이윽고 방에 들어선 그녀는 외마디 신음 소리를 내면서 무너져 내렸다. 그녀는 입을 크게 벌리고 두 눈을 부릅뜬 채 허덕거리다가 도로 기절해 버렸다.

그녀가 다시 깨어난 것은 전화벨 소리를 듣고서였다. 그녀는 비틀비틀 일어나 창문의 커튼을 젖혔다. 창문을 통해 눈부신 햇빛이 들어왔다.

그녀는 눈을 가늘게 뜨고 창밖을 내다보았다. 시야는 온통 하얀 빛이었다. 간밤에 갑자기 눈이 많이 내린 모양이라고 그녀는 생각했다.

그녀의 집은 야산을 배경으로 가장 높은 지대에 외롭게 우뚝 서 있었다. 그녀의 남편이 결혼 전에 전망이 좋다고 그곳에다 집을 지은 것이었다. 밀집된 주택지대는 거기서 50미터쯤 떨어진 아래쪽에 있었다.

전화벨 소리가 그쳤다. 받지를 않자 포기한 것 같았다. 그러나 조금 있다가 다시 울리기 시작했다.

그녀는 몸을 돌려 전화기를 바라보았다. 난장판이 되어 있는 방안에서 전화기가 제대로 놓여 있는 것이 신기해 보였다. 제자리에 놓여 있는 것은 그것 하나뿐이었다.

그녀는 그쪽으로 슬금슬금 다가가 두려운 듯 가만히 손을 뻗어 수화기를 집어 들었다.

"여보세요!"

굵은 남자 목소리가 귀를 때렸다. 그녀는 깜짝 놀라 하마터면 수화기를 떨어트릴 뻔했다.

"여보세요……."

"……."

"거기 유동림(柳東林) 씨 댁 아닙니까?"

"……."

"여보세요, 들리지 않습니까?"

"……."

"무슨 전화가 이래. 귀가 먹었나. 여보세요! 여보세요!"

"……."

"에이, 빌어먹을!"

전화가 철컥 하고 끊겼다. 남편을 찾는 전화였다. 그녀는 수화기를 내려놓고 비로소 남편의 시체를 바라보았다.

그녀는 이해할 수 없다는 듯 고개를 갸우뚱했다. 그녀는 벌거벗은 몸으로 난자당해 숨져 있는 남편을 낯설다는 듯이 바라보았다. 마치 아이가 낯선 사람을 쳐다보듯이.

그녀는 비로소 자신도 벌거벗고 있다는 것을 깨달았다. 그러나 그녀는 부끄럽지도 않았고, 그래서 옷을 입으려고 하지도 않았다.

그녀는 방구석으로 가서 쭈그리고 앉았다. 그리고 시체를 바라보기 시작했다.

난방 장치가 잘 돼 있고 거기다 햇빛까지 들고 있어서 방안은 따뜻하다 못해 덥기까지 했다.

그녀는 미동도 하지 않고 그 자리에 쭈그리고 있었다. 언제까지고 그렇게 앉아서 시체를 바라보고 있었다. 피투성이 시체를 무슨 물건 보듯 바라보고 있었다.

몇 번 전화가 울리고 대문 쪽에서 차임벨 소리도 들려왔지만 그녀는 움직이려고 하지 않았다.

아마 그렇게 앉아 있은 지 두 시간은 흘렀으리라.

그녀는 갑자기 시체 쪽으로 기어가 남편의 주먹을 움켜쥔 왼손을 들여다보았다. 그녀의 큰 눈이 어린애처럼 호기심으로 반짝거렸다.

그때쯤 시체의 경직 상태는 풀려 있었다.

그녀가 두 손으로 그 주먹을 쥐고 힘을 가하자 그것은 힘없이 벌어졌다. 그와 함께 손 안에 들어 있던 것이 그 모습을 나타냈다. 그는 무엇인가 분명히 움켜쥐고 죽었던 것이다.

그녀는 남편의 왼손 안에 들어 있는 것을 가만히 들여다보았다. 그것은 손가락 굵기의 조그만 성냥갑이었다. 어떻게나 꽉 움켜쥐었던지 그것은 반으로 접혀 구겨져 있었다.

그녀는 그것을 조심스럽게 집어 들었다. 마치 무슨 벌레라도 집어 드는 것처럼 겁에 질린 표정이 되었다.

그것을 한참 들여다보고 있다가 그녀는 그것을 바로 펴서 안에 든 것을 뽑아보았다.

성냥개비가 세 개 들어 있었다. 세 개 다 부러져 있었다. 그것을 도로 집어넣고 디자인을 유심히 살펴보았다. 앞면은 빨간색이었고 뒷면은 검정색이었다. 앞면에는 조그맣게 '생각하는 사람'의 조각상이 검게 새겨져 있었다. 그리고 상호가 적혀 있었다. 스낵바 '로댕의 집'. 전화번호도 있었다.

그때 차임벨 소리가 요란스럽게 울렸다. 그녀는 흠칫 놀라 일어섰다.

그녀는 청바지를 입고 그 위에 급히 아무거나 걸쳤다.

성냥갑을 바지 속에 깊이 찔러 넣고 창가로 다가가 밖을 내다보았다. 대문은 계단을 내려간 아래쪽에 있었기 때문에 밖에 서 있는 사람들의 모습이 잘 내려다보였다.

밖에는 가정부와 순경이 서 있었다.

가정부는 중년 여인으로 매일 시간제로 와서 일해 주고 있었다. 집이 커서 혼자 감당하기에는 너무 벅차고 더구나 임신 중이었기 때문에 시간제로 가정부를 쓰고 있었던 것이다.

아무리 차임벨을 눌러도 응답이 없자 이상하게 생각한 가정부가 파출소로 달려가 순경을 데리고 온 것인데, 그것도 모르고 여주인 오 월은 멀거니 쳐다만 보고 있었다.

차임벨 소리가 계속 집안을 울렸지만 그녀는 꼼짝 않고 창가에 그린 듯이 서서 그들을 내려다보고 있었다.

화가 난 순경이 그녀를 향해 소리를 질러댔다.

"문 열지 않고 뭐하고 있는 거요! 문 좀 열라구요, 문!"

순경은 손짓까지 해 보였다. 그러나 여주인은 그저 바라만 보고 있었다.

"저 여자, 주인 맞아요?"

순경이 부르는 것을 포기하고 가정부에게 물었다.

"네, 맞아요."

"처녀 같은데?"

"새댁이에요."

"그럼 왜 문을 열지 않지?"

"글쎄요. 참 이상하네요. 저렇게 보고 있으면서 왜 문을 열지 않지?"

그녀는 추위에 얼어붙은 두 손을 비비면서 짜증스러운 듯 말했다.

"가만있어, 이럴 게 아니라……."

젊고 성미 급한 순경은 대문을 벗어나 조금 위로 올라가더니 담을 기어오르기 시작했다.

로댕의 집

그녀는 눈을 뜨기 싫어 그대로 감고 있었다. 어머니와 의사의 말소리가 들려왔다.

"아기는 어떻게 됐나요?"

"유산입니다. 당분간 몸조리를 해야겠습니다. 정신착란 증세도 있는 것 같군요."

어머니가 다시 흐느끼기 시작했다.

"경찰입니다. 질문 좀 해도 될까요?"

굵은 남자 목소리가 들려왔다.

"지금은 안 됩니다. 안정을 해야 되니까요."

의사가 단호하게 말했다.

"그건 알고 있지만 우리가 해야 할 일도 시간을 다투는 일이라서 그럽니다."

"물어봐야 제대로 대답도 못 할 겁니다. 하여간 지금은 안 됩니다. 깨어날 때까지 기다려 보십시오."

어머니의 흐느낌이 점점 고조되고 있었다.

제발 어머니, 울지 마세요. 저도 이렇게 울고 있지 않은데 왜 우세요…… 그녀는 손을 뻗었다. 그녀의 어머니가 손을 잡아 주었다.

"세상에 이럴 수가…… 세상에 이럴 수가…… 어떤 놈들이 우리 딸을…… 어떤 놈들이 우리 사위를…….”

월은 눈을 떴다. 어머니의 투박스런 손이 그녀의 이마를 쓰다듬었다. 그녀는 어머니를 멍하니 바라보기만 했다. 그녀의 어머니는 눈물을 훔치면서,

"아가, 정신이 드니?"
하고 물었다.

그러나 그녀는 아무런 반응도 보이지 않았다.

그때 문 쪽에 서 있던 사나이 두 명이 침대 쪽으로 다가섰다.

"경찰입니다."

한 사나이가 그녀에게 조심스럽게 말했다. 코가 크고 눈썹이 짙은 남자였다. 이마가 유난히도 튀어나와 있었다. 눈은 길게 찢어져서 사나운 인상을 풍기고 있었다.

"괴로우시겠지만 몇 가지 답변을 해 주셔야겠습니다."

"……."

그녀는 형사를 보지 않고 천장을 바라보고 있었다.

“누가 부군을 해쳤는지 알고 계십니까?”

“…….”

그녀는 미동도 하지 않았다.

“누가 부군을 해쳤는지 알고 계십니까?”

형사는 되풀이해서 물었다. 그러나 그녀는 아무 대답도 하지
않았다.

말을 건 형사는 키가 컸다. 반대로 또 한 형사는 키가 작았다.
둘이 다 30대 중반쯤으로 보였다.

“애야, 아는 대로 대답 좀 하려무나.”

그녀의 어머니가 형사들을 거들어 말했다. 그러나 딸은 입을
열려고 하지 않았다.

“괴로우시겠지만 말씀을 하셔야 합니다.”

“…….”

형사는 안타까운 눈으로 그녀를 내려다보았다.

“부군은 돌아가셨습니다. 누가 살해했나요?”

“…….”

“범인은 몇 명이었나요?”

“…….”

“범인의 얼굴을 알고 계십니까?”

“…….”

“놈들은 몇 시에 들어왔나요?”

“…….”

“놈들은 왜 부군을 살해했나요?”

"……."

"놈들은 아주머니한테도 손을 댔나요?"

"……."

듣고 있던 그녀의 어머니가 발끈했다.

"오죽해야 유산을 했겠소. 그 놈들을 모두 잡아서 오장육부를
찢어……."

"임신 중이었나요?"

"……."

형사는 알겠다는 듯 고개를 끄덕였다.

"알 만합니다. 그렇지만 냉정히 마음을 가라앉히시고 대답을
해 주셔야 합니다. 빠르면 빠를수록 그만큼 범인을 빨리 체포할
수 있습니다. 협조해 주십시오."

그녀는 대답 대신 눈을 감아 버렸다.

형사는 난감한 표정을 지었다. 그는 물러나지 않고 더 질문을
던져 보았지만 결과는 마찬가지였다. 그녀는 말라붙은 입술을 꼭
다물고 있을 뿐이었다.

형사들에게는 질긴 데가 있다. 지긋지긋할 정도로 질긴 데가
있다. 그렇지만 당사자들로서는 괴로울 정도의 인내심을 발휘하
고 있는 것이다.

병실로 그녀를 찾아온 형사들도 마찬가지였다. 그들은 물러
가지 않고 거기서 기다렸다.

그녀의 어머니는 딸에게 무엇이라도 먹이려고 몇 번이나 시
도해 보았지만, 그녀는 끝내 입을 열지 않았다. 그녀는 완전히 식

음을 전폐한 듯 죽은 듯이 누워 있었다.

문이 벌컥 열리더니 한 남자가 뛰어 들어왔다. 그녀의 오빠였다. 그는 누이를 부둥켜안더니 울음을 터트렸다.

"어떤 놈이, 어떤 놈이 이랬어? 어떤 놈이 이랬느냐고?"

흔들어대는데도 그녀는 눈을 감고 있었다.

"어떤 놈이 이랬는지 말해 봐! 당장 가서 죽여 버릴 테다! 말해 봐! 말해 보라구!"

그는 침까지 튀기며 부르짖었다.

그녀는 눈을 떴다. 그리고 가만히 오빠를 바라보다가 도로 눈을 감아 버렸다.

"어머니, 누가 이랬나요? 어떤 놈이 이랬나요?"

그는 눈물을 짓고 있는 어머니를 붙잡고 흔들었다. 어머니는 고개를 저었다.

"모른다."

"당신들은 뭐요?"

그는 충혈된 눈으로 형사들을 바라보았다.

"경찰입니다."

키 큰 형사가 말했다.

"경찰이라구? 경찰은 뭐하는 거야? 왜 범인을 빨리 잡아내지 못해? 범인을 빨리 잡아내란 말이야!"

그는 취해 있었다. 형사들과 비슷한 연배로 생김새며 차림새가 거칠어 보였다. 형사들은 그를 상대하지 않았다.

그는 실내 분위기를 한동안 시끄럽게 만들다가 간호사들에게 이끌려 밖으로 나갔다.

"아드님이십니까?"

형사가 여자에게 넌지시 물었다. 피해자의 어머니는 고개를 끄덕였다.

"아들 하나 있는 것이……."

그녀는 말끝을 흐렸다.

"아드님은 무슨 일을 하고 있습니까?"

"직업도 없어요."

문이 열리더니 이번에는 중년 여인이 뛰어 들어왔다. 그녀는 죽은 남자의 누나였다.

그녀는 침대로 다가오더니 무릎을 꿇고 엎드렸다. 그리고 목 놓아 울기 시작했다.

"아이고…… 우리 동생…… 불쌍하다…… 우리 동생…… 니가 어떻게 자수성가했는데…… 이렇게 죽다니 웬 말이냐…… 세상에 이리도 원통한 일이 어디 있다냐…… 누구는 죽고 누구는 살고…… 아이고 불쌍한 것…… 아이고 불쌍한 것…… 어려서 부모 잃고 갖은 고생 다 하다가 이제사 성공해서 먹고 살 만해지니까…… 이게 웬 날벼락이냐…… 누구는 살고 누구는 죽고……."

곁에서 듣고 있던 오 월의 어머니가 발끈해서 들고 일어나 대들었다.

"지금 무슨 말을 하는 거요? 그래, 내 딸이 살아 있어서 괴롭다는 건가? 이 애도 유산까지 하고 죽었다 살아난 거나 마찬가지여. 이렇게 됐으니까 하는 말인데……."

그녀는 말끝을 흐리며 입을 다물었다. 딸이 갑자기 눈을 떴기 때문이다.

오 월은 괴로운 듯 미간을 찡그리며 초점 없는 시선을 허공에 던지고 있었다.

그녀의 시누이는 신경질적으로 눈을 치떴다. 그리고 언제 울었느냐 싶게 표독스런 표정을 지었다.

"말하시오. 할 말 있으면 하라구요. 왜 말하다가 그쳐요? 이렇게 됐으니까 할 말 있으면 다 합시다."

딸의 어머니는 딸의 눈치를 보면서 눈물을 닦았다. 시누이가 말을 계속했다.

"말이 나왔으니 말인데……, 애가 결혼만 잘 했어도 이렇게 일찍 죽지는 않았다구요."

"뭐라고? 괘씸한……, 아무리 몰상식하기로 다 죽어가는 애 앞에서 위로는 못해 줄망정 무슨 말을 그렇게 해? 우리 애가 서방을 죽였다는 거야?"

"그 애가 내 말만 들었어도 이렇게 되지는 않았다구요. 마누라를 잘못 얻으면 다 제명에 못 살아요. 마누라한테 잡아먹힌다구요."

"그럼 우리 애가 제 서방을 잡아먹었단 말이야? 이 무식한 것 같으니!"

두 여자는 서로를 노려보았다. 그때 오 월이 손을 쳐들었다. 제발 그러지 말라는 듯. 여자들은 입을 다물었다.

오 월은 눈물을 줄줄 흘리고 있었다. 그러나 소리 내어 울지는 않았다.

그녀와 유동림의 결혼을 누구보다도 반대했던 사람은 동림의 누나였다.

유동림의 누나는 고생스럽게 자수성가한 유일한 남동생이 가난한 집안 출신의 별 볼일 없는 처녀를 아내로 맞아들이겠다는 데 대해 처음부터 기를 쓰고 반대했었다. 그녀는 동생이 모든 점에서 부족함이 없는 처녀와 결혼해 줄 것을 간절히 바랐었다. 그를 위해 적당한 처녀까지 물색해 두고 있었다. 일찍 부모를 여의고 헌신적으로 동생의 뒷바라지를 해온 그녀로서는 그것은 당연한 기대일 수밖에 없었다. 어렵게 살아온 사람일수록 부귀영화에 대한 욕구가 집요한 것처럼 그녀 역시 동생을 통해 그것을 획득하려고 애를 썼다.

그러나 그녀의 남동생은 누나의 간절한 소망을 묵살하고 보잘것없는 처녀와 결혼해 버렸던 것이다.

그러니 그녀로서는 비록 함께 살고 있지는 않지만 올케가 눈의 가시일 수밖에 없었다. 그러던 차에 동생이 신혼 6개월 만에 비명에 숨진 것이다.

그녀는 살아 있는 올케가 원망스러웠다. 그렇게 원망스러울 수가 없었다. 동생이 죽은 것은 순전히 올케 탓이라고 볼 만큼 그녀가 저주스러웠던 것이다.

사흘 뒤 장례식이 있었다.

그날따라 진눈깨비까지 내리고 있었다.

　장지는 서울서 북쪽으로 한 시간 거리에 있는 어느 공원 묘지
였다.

　오 월은 여러 사람들의 만류를 무릅쓰고 장지까지 따라갔다.
그때까지 병실에 죽은 듯이 누워 있더니 갑자기 벌떡 일어나 실
성한 사람처럼 따라 나섰던 것이다.

　모두가 눈물을 흘리며 유동림의 죽음을 슬퍼했지만 유독 그
녀만이 눈물을 흘리지 않았다. 창백한 얼굴에는 아무런 표정도
나타나 있지 않았다. 초점 없는 시선이 진눈깨비 날리는 허공을
더듬고 있을 뿐이었다.

　그러한 그녀의 태도는 사람들의 눈총을 받기에 충분했다. 누
구보다도 비탄에 젖어 몸부림쳐야 할 그녀가 눈물 한 방울 흘리
지 않고 멍하니 서 있으니 속마음을 알 바 없는 사람들의 눈에는
이상하게 보일 수밖에 없었다.

　세상에 저렇게 지독한 여자도 있을까. 그녀를 바라보는 눈초
리가 모두 그렇게 말하고 있었다.

　보다 못한 그녀의 어머니가 그녀 옆에 다가서서 소매를 끌어
당겼지만 그녀는 여전히 꾸어다 놓은 보릿자루처럼 멍하니 서 있
었다.

　급기야 그녀의 시누이가 분통을 터트렸다.

　"세상 천지에 제 서방 죽었는데 눈물 한 방울 흘리지 않는 여
자도 다 있네. 그러려면 여긴 뭐 하러 왔지. 하긴 제 서방 잡아먹
은 여편네가 눈물이 나올라구."

　그 말이 그치자 월은 시누이 쪽으로 천천히 다가섰다. 두 눈이

똑바로 시누이를 쏘아보고 있었다. 서슬이 시퍼랬기 때문에 모두가 긴장해서 그녀의 움직임을 주시하고 있었다.

이윽고 시누이 앞에 다가선 그녀는 갑자기 오른손을 쳐들어 날쌔게 상대방의 뺨을 후려쳤다. 어떻게 세게 후려쳤던지 철썩하는 소리가 주위를 울렸고, 느닷없이 따귀를 얻어맞은 중년 부인은 눈밭에 털썩 주저앉았다.

오 월은 싸늘한 눈으로 시누이를 노려보다가 휙 돌아서서 자동차가 있는 쪽으로 걸어가기 시작했다.

"아니, 저럴 수가……."

사람들은 망연자실해서 그녀의 뒷모습을 바라보기만 했다. 이어서 여기저기서 욕설이 터져 나왔다. 그 중 시누이의 악다구니가 제일 힘차고 줄기찼다. 그녀는 눈밭에 주저앉은 채 땅바닥을 주먹으로 치면서 고래고래 악을 써댔다.

"너 이년, 이리 와라아! 이년, 이리 와라아! 동림이가 살아 있다면 나한테 이러지는 못할 거다. 니가 나를 때렸어? 엉? 아이고, 원통한 거! 지 남편 잡아먹었으니 무슨 짓 못할까만……. 그렇다고 이 나를 때려? 세상 천지에 손위 시누이를 때리는 년이 어디 있어! 서방도 죽었겠다. 이제 막판이다 이 말이지? 좋다! 좋아! 너 죽고 나 죽어보자! 너 이년! 가지 말고 이리 와라! 이리 오란 말이다!"

그녀는 버선발로 월의 뒤를 쫓아갔다. 그 뒤를 사람들이 우르르 따랐다. 월은 차에 올라 시동을 걸고 있었다.

"너 이년! 그 차에서 내려어! 그게 내 동생 차지, 어찌 니 차냐?

내려어! 내리라고!”

그녀는 차문을 열고 운전석 옆자리로 뛰어들었다. 그리고 손가락 열 개를 갈퀴처럼 세워 월의 머리카락을 움켜쥐었다.

차가 앞으로 튀었다. 사람들은 당황했다. 기세로 보아 월이 미친 듯이 차를 몰아댈 것 같았다. 그녀는 머리칼을 쥐어뜯기면서도 운전대를 놓지 않고 있었다.

그때 숲 사이에서 한 남자가 나타났다. 키가 큰 남자였다. 그는 차 앞으로 성큼성큼 걸어오더니 오른손을 들어 차를 막았다. 막 질주해 오던 차는 그 앞에서 아슬아슬하게 급정거했다. 그는 얼굴빛 하나 흩뜨리지 않고 차 옆으로 돌더니 문을 열었다. 그리고 중년 부인을 끌어냈다.

강제로 차에서 끌려 내린 부인은 한 움큼이나 뜯어낸 머리칼을 땅바닥에 내던지면서 그 낯선 남자에게 대들었다.

“당신은 뭐요? 당신이 뭔데 상관이오?”

“병원에서부터 당신이 난폭하게 구는 걸 봤어요. 그만하면 됐을 텐데……. 너무 하지 않아요?”

남자는 침착하게 나무라는 투로 말했다.

“뭐야? 당신 뭐야?”

뒤따라 온 그녀의 남편이 삿대질하며 물었다. 낯선 남자는 주머니에서 증명을 꺼내 흔들어 보였다.

“경찰이오. 아주머니 말이 이 여자가 남편을 잡아먹었다면서요? 그렇다면 연행해서 조사를 해야지요. 이 여자는 내가 데리고 가겠소.”

“아니, 그런 뜻이 아니라…….”

“닥쳐요.”

형사의 위압적인 말에 그들은 입을 다물었다.

형사는 앞자리에 올라 문을 닫았다. 그리고

“갑시다.”

하고 말했다.

차는 튕기듯 앞으로 달려 나갔다. 소복 차림의 여인이 머리를 산발한 채 운전하는 모습은 기이하면서도 한편으로는 대지에 덮인 하얀 눈과 묘한 조화를 이루고 있었다.

차도는 눈이 얼어붙어 미끄러웠다. 그래서 모든 차들은 느릿느릿 굴러가고 있었다.

그러나 월은 미친 듯이 차를 몰아대고 있었다. 형사는 그것을 말리지 않았다. 안전벨트를 매더니 오히려,

“맘대로 달려 보시오.”

하고 말하는 것이었다.

산뜻한 베이지색 피아트는 길을 따라 그대로 질주했다. 목적지도 없이 그대로 달려가기만 했다.

얼마 후 차는 국도를 벗어나 아스팔트가 되어 있지 않은 길로 들어섰다. 속력을 줄이지 않은 탓으로 차가 마구 튀었다.

한참 그렇게 달리다가 차가 갑자기 오른쪽으로 기울었다. 그와 함께 속력이 뚝 떨어졌다.

“이거 안 됐군요. 펑크가 난 모양인데…….”

형사는 곁눈질로 여인을 바라보면서 말했다. 그녀는 운전대

를 놓고 숨을 몰아쉬었다.

"차를 오른쪽으로 붙이세요. 다른 차에 방해되지 않게……."

형사는 차에서 내렸다.

월은 형사가 시킨 대로 차를 길 오른편에 붙여 놓았다. 그는 트렁크를 열고 스페어타이어를 꺼냈다. 잠시 후 여자가 차에서 내렸다.

"추운데 차 안에 들어가 있어요."

그러나 여자는 밖에 서서 그가 일하는 모습을 지켜보았다.

그는 아주 능숙하게 일했다. 잭으로 차체 뒤를 들어올리고 나서 휠너트를 풀어 펑크 난 타이어를 빼내고 대신 새 타이어를 갈아 끼웠다.

맨손으로 했기 때문에 손이 몹시 더러워졌다. 그는 눈을 한 움큼 집어 그것을 두 손 안에 넣고 썩썩 비볐다. 그리고 손을 털고 나서 여자를 돌아보았다.

"타시죠. 이번에는 제가 운전하겠습니다."

월은 잠자코 뒷자리에 올라탔다.

형사는 문을 닫아주고 나서 마을 쪽으로 걸어갔다. 2백 미터쯤 떨어진 곳에 마을이 있었다.

그는 마을 가게에서 소주 한 병과 오징어 한 마리를 사들고 돌아왔다. 그의 머리와 옷은 진눈깨비로 축축이 젖어 있었다. 차 안으로 들어온 그는 시동을 걸고 히터를 틀었다. 차 안은 금방 훈훈해졌다.

"한 잔 하시겠습니까?"

그는 뒤를 돌아보며 물었다. 여인은 대답하지 않고 그를 쳐다보기만 했다. 크고 투명한 눈빛을 감당할 수가 없어 그는 시선을 피했다.

"한 잔 하시면 따뜻해질 겁니다."

그는 종이컵에 술을 반쯤 따라 여자 쪽으로 내밀었다.

여인은 가만히 그것을 바라보다가 가냘픈 손을 살며시 내밀어 그것을 받아들었다. 그리고 얼굴빛 하나 변하지 않고 그것을 쭉 들이켰다.

그는 오징어를 잘게 찢어 내밀었다. 여인은 머리를 살래살래 저었다.

"이번 겨울에는 눈이 많이 올 모양이죠."

그는 얼굴을 찌푸리며 술을 들이켰다. 여인이 취해서 입을 열었으면 하고 그는 은근히 바라고 있었다.

사건이 일어난 지 사흘이 지났는데도 여인이 입을 다물고 있는 바람에 수사는 한 걸음도 앞으로 나아가지 못하고 있었다. 오늘은 무슨 일이 있어도 그녀의 입을 열어볼 생각이었다.

여인은 권하는 대로 술을 마셨다. 안주에는 손도 대지 않고 독한 술을 연거푸 들이켰다.

창백하던 그녀의 얼굴이 금방 빨개졌다. 여인의 그 같은 얼굴이 유난히도 아름답다고 형사는 생각했다. 남편의 시신을 이제 막 묻고 나서 술을 마시는 젊은 아내 ─. 남들은 그녀를 도덕적으로 비난하겠지만 그는 그녀의 심정을 충분히 이해할 수 있을 것 같았다. 얼마나 충격이 컸으면 입이 얼어붙었을까.

술병이 비었다. 형사는 오징어 다리를 씹으면서 허공을 바라보았다. 진눈깨비의 소용돌이가 더욱 거세지고 있었다.

"부인께서 입을 다물고 있는 바람에 우리는 수사를 못하고 있습니다. 덕분에 나는 상관한테 무능한 놈이라고 욕까지 먹었지요. 오늘은 무슨 일이 있어도 부인의 말을 듣고 오라는 명령을 받았습니다."

그는 허공에 시선을 던진 채 말했다. 여인은 말이 없었다.

"도와 주십시오. 언제까지 입을 다물고 있을 수는 없지 않습니까? 초동 수사에 실패했으니 수사는 매우 어려워질 것 같습니다. 부인께서 바로 말씀을 해 주셨다면 쉽게 해결됐을지도 모르는데……."

"……."

"범인을 알고 있기 때문에 말 못 하시는 겁니까?"

그는 좀 큰소리로 물었다. 여자가 도리질하는 것이 백미러로 보였다.

"그렇다면 기탄없이 말씀해 주십시오. 부탁입니다."

그는 여자가 눈치채지 못하게 그의 주머니에서 소형 녹음기를 꺼내 무릎 위에 올려놓았다. 여자가 마침내 입을 열려 하고 있었다.

그는 작동 버튼을 눌렀다. 자동차 엔진과 히터도 껐다. 상당히 긴 시간 동안 침묵이 흘렀다.

이윽고 여인의 입에서 말이 흘러나왔다. 아주 가냘픈 목소리였다.

“몇 시쯤인지는 잘 모르겠어요. 아마…… 자정이 지난 새벽녘이었을 거예요. 불빛에 눈을 떴어요. 모두 네 명이었어요. 모두 남자였어요. 모두…… 복면을 하고 있었어요. 그리고 칼을…….”

그녀는 말끝을 흐렸다.

“어떻게 복면을 했던가요?”

“눈만 나오는 검은 털모자를 뒤집어쓰고 있었어요. 모두가 검은색이었어요. 모자도…… 옷도, 신발도 모두 검은색 일색 이었어요.”

목소리가 끊어질 듯 사뭇 떨리고 있었다.

“그 놈들…… 목적이 무엇이었나요?”

“강도였어요.”

“무엇을 강탈해 갔나요?”

“돈 2백만 원하고…… 패물을 모두 가져갔어요. 결혼 패물이 있는데 하나도 남기지 않고 모두 가져갔어요.”

“부군께서 반항을 하신 모양이죠?”

그 대목에서 그녀는 침묵했다. 그녀의 뺨 위로 걷잡을 수 없이 눈물이 흘러내리고 있었다.

형사는 그녀가 진정하기를 기다렸다가 입을 열었다.

“물건을 강탈했으면 됐지 왜 사람까지 죽였을까요? 부군께서 심하게 반항하신 모양이죠? 그렇지 않고서야 아무리 강도라고 하지만 쓸데없이 사람을 죽일 리가 없지 않습니까?”

그녀는 머리를 저었다.

“저는 잘 모르겠어요.”

"왜…… 모르신다는 겁니까? 현장에 없었어요?"

"서로 다른 방에 있었어요. 그들이 그이를 옆방으로 끌고 갔어요. 그리고 차례대로 저를……."

그녀의 말은 여기서 끊어졌다. 그러나 그녀는 감정을 누르면서 말을 이었다.

"그때…… 저는 기절해 있었어요. 그이의 비명 소리를 들은 것 같았지만 저는 깨어날 수 없었어요. 제가 깨어났을 때 그들은 보이지 않았어요."

"언제 깨어나셨나요?"

"몇 신지는 잘 모르겠어요. 일어나 보니까 햇빛이 방안에 비쳐들고 있었어요."

그녀는 꼭 쥐고 있던 오른손 주먹을 가만히 폈다. 손바닥 위에 구겨진 성냥갑이 놓여 있었다. '로댕의 집'의 성냥갑이었다. 그것이 무슨 단서가 될지도 모른다고 그녀는 생각하고 있었다. 그렇다면 그것을 형사에게 주는 것이 옳았다.

그러나 그녀는 그렇게 하지 않고 그것을 도로 손 안에 꼬옥 움켜쥐었다.

"그들의 특징 같은 것을 아시는 대로 말씀해 주십시오."

"그런 건 전혀 모르겠어요. 모두 복면을 하고 있었기 때문에……."

"복면을 하고 있었다고 하지만 그래도 무슨 특징 같은 것은 알아볼 수 있었을 텐데요?"

"모르겠어요. 한 가지 기억나는 것은 한 사람의 목소리가 매우 쉬어 있었어요. 그리고…….”

“그리고 뭡니까?”

“아, 아무것도 아니에요.”

그녀는 눈물을 훔치면서 머리를 저었다.

“한 가지라도 숨기시면 안 됩니다. 아무 거라도 좋으니까 아시는 대로 말씀해 주십시오. 별것 아닌 사소한 것이 결정적인 단서가 될 수도 있으니까요.”

“더 이상 드릴 말씀이 없어요.”

그녀는 새끼손가락이 없는 범인에 대해서 이야기할까 말까 망설였다. 남편을 결박하던 범인은 분명히 왼쪽 새끼손가락이 없었다. 그것은 중요한 단서가 될 수 있는 사실이었다. 그러나 그녀는 끝내 거기에 대해서는 입을 열지 않았다.

“평소에 부군께서 누구한테 협박을 받았거나 그런 일은 없었나요?”

“없었어요.”

“원한을 살 만한 일도 없었나요?”

“없었어요. 그이는 고생을 했기 때문에 남의 어려운 사정을 잘 들어주는 편이었어요.”

“혹시 범인들이 남편을 알고 있지 않던가요?”

“그런 것 같지는 않았어요.”

“이번 사건은 강도를 위장한 살인일지도 모릅니다. 그런 경우가 많으니까요. 수사를 혼란시키기 위해서 말입니다.”

“왜?…… 그이가 죽어야 하지요?”

감정이 북받치는지 그녀는 두 손으로 얼굴을 가렸다. 그러나 소리를 내어 울지는 않았다. 걷잡을 수 없이 눈물만 줄줄 흘리고 있었다.

"우리 경찰이 확인할 수 있었던 것은 범인들의 발자국뿐이었습니다. 그밖에는 아무것도……."

"그이는 성실한 분이었어요. 그런 분이 죽어야 한다면 이 세상에는 누가 살아야 하나요?"

그녀는 작은 목소리로 말했지만 형사의 귀에는 절규하는 것처럼 들렸다.

진눈깨비가 차창에 달라붙는 바람에 시야가 가려졌다. 차 안은 밀폐된 공간처럼 아늑한 분위기를 이루고 있었다.

그때 갑자기 그녀가 흐느끼기 시작했다. 소리 없이 눈물만 흘리던 그녀가 마침내 몸을 떨며 울기 시작한 것이다.

당황한 형사가 문을 열고 밖으로 나갔다. 그리고 머뭇거리다가 뒷문을 열고 그녀의 옆자리에 다가앉았다.

"부인, 고정하십시오."

그는 자기도 모르게 한 손을 그녀의 어깨 위에 올려놓았다. 그러자 그녀의 몸이 힘없이 그쪽으로 무너져 왔다. 형사는 얼떨결에 그녀의 상체를 감싸 안았다.

"그만 고정하십시오."

형사의 품에 안긴 그녀는 마치 어린애처럼 격렬하게 몸부림치며 오열했다. 형사는 더 이상 고정하라는 말을 하지 않았다. 그녀가 실컷 울게 내버려 두었다.

그녀는 한참 동안 비통하게 울었다. 하도 비통하게 우는 바람에 형사도 눈물이 나올 것만 같았다. 그녀의 슬픔이 그의 가슴에 고스란히 전해져 오고 있었다. 그녀의 눈물이 그의 가슴을 축축이 적셔 주고 있었다.

한참 정신없이 울고 난 그녀는 마음이 좀 가라앉는 듯했다. 자기가 형사의 품 안에 안겨 있는 것을 알고 그녀는 얼른 몸을 빼냈다. 그리고

"미안합니다."

하고 사과했다.

"모셔다 드리겠습니다."

형사는 차에서 내려 뒤로 돌아갔다. 트렁크에서 걸레를 꺼내 앞으로 돌아가 유리창에 엉겨 붙은 진눈깨비를 닦았다.

차 안으로 들어와 시동을 걸고 히터를 튼 다음 차를 돌려 앞으로 나갔다. 차도로 나오자 기분을 전환시키기 위해 그는 라디오 버튼을 눌렀다. 그러자 여자가 말했다.

"저 테이프를 넣어 주세요."

그는 여자가 가리키는 테이프를 집어 홈에 집어넣었다. 잠시 후 외국 여자 가수의 가냘픈 목소리가 흘러나왔다. 마리사 산니아가 부르는 '안개 낀 밤의 데이트'였다. 마음을 어루만지는 것 같은 조용하고 느린 노래였다.

형사는 누가 무슨 노래를 부르는 것인지 알 수 없었지만 고독과 우수가 서린 듯한 그녀의 목소리에 가슴이 흔들리는 것을 느꼈다.

차가 달리는 동안 그들은 각자 생각에 잠겨 있었다. 그래서 별로 말을 나누지 않았다.

기온이 급강하하면서 진눈깨비가 얼어붙는 바람에 노면은 몹시 미끄러웠고, 그래서 집에까지 도착하는 데는 거의 두 시간 가까이나 걸렸다. 집 앞에서 헤어질 때 형사는 그녀에게 명함 한 장을 내밀었다.

"앞으로 사건이 해결될 때까지 자주 찾아오겠습니다. 혹시 급히 연락할 일이 있으면 이쪽으로 전화해 주십시오."

오 월은 형사가 사라질 때까지 집 앞에 우두커니 서 있다가 명함을 들여다보았다. 그는 살인과(殺人課)의 장완수(張完秀) 형사였다.

그녀는 대문으로 다가가서 차임벨을 눌렀다. 그녀의 어머니와 오빠 그리고 그밖에 몇 사람이 오래 기다렸다는 표정으로 뛰어나왔다.

"지금 경찰에서 오는 거니?"

그녀의 오빠가 벌건 얼굴로 들여다보듯이 하고 물었다. 그녀는 아무 말도 하지 않고 계단을 올라갔다. 그녀의 오빠는 차를 차고 속에 집어넣었다.

그녀가 방안으로 들어가 앉자 모든 사람들이 둘러싸고 앉았다. 그들은 생각나는 대로 제각기 질문을 던져 왔지만 그녀는 입을 열지 않았다.

"형사가 너를 왜 연행해 간 거야?"

그녀의 오빠 종삼(種三)은 제법 흥분해서 물었다. 그의 표정에는 그녀의 보호자연하는 빛이 역력히 나타나 있었다.

"너를 의심하던?"

그녀는 고개를 저었다.

그녀의 어머니가 자리를 펴 주면서 좀 누워서 쉬라고 말했다. 그녀는 이불을 덮고 누웠지만 사람들은 그녀의 주위를 떠나려 하지 않았다. 특히 그녀의 오빠는 집요하게 그녀에게 말을 걸어오고 있었다.

그녀는 오빠를 싫어했다.

종삼은 그녀와 네 살 차이인 서른 둘이었다. 그는 결혼이랄 것도 없이 일찍부터 여자를 데리고 살아 그 나이에 자식을 넷이나 두고 있었다. 그런데 위인이 성실하지 못하고 덤벙대는데다가 일확천금을 노리는 투기심이 강해서 주위로부터 신망을 잃고 있었다. 그런 사람들이 으레 그러는 것처럼 그 역시 한밑천 잡으려고 사기를 쳤다가 걸려들어 1년 동안 옥살이를 겪기도 했다. 가장이 이러니 집안 꼴이 말이 아니었다. 그의 아내는 아예 남편에 대한 기대를 포기하고 벌써부터 시장에서 채소 장사를 하고 있었다.

종삼은 누이가 돈 많은 남자와 결혼하자 얼씨구나 하고 매제에게 달라붙었다. 사람 좋은 매제는 처남을 자기 회사의 요직에 앉히려고 했다. 그것을 알고 오 월은 극구 만류했다.

아무리 오빠라고 하지만 회사를 망쳐 먹을지도 모르는 사람을 중요한 자리에 앉힐 수는 없다고 생각했기 때문이다. 결국 동림은 그녀의 말에 따라 처남을 채용하는 것을 그만두었다.

자초지종을 알게 된 종삼은 분개했다. 그는 누이 집으로 달려

와 방바닥을 두드리면서 세상에 이럴 수가 있느냐고 분통을 터트
렸다. 그녀는 남편 보기가 민망했지만 끝내 오빠의 요구를 들어
주지 않았다.

　　그때부터 종삼은 걸핏하면 술에 취해 누이 집에 와서 행패를
부리곤 했다. 동림은 참다 못해 어느 날 처남에게 대들었다. 서열
로 따지면 그가 손아래였지만 나이는 처남보다 여섯이나 위였다.
그날 그들은 대판 싸웠다. 사람 좋은 동림이 화를 내니 무섭게 처
남을 몰아세웠다. 종삼은 끝내 슬슬 도망치다시피 누이 집을 나
왔고 그 다음부터는 그곳을 찾지 않았다. 그러던 차동림이 죽은
것이다.

　　종삼은 다른 사람들을 모두 몰아내고 누이 옆에 붙어 앉았다.
그리고 은근한 목소리로 입을 열었다.

　　"그 사람하고 싸운 게 마음에 걸린다. 너한테도 볼 면목이 없
고…… 내 성질이 못돼서 그런 거니까 이해해라."

　　그녀는 오빠의 말을 듣지 않으려고 이불을 머리 위로 뒤집어
썼다. 그러나 그의 말은 마치 벌레처럼 귀를 후벼들고 있었다.

　　"아직 정신도 차리지 못했을 텐데 이런 말을 해서는 안 됐다
만…… 어서 일어나서 그 사람이 하던 일을 정리해야 되지 않겠
니? 네가 어떻게 생각할지 모르겠다만 내 생각은 이렇다. 넌 여자
니까 그런 일을 처리하기에는 너무 무리야. 잘못하다가는 남자들
한테 먹힐지도 몰라. 남자들이란 모두가 도둑놈들이니까 말이
야. 돈 많은 청상과부를 남자들이 가만 놔둘 리 없어. 어떤 구실을
붙여서라도 돈을 우려내든가 회사를 집어삼키려고 들 거다. 우리

는 거기에 대비해 둬야 해. 그렇게 생각하지 않니?"

그녀는 이불 속에서 성냥갑을 만지작거리고 있었다. 그녀는 제발 오빠가 그만 나가 주었으면 하고 바랐다. 그러나 그는 끈질기게 눌어붙어 있었다.

"그래서 하는 말인데…… 앞으로 너는 그대로 집에 앉아 있고 모든 일은 내가 처리했으면 한다. 이건 사심이 있어서 그러는 게 아니야. 난 어디까지나 네 오빠로서 너를 위해서 그러는 거야. 넌 그대로 잠자코 있어. 내가 잘 처리해 줄게. 제일 먼저 결정을 내려야 할 문제는 회사를 그대로 우리가 경영을 하느냐 아니면 처분을 하느냐 하는 건데…… 그야 물어볼 것도 없이 우리가 회사를 경영을 해야겠지. 유서방이 피땀 흘려 세운 회산데 그가 세상을 떠났다고 해서 회사를 그만둘 수야 없지. 그건 고인에게도 욕되는 일이야. 아무리 어렵더라도 회사는 우리 손으로 운영해 나가야 해."

오 월은 벽 쪽으로 돌아누웠다.

이불 속에는 6개월간의 달콤했던 신혼의 꿈이 아직 남아 있는 듯했다. 그녀는 남편의 체취를 맡으려는 듯 얼굴로 이불 속을 헤집었다.

"너는 나를 어찌 볼지 모르지만…… 나는 옛날의 내가 아니야. 이젠 나도 나이를 먹은 만큼 철이 들었다고나 할까…… 하여간 믿고 맡겨도 좋을 거야. 이럴 때야말로 서로 피를 나눈 형제간의 도움이 필요한 거야. 모든 건 나한테 맡겨. 매제 이상으로 잘해 낼 테니까."

이게 어째서 그이의 손 안에 들어 있었을까?

그녀는 성냥갑을 만지작거려 보면서 생각했다. 그이는 왜 이 것을 꼬옥 움켜쥐고 죽었을까? 이것이 그이의 죽음과 무슨 관계 가 있을까? 이유가 있었기 때문에 이것을 꼭 쥐고서 숨을 거둔 게 아닐까?

만일 이것이 남편의 것이라면 그이가 스낵바 ‘로댕의 집’에 갔었다는 말이 된다. 그런데 남편은 술 담배를 전혀 못한다. 못하 는 게 아니라 하지 않는다.

혹시 사업상의 일로 그곳에 갔을지도 모른다.

그렇더라도 담배도 안 피우면서 성냥을 왜 가지고 다닐까.

아니야. 이것은 남편의 것이 아니야. 범인들이 떨어트린 거야. 놈들 중의 하나가 담배를 피우려고 꺼냈다가 방바닥에 그대로 떨 어트리고 간 거야. 그것을 남편이 주웠을 것이다. 단서가 될지도 모른다고 생각하고 이것을 집어 챙긴 것이다. 비록 자기가 죽더 라도 범인들을 잡아서 복수해 달라는 뜻으로…….

그녀는 성냥갑을 움켜쥐고 부르르 떨었다.

여보, 복수해 드릴게요. 반드시 찾아서 복수해 드릴게요. 그들 이 어디를 가든 쫓아가서 찾아내고 말 거예요. 찾아서 기필코 복 수하고 말 거예요. 그들은 당신과 우리 아기를 살해한 놈들이에 요. 저는 당신을 바로 뒤따라가려고 했어요. 그러다가 생각을 고 쳐먹었어요. 악에 굴복해서 일가족이 모두 죽을 수는 없다고 말 이에요. 악을 뿌리 뽑은 뒤에 죽어도 늦지 않다고 생각한 거예요. 여보, 제 마음을 이해하시겠지요?

그녀가 마음속으로나마 남편을 '여보'라고 불러 보기는 이번이 처음이었다. 그녀는 흘러내리는 눈물을 닦으며 터지려는 울음을 집어삼켰다.

오빠의 말이 다시 들려왔다.

"……또 하나 문제되는 것은 시가 쪽 사람들을 어떻게 막아내느냐 하는 거야. 오늘 보니까 시누이 되는 여자 보통이 아니더라. 너를 잡아먹으려고 하더라. 자기 동생이 결혼을 잘못해서 죽었다고 그러는 모양인데…… 세상에 그런 방정맞은 말이 어디 있니? 성질 같아서는 죽여 버리고 싶더라만 너를 봐서 참았다. 네가 그 여자 귀싸대기를 후려친 건 백 번 잘한 일이야. 정말 내 속이 다 시원했다. 헌데 내가 보기에는 그 여자가 동생 유산을 너한테 고스란히 물려줄 것 같지가 않아. 자기 동생이 너와 오랫동안 결혼 생활한 것도 아니고 겨우 6개월 살다가 죽었는데 동생 재산을 고스란히 네가 차지하도록 내버려 둘 리가 없거든. 그렇다고 자식이 있는 것도 아니고 하니까 더욱 그럴 거란 말이야. 너한테 자식만 하나 있더라도 그 여자의 입을 막을 수 있을 텐데……."

오 월은 이불을 걷어치우고 벌떡 일어나 앉았다. 그리고 오빠를 쏘아보았다.

"제발 방에서 나가 주세요. 나 혼자 있고 싶으니까 제발 나가 주세요."

그녀는 외치듯이 말했다.

종삼은 누이의 기세에 눌려 머뭇거리다 일어섰다. 그는 물러가면서도 아쉬운 듯 한마디 했다.

“모두 너를 위해서 한 말이야. 잘 생각해서 해.”

사건 발생 일 주일이 지났다.

그 동안 경찰 수사팀은 아무 소득도 올리지 못한 채 시간만 허비하고 있었다. 단서 하나 없으니 그럴 수밖에 없었다.

그들은 여러 가지 가능성을 놓고 다각도로 조사해 보았지만 결과는 마찬가지였다. 넘을 수 없는 거대한 벽 앞에서 그들은 활기를 잃고 침몰했다. 남은 것은 허탈 속에서 시간을 보내는 것뿐이었다. 위에서는 독촉이 성화같았지만 그렇다고 별 수가 있는 것은 아니었다.

수사본부는 사건 현장에서 얼마 떨어지지 않은 파출소에 설치되어 있었다.

그날따라 모두가 밖에 나가는 것을 기피하고 안에서만 맴돌고 있다. 밖에 나가 보았자. 더 이상 알아볼 것도 없었기 때문에 안에서만 죽치고 있었던 것이다.

“이번 사건은 미궁으로 빠질 것 같은데……”

누군가가 그렇게 말했을 때 나머지 사람들은 거기에 동의를 하지 않았고 그렇다고 부인도 하려 들지 않았다.

말을 꺼냈던 사람은 동의를 구하는 듯 다시 한마디 했다.

“완전 범죄야. 내가 보기에는 그래.”

역시 아무도 대꾸하지 않았다.

그러나 이번에는 거기에 동의한다는 빛이 모든 사람들의 얼굴에 분명히 나타나 있었다.

장완수는 창가로 걸어가 담배에 불을 붙였다.

밖은 눈이 오려는지 잔뜩 흐려 있었다.

허공을 바라보고 있는 그의 눈이 잠시 초점을 잃고 방황했다. 그는 아까부터 하나의 얼굴을 마음속으로 그리고 있었다. 그 얼굴은 남편을 잃고 비탄에 빠져 있는 한 아름다운 청상과부의 얼굴이었다. 그 얼굴이 떠오를 때마다 그는 가슴이 흔들리는 것을 느끼곤 했다. 그것은 참 곤란한 일이었다.

살인과 전담 형사로서 산전수전 다 겪은 그는 감상적인 것과는 담을 쌓고 살아온 터였다. 살벌한 세계에서 오랫동안 몸담아 오다 보니 그는 자기도 모르게 감정이 메마른 비정한 사나이로 변해 있었고, 그래서 특히 여자에 대해서 둔감하리만치 감정이 메말라 있었다.

그가 서른여덟의 나이에 여태 결혼하지 않고 혼자 살고 있는 데에는 다분히 그러한 점이 결정적으로 작용하고 있었다.

그런데 바위처럼 냉담한 그의 가슴에 느닷없이 파문이 일기 시작한 것이다. 그것은 정말 놀라운 일이었다. 그는 자신의 변화를 이상하게 생각했고 그래서 적지 않게 당황하고 있었다.

그는 소년처럼 가슴이 뛰고 있는 것을 느끼고는 얼굴을 찡그렸다. 내가 왜 이러지. 그는 조소하듯 픽 하고 웃었다.

그에게 변화가 일어난 것은 장례식이 있던 날 차 안에서 그 청상과부를 껴안고 나서부터였다.

그때 그는 소복 차림으로 흐느끼고 있는 여자가 너무 딱해 보였기 때문에 단지 위로해 줄 생각으로 뒷자리로 가서 그녀의 어깨를 건드렸던 것이다.

만일 그녀가 무너지지 않고 그대로 앉아 있었다면 그는 그녀에 대해 별다른 감정을 느끼지 못했을 것이다. 그런데 그의 손이 닿자마자 그녀는 마치 기다렸다는 듯이 그의 품으로 몸을 던져 왔던 것이다.

그 순간 그는 거의 무의식적으로 그녀를 끌어안았다. 그녀의 독특한 체취에 깜빡 취해 버렸던 것이다. 몸을 떨며 오열하는 여인에게서 풍겨오던 그 진한 체취는 그때 이후 그를 떠나지 않고 그의 주위를 맴돌고 있었다. 그는 냉소로 그것을 지우려 해 보았으나 마음먹은 대로 되지가 않았다. 내가 감기를 앓고 있는 게 아닐까 하고 그는 생각했다. 감기라면 독감이다.

그는 문득 그 젊은 여인이 보고 싶었다. 벌써부터 그런 마음이 그를 괴롭히고 있었지만 그는 애써 그것을 인정하지 않으려고 했다. 그녀를 보고 싶다는 것은 순전히 감정상의 문제였다. 그래서는 안 되는 줄 알면서도 그는 끌리듯이 밖으로 나왔다.

밖에는 어느새 눈발이 날리고 있었다.

그의 뒤를 키가 작은 형사가 따라왔다. 그들은 항상 한 팀으로 움직이고 있었다. 키가 작은 형사는 항상 웃는 얼굴을 하고 있었다. 그는 장 형사보다 여덟 살 아래인 갓 서른으로 좀 뚱뚱한 편이었다.

"어디 가십니까?"

"답답해서 그냥 나왔어."

그들은 땅을 내려다보면서 걸어갔다.

“또 눈이 내리는데요.”

“음…….”

“모두가 일손을 놓고 있는데…… 어떻게 생각하십니까? 이대로 가다가는 정말 미궁으로 빠지는 거 아닙니까?”

“개소리하지 말라고 해!”

그는 상대방이 놀랄 정도로 벌컥 화를 냈다.

“완전 범죄란 이쪽이 손을 놓을 때 가능한 거야. 어느 한계에 이르면 모두가 손을 놓아 버리지. 그것이 고빈데 그 한계를 극복하지 못한단 말이야.”

“무슨 꼬투리라도 있어야 시작할 거 아닙니까?”

키 작은 형사는 힘든 상대를 만났다는 듯이 말했다.

“꼬투리가 절로 굴러오는 줄 알아? 찾으러 다니지 않으면 절대 손에 들어오지 않아. 자넨 말이야, 나 따라다니려면 고생깨나 할 거야. 각오해야지 그렇지 않으면 단단히 애먹을걸. 따라다니고 싶지 않으면 따라오지 않아도 괜찮아.”

그들은 멈춰 서서 잠깐 서로를 말없이 노려보다가 다시 걸음을 옮겼다.

황준배(黃俊培)는 선배 형사를 처음 보았을 때 목석 같은 느낌을 받았었다. 두 달 전이었는데 지금도 그런 느낌은 마찬가지였다.

그들이 한 팀이 되어 움직이기는 이번이 처음이었다. 장 형사는 후배와 상의하는 법도 없이 거의 독단적으로 행동하고 있었다. 그는 함께 일하게 된 후배 형사에게 관심을 두고 있지 않았다.

상대가 따라오거나 말거나 자기 혼자인 것처럼 행동하고 있었다.

그들은 비탈길 아래에 도착했다. 그 길을 따라 죽 올라가면 맨 위쪽에 검은 벽돌로 지은 2층 집이 있었다. 그 집은 멀리서도 보였다.

그들은 비탈길 아래에 서서 그 집을 바라보았다. 창가에 하얀 소복 차림의 여자가 서 있는 것이 보였다. 너무 떨어져 있어서 얼굴 모습은 알아볼 수 없었지만 남편을 잃은 그 젊은 여자임이 분명했다. 그녀의 모습은 꽃무늬가 있는 짙은 갈색 커튼에 반쯤 가려 있었다.

"그 여자가 서 있는데요."

장완수는 말 없이 그녀가 서 있는 창문 쪽을 바라보았다.

"미인이에요"

황 형사는 결혼한 몸이었다.

"앞으로 저 여자 어떻게 될까요?"

그가 눈을 반짝이며 물었다.

"그걸 내가 어떻게 알아."

장 형사는 퉁명스럽게 대꾸했다.

"정말 안됐어요. 약간 정신이 이상해진 것 같던데요. 정신착란 비슷한가 봐요."

장 형사는 비탈길을 올라갔다.

"유일한 목격자니까 뭔가 나올 법도 한데 안 나오거든요."

그때 앰뷸런스가 한 대가 그들 옆을 지나 비탈길을 올라갔다. 그들은 뛰듯이 걸음을 빨리 했다. 앰뷸런스는 검은 벽돌집 앞에서 있었다.

그 집의 대문은 활짝 열려 있었다.

"이럴 수가……."

장 형사는 눈을 부릅뜨고 중얼거렸다.

"Y정신병원인데요."

황 형사가 앰뷸런스에 적힌 병원 이름을 보면서 말했다.

"증상이 심한 모양인데요."

그때 사람들이 집안에서 나오기 시작했다. 오 월의 모습이 보이자 장 형사는 뒤로 물러섰다. 흰 가운을 입은 남자 간호사가 옆에서 그녀의 팔을 움켜잡고 있었다.

며칠 사이에 그녀는 무섭게 말라 있었다. 그녀는 소복 차림이었고 머리를 단정히 빗고 있었다.

장 형사를 발견하자 그녀는 뚫어지게 그를 쏘아보았다. 완수는 가슴이 미어지는 것을 느끼면서 말없이 고개를 끄덕였다.

월은 차에 오르기 전 잠시 주춤거렸다. 그녀는 겁먹은 눈으로 사람들을 둘러보다가 이윽고 차에 올랐다. 딸의 옷자락을 붙들고 통곡하는 어머니를 간호사가 떼어놓았다.

"입원해야 할 정도인가요?"

장 형사는 오 월의 오빠에게 다가가 물었다.

"네, 아무것도 먹지 않고 밤에 통 잠을 안 자요. 그리고 헛소리만 자꾸 하고 말입니다. 밤에는 문을 열어놓고 밤새 남편을 기다려요. 할 수 없이……."

종삼은 눈물을 찔끔거리고 있었다.

"보호자 되시는 분 한 분만 타십시오."

남자 간호사가 말했다.

종삼이 차에 오르자 장 형사도 뒤따라 차에 올랐다. 황 형사가 어리둥절한 눈으로 그를 바라보았다. 장 형사는 그가 차에 오르려는 것을 막았다.

"자넨 따라오지 않아도 돼."

"한 분은 내리십시오."

남자 간호사가 퉁명스럽게 장 형사를 바라보며 말했다.

"그냥 갑시다."

장 형사는 신분증을 꺼내 보였다. 그것을 보고 간호사가 아무 말도 하지 않았다.

이윽고 차가 출발했다. 차가 달리는 동안 오 월은 줄곧 차창 밖을 바라보고 있었다.

차가 시내를 벗어났을 때 눈발은 어느새 미친 듯 소용돌이치고 있었다. 밖을 내다보고 있는 오 월의 표정은 어린애처럼 천진스러웠다. 그녀는 갑자기 어린애로 돌아간 것 같았다.

장 형사는 아무 말 없이 줄곧 그녀를 관찰하고 있었다. 그는 그녀가 자기를 한 번 돌아봐 주었으면 하고 바랐지만 그녀는 병원에 도착할 때까지 그를 쳐다보지 않았다.

1시간 30분쯤 지나 앰뷸런스는 숲속으로 난 조그만 길로 들어섰다.

Y정신병원은 숲속에 자리 잡고 있었다.

간단한 수속을 끝낸 다음 오 월은 의사의 진단을 받았다. 의사는 보호자로부터 대충 이야기를 듣고 나더니 이렇게 말했다.

"쇼크로 그러는 수가 있지요. 심장이 강한 사람이라면 그런 쇼크를 감당해낼 수 있겠지만 그렇지 못한 연약한 사람은 십중팔구 자신을 지탱해 내기가 힘들지요."

의사는 환자의 눈과 입을 들여다보고 몸에다 청진기를 갖다 댔다. 그러는 동안 그녀는 멀거니 앉아 있었다.

"초점이 틀려 있군."

의사는 백지와 볼펜을 꺼내 놓았다.

"이름과 주소를 써 봐요."

그러나 그녀는 미동도 하지 않았다. 의사의 말을 듣고 있는 것 같지 않았다.

"이걸 읽어 봐요."

의사는 신문을 펴놓고 한 곳을 가리켰다. 그녀는 역시 응하지 않았다. 그녀는 노골적으로 거부 반응을 보이고 있었다.

"데리고 가요."

의사가 간호사에게 고개를 끄덕여 보이자 간호사는 환자의 팔을 잡아끌었다.

"얼마나 입원해 있어야 되나요?"

장 형사는 안타까운 눈으로 의사를 쳐다보았다.

"쇼크를 먹은 거니까 장기간 치료는 필요 없을 겁니다. 경과를 두고 봐야 알겠지만 그렇게 오래 걸리지는 않을 겁니다. 우선 먹지를 않아 몸이 쇠약해져 있으니까 몸을 건강히 하고 정신을 안정시키는 것이 급선무입니다."

장 형사는 급히 환자 뒤를 따랐다.

어둠침침한 복도를 따라 잠자코 걸어가던 오 월은 복도의 막다른 곳에 이르자 갑자기 뒤로 돌아서면서 간호사를 뿌리쳤다.

"싫어!"

그녀는 소리쳤다. 철문이 열리더니 안에서 간호사가 뛰어나왔다. 두 명의 간호사는 양쪽에서 그녀를 잡아끌었다. 그러자 안에 있던 환자들이 우우 하고 시위를 했다.

그것은 심히 억눌린 듯한 음울한 소리였다.

"아우슈비츠…… 싫어요! 죽기 싫어요!"

오 월은 안에 들어가지 않으려고 맹렬히 몸부림쳤다. 남자 간호사들은 난폭하게 그녀를 잡아끌었다.

마침내 그녀는 안으로 끌려 들어갔고 그와 동시에 철문이 쾅 하고 닫혔다.

"내보내 줘요! 싫어요! 싫어요!"

문 저쪽에서 그녀는 문을 두드리며 울부짖었다. 그러나 그것도 잠깐이었고 그녀의 울부짖는 소리는 차츰 멀어지다가 이윽고 들리지 않게 되었다.

장 형사는 한동안 그곳에 얼어붙은 듯 서 있었다.

오종삼은 어느새 가 버렸는지 보이지 않았다.

장 형사는 자신이 왜 거기에 서 있어야 하는지 알 수가 없었다. 그의 귀에는 오 월의 울부짖는 소리가 그대로 남아 있었다.

아우슈비츠 ─ 그녀는 그곳을 나치의 유태인 수용소로 착각하고 있는 것 같았다.

그는 병원까지 따라온 것을 후회했다. 그녀에 대해 관심이 지나친 것 같았다. 그런 줄 알면서도 그는 관심을 떨쳐 버릴 수가 없었다.

그는 담당 의사를 찾았다.

"언제부터 면회할 수 있나요?"

"면회는 일 주일 정도 지나서 하십시오."

"잘 좀 부탁합니다. 불쌍한 여자니까……."

의사는 이상한 눈으로 그를 쳐다보다가 하던 일을 계속했다.

1월의 마지막 일요일에 장 형사는 오 월을 찾아갔다.

오 월은 독방에 수용되어 있었다.

그녀는 푸른 환자복 차림에 머리를 뒤로 묶고 앉아 있었다. 두 손을 무릎 위에 올려놓은 채 침대 끝에 얌전히 앉아 있었다. 장 형사를 보자 그녀는 당황하는 표정이다가 얼른 그를 외면했다. 어느새 눈에는 눈물이 가득 고여 있었다.

장 형사는 창가에 기대서서 그녀를 내려다보았다. 그는 무슨 말부터 꺼내야 할지 모르고 있었다. 그리고 자신이 왜 그렇게 당황하는지도 알 수 없었다.

"범인들을 잡았나요?"

그녀가 갑자기 그를 똑바로 쳐다보며 물었기 때문에 그는 깜짝 놀랐다.

"아직 못 잡았습니다. 미안합니다."

침묵이 흘렀다.

"단서가 하나도 없어서 애를 먹고 있습니다."

"범인은 네 명이에요. 모두 검은 옷차림이었어요."

"네, 그건 알고 있습니다. 그밖에……."

"한 사람은 목소리가 몹시 쉬어 있었어요."

"네, 그전에 말씀해 주셨지요. 그보다 부인께서 얼른 회복하셔야……."

"그들은 두 사람을 죽였어요. 그 분과 우리의 아기까지…… 나도 죽은 거나 마찬가지예요. 그들을 찾아야 해요. 찾아내서 이리로 데려와 줘요. 얼굴을 좀 보고 싶어요."

"그들을 찾으려면 부인의 협조가 필요합니다."

"저는 협조해 드릴 일이 없어요. 미안하지만 더 이상 드릴 말씀이 없어요."

장 형사는 한숨을 내쉬었다.

"부인은 유일한 목격자입니다. 그러기 때문에 우리는 부인에게 기대를 걸고 있는 겁니다. 벌써 보름이나 지났는데 우리는 한 발짝도 앞으로 나가지 못하고 있습니다."

그녀는 천천히 몸을 일으켰다.

그 다음의 그녀의 행동은 재빨랐다.

그가 말릴 사이도 없이 그녀는 순식간에 옷을 모두 벗어 버렸다. 그리고 그 앞에 똑바로 서서 활활 타오르는 눈빛으로 그를 노려보았다.

"저를 가지고 싶으시죠? 자, 가지세요. 당신 마음대로 하세요. 저는 이미 임자도 없고 버린 몸이에요. 자, 가지세요."

아름다운 몸이었다. 그는 눈이 부셔서 똑바로 바라볼 수가 없었다.

"무슨 짓이오? 옷을 입어요."

"옷을 입으라고요? 제가 필요하지 않으시나요?"

그녀는 젖가슴을 두 손으로 받쳐 들면서 허리를 틀었다.

"저를 가지세요. 그 대신 목숨만 살려 주세요. 목숨만 살려 주면 모든 걸 다 드리겠어요."

그녀는 가까이 다가와 무릎을 꿇더니 그의 한 손을 잡아 손등에 입을 맞추었다.

"저를 가스실로 보내지 말아요. 제발 부탁이에요. 저를 살려만 주시면 당신을 잘 모시겠어요."

"여긴 수용소가 아니에요. 나는 독일군이 아니오."

"살려 주세요."

그녀는 눈물을 흘렸다.

"자, 이리 와요."

그는 그녀를 침대로 데려가 눕혔다. 그녀는 그가 시키는 대로 침대 위에 누워 그를 안을 듯이 두 팔을 벌렸다.

"당신도 이리 오세요. 최고로 서비스해 드릴게요."

그는 그녀의 몸 위에 담요를 덮어 주었다.

"그대로 누워 있어요. 일어나면 안 돼요."

"안아 줘요."

그녀는 여전히 팔을 벌리고 있었다. 그는 상체를 굽혀 그녀를 가만히 안았다.

　그녀는 그의 목을 끌어안더니 그의 입에 맹렬히 입을 맞추었다. 한참 그러고 난 후,
　"저를 살려 주시는 거죠?"
하고 물었다.
　"물론……."
　그는 머리를 끄덕였다. 그리고 그녀의 머리칼을 쓰다듬어 주었다.
　"안심해도 돼요. 나는 당신 편이니까."
　"그럼 우리 함께 도망쳐요. 저기 멀리 스위스로 도망쳐서 살아요, 네?"
　"그럴까."
　"저는 당신 아이를 낳을 거예요. 당신을 닮은 아들을…… 참, 당신 이름이 뭐죠?"
　"나는 장완수요. 그때 명함을 주었을 텐데……."
　그녀는 벌떡 몸을 일으켰다. 그리고 주먹으로 그의 얼굴을 때렸다.
　"나가요! 악마! 나가라구요! 나가지 않으면 사람을 부를 거예요! 사람 살려요! 사람 살려요!"
　그녀의 비명소리를 듣고 간호사들이 달려왔다. 그녀는 젖가슴을 드러낸 채 부들부들 떨면서 그를 손가락으로 가리켰다.
　"이, 이 사람이 나를 강간하려고 했어요! 데리고 나가요."
　"나가시죠."
　간호사의 말에 그는 밖으로 나왔다.

"가끔 저렇게 발작을 합니다. 우리도 오해를 받는 수가 있습니다."

첫 번째 면회는 그에게 적지 않게 충격을 주었다. 그러나 그는 포기하지 않고 거의 매일이다시피 그녀를 찾아갔다.

처음 얼마 동안은 그녀의 병세는 호전되는 것 같지가 않았다. 그러나 입원한 지 보름쯤 지나자 발작 증세가 없어지고 점점 안정되는 기미를 보여 갔다. 그리고 그를 알아보고부터는 그의 면회를 은근히 기다리는 눈치까지 보였다.

그는 왜 자신이 그녀에게 그렇게 극진한지 그 이유를 알 수가 없었다. 지금까지 그는 누구를 극진히 위로해 본 적이 없었다. 그래서 자신의 그러한 행동이 스스로에게도 이상하게 생각되었다.

오 월은 자신이 정신병원에 입원한 것을 알고부터는 거의 매일 밤을 눈물로 지냈다. 그런 일이 얼마쯤 지나고부터는 눈물을 거두고 하루빨리 퇴원해야겠다고 스스로 마음을 고쳐먹었다.

입원한 지 한 달쯤 지났을 때는 그녀는 거의 완쾌되어 가고 있었다.

2월 하순 그녀가 퇴원을 며칠 앞두고 있던 어느 날 오후 장 형사는 서른 번째 면회를 갔다. 며칠째 포근한 날씨가 계속되고 있던 터라 날씨는 봄날처럼 따뜻했다.

장 형사가 오 월을 데리고 잔디밭으로 나왔다. 잔디밭 한쪽에는 연못이 있었고 그 주위에는 벤치가 놓여 있었다. 그들은 벤치 쪽으로 걸어가 나란히 앉아 있었다.

장 형사가 서투른 솜씨로 사과를 깎아 주자 그녀는 잠자코 받아먹었다. 그러한 그들의 모습은 마치 남들이 보기에는 스스럼없는 부부 사이처럼 보였다.

"앞으로 어떻게 하실 겁니까?"

장 형사는 개인적으로 궁금한 점을 물어보았다. 그 질문에 대해 오 월은 얼른 대답하지 않았다.

"두 분은 어떻게 만나 결혼하시게 됐나요?"

그녀의 하얀 손에 들려 있던 사과 조각이 밑으로 굴러 떨어졌다. 그녀는 망설이다가 말했다.

"평범한 만남이었어요."

그는 아차 했다. 공연히 그녀의 상처를 건드린 것 같아 후회했지만 그녀는 담담한 표정이었다.

"제가 공연한 것을 물었군요. 미안합니다. 말씀 안 하셔도 됩니다."

"아니에요. 말씀드리겠어요. 전 말씀드릴 수 있어요. 그리고 말씀드리고 싶어요. 전 지금 아무렇지도 않아요."

"그렇다면 듣겠습니다."

병원 입구로 검은색의 승용차 한 대가 미끄러져 들어오는 것이 보였다. 멀리 보기에도 그것은 낡은 차였다. 아마 면회를 온 것 같았다.

"우리가 만난 건 10년 전이었어요. 저는 그때 열여덟이었고 그 분은 스물여덟이었어요. 열 살 차이였지요. 그 분은 S대 건축과 4학년생으로 군복무를 마치고 복학했기 때문에 나이가 그렇게 많았어요. 그 분을 알게 된 건 그 분이 우리 집에 가정교사로 들어왔기 때문이에요. 그 분은 제 가정교사로 들어온 거예요. 그때 저는 여고 3학년이었는데 학교성적이 별로 좋지 않아 가정교사의 지도를 받게 된 거예요."

낡은 승용차에서 두 사람이 내리는 것이 보였다. 두 사람은 남자였다.

장 형사는 시력이 약했기 때문에 눈살을 찌푸리고 그들을 바라보았다. 차에서 내린 두 사람은 잠시 그 자리에서 서성거리고 있었다.

오 월이 다시 말을 이었다.

"그 분은 부모를 일찍 여읜 고아로서 누님과 함께 어렵게 성장했어요. 물론 두뇌도 명석했고요. 함께 있는 시간이 많아지면서 저는 제가 그 분을 사랑하고 있다는 것을 알았어요. 그 분은 애써 그런 감정을 피하려고 했지만…… 결국 저를 사랑하지 않을 수 없었어요."

뒤늦게 오 월의 부모는 그들의 관계를 눈치채고 가정교사를 불러 어린 여학생을 가르치지는 않고 그런 못된 짓을 하느냐고 준열히 꾸짖은 다음 그를 내쫓았다.

그러나 그 뒤에도 그들의 관계는 계속되었다. 오히려 그전보다도 더 뜨겁게 지속되었다.

그렇게 첫사랑에 빠졌으면서도 그녀는 다음 해에 원하던 대학에 합격했고, 한편 그는 대학을 졸업하고 어느 건설회사에 들어갔다. 1년 후 그녀는 아버지가 갑자기 세상을 떠나는 바람에 학업을 중단해야 했다.

그녀의 아버지는 고급 공무원이었다. 위인이 성실해서 30년 가까이 오로지 공직 생활에만 몸 바쳐 오는 동안 순탄하게 승진을 거듭해 공무원으로서 비교적 성공한 경우에 속했는데, 말년에 마가 끼었던지 업자로부터 향응을 받고 얼떨결에 뇌물까지 받아먹은 것이 탄로나 하루아침에 직위를 박탈당하고 구속되기에 이르렀다.

몇 달 후 풀려나오기는 했지만 그 충격이 몹시 컸던지 시름시름 앓다가 끝내 고혈압으로 세상을 떠나고 말았다.

"……그때부터 우리 집안은 내리막길이었어요. 공무원 집안이니 모아 놓은 재산은 있을 리 없고 퇴직금 한 푼 못 받았으니 당장 먹고 살기가 어려워졌어요. 저는 학교를 그만두고 취직했어요. 당장 입에 풀칠하는 것이 급했으니까요."

한 사나이가 차 안으로 도로 들어가고 다른 한 명은 병동 쪽으로 움직였다. 그 사나이는 주위를 두리번거리면서 걸어갔다. 차 안에 들어가 앉은 사나이는 대머리였다.

"그 분은 자기한테 전혀 의논도 하지 않고 제가 학업을 포기하고 취직한 것을 알고는 몹시 화를 냈어요. 그때 그 분은 1년간 외국에 나가 있다가 돌아왔기 때문에 뒤늦게 제 사정을 알게 된 거지요."

사나이가 마침내 병동 앞으로 걸어갔다.

장 형사는 눈을 돌려 맞은편 산봉우리를 바라보았다. 말하는 것으로 보아 오 월은 완전히 완쾌된 듯이 보였다.

"그 분은 다음 학기에 제 등록금을 대줬어요. 그리고 우리 집 생계비도 매달 대줬어요. 제가 싫다고 해도 막무가내였어요. 저는 한 남자의 사랑이 얼마나 진실하고 집요할 수 있는가를 바로 그 분을 통해 알 수 있었어요. 우리 어머니도 그 분에 대한 생각을 바꾸게 되었지요. 바꾼 정도가 아니라 너무 감동해서 울기까지 하셨어요."

그 사나이는 바바리코트 속에 두 손을 찌르고 있었다. 색안경을 끼고 있는 것이 어쩐지 불량해 보였다. 광대뼈가 튀어나오고 턱이 뾰족한 것이 표독스런 인상이었다. 껌을 짝짝 씹어대고 있었다.

총무과 여직원은 그 사나이의 웅얼거리는 소리를 잘 알아들을 수 없었다. 그래서

"네? 뭐라고 하셨죠?"

하고 되물었다.

"면회 왔다구요."

사나이는 웅얼거리는 소리로 무뚝뚝하게 말했다.

"누구 면회 오셨나요?"

"오 월이오."

"네?"

"오 월이란 여자 말이오."

"아까 누가 면회 온 것 같던데……."

"누가 면회 왔어요?"

안경 너머에서 사나이의 눈이 번득였다.

“글쎄 지금 담당자가 없어서 잘 모르겠어요.”

여직원은 그 사나이가 좀 두려웠다. 그래서 시선을 피하면서 대답했다.

“담당자는 어디 갔어?”

사나이는 껌을 짝짝 씹으며 물었다.

“식사하러 갔어요.”

“병실은 어디지?”

여직원은 사나이의 반말지거리가 은근히 불쾌했다.

'“관계가 어떻게 되시죠?”

“오빠요, 오빠.”

사나이는 귀찮다는 듯 대답했다.

“담당자가 올 때까지 기다리세요.”

“뭐라고?”

사나이는 사납게 눈을 부라렸다. 그는 시계를 들여다보며 말했다.

“얼른 면회하고 지금 공항에 나가야 해요. 담당자가 올 때까지 기다릴 수 없으니까 잠깐 얼굴만 좀 보고 갑시다.”

여직원이 여기서 조금만 더 버텼다면 그와 같은 불행은 막을 수 있었을 것이다.

그런데 그녀는 그 사나이가 마치 대단한 지위에 있는 사람처럼 눈을 부라리며 면회를 요구하는 바람에 더 이상 버틸 수가 없었다.

그녀는 구내전화 수화기를 들고 버튼을 눌렀다.

"오 월 씨 면회예요."

그녀는 수화기를 내려놓고 사나이를 올려다보았다.

"2층으로 올라가세요."

사나이는 복도를 걸어가다가 2층을 통하는 계단을 올라갔다. 쇠창살로 된 저쪽에 남자 간호사가 앉아 있었다.

"오 월 씨 면회 오셨나요?"

사나이는 말없이 끄덕였다.

"가만 있자, 아까 어떤 분이 데리고 나간 것 같은데……."

둔하게 생긴 간호사는 일어서면서 기지개를 폈다.

"누가 데리고 나갔어요?"

"항상 오시는 분이 있어요. 아저씨라고 하는 분인데…… 잠깐 기다려 보세요. 방에 있는지 가보고 오지요."

간호사는 오 월의 방으로 가보았다.

복도를 사이에 두고 조그마한 방들이 나란히 붙어 있었고 각 방들은 철문으로 막혀 있었다. 여유가 있는 환자들이 들어 있는 독방들이었다.

남자 간호사는 철문에 뚫려 있는 조그만 구멍을 통해 안을 들여다보았다. 환자가 방안을 어슬렁거리고 있는 것이 보였다. 남자 간호사는 환자의 얼굴을 확인도 하지 않은 채 돌아왔다. 그리고 면회 온 사람에게 말했다.

"나간 줄 알았는데 안에 있습니다. 209호실입니다."

창살문이 열리자 사나이는 안으로 들어갔다. 209호실 앞에 이르자 그는 구멍을 통해 안을 들여다보았다.

헐렁한 환자복을 입은 여자가 이쪽으로 등을 돌린 채 창가에 서 있었다. 머리는 산발하고 있었다.

사나이는 복도를 휘둘러본 다음 주머니에서 면장갑을 꺼내 재빨리 두 손에 끼었다. 왼쪽 손가락은 네 개뿐이었다. 새끼손가락이 없었다.

그는 철문 손잡이를 가만히 비틀었다. 문이 소리 없이 열렸다. 안으로 조용히 들어섰다. 환자는 꼼짝도 않고 서서 창밖만 바라보고 있었다. 여자가 뒤를 돌아다보지 않았기 때문에 그는 잠시 주저했다.

만일 여자가 뒤돌아보았다면 그는 틈을 주지 않고 그녀를 공격했을 것이다.

문을 닫고 그는 가만히 숨을 내쉬었다. 성공할지 실패할지 그 자신도 알 수가 없었다. 단지 성공하지 않으면 안 된다고 생각하고 있었다.

그는 두 가지 방법을 준비하고 있었다. 하나는 칼, 다른 하나는 넥타이. 칼은 다급하게 대처해야 할 때 필요한 무기였다. 그것은 단번에 효과를 볼 수 있지만 그 대신 피를 흘리게 하기 때문에 좀 지저분하다. 손이나 옷에 묻기라도 하면 더욱 꼴사납고 골치 아프다.

넥타이는 시간이 좀 걸린다는 데 문제가 있었다. 그러나 칼에 비하면 깨끗하다. 그는 턱을 치켜올렸다. 그리고 목에 감겨 있는 넥타이를 천천히 잡아 뽑았다.

여자의 뒤로 발소리를 죽이며 다가갔다. 그녀는 미동도 하지 않고 서 있었다. 넥타이를 풀리지 않게 양 손에 단단히 감았다. 바싹 다가섰다. 여자가 인기척을 느끼고 돌아서려는 순간 넥타이로 그녀의 가냘픈 목을 휘어 감았다.

여자는 소스라치게 놀라면서 몸을 틀려고 했다. 그러나 목이 바싹 뒤로 당겨졌기 때문에 그럴 수가 없었다. 마침내 그녀의 입에서 비명이 터져 나왔다. 그러나 높이 울려 퍼지기 전에 막히고 말았다.

긴 머리칼이 얼굴을 뒤덮고 두 손이 허공을 휘저었다. 여자가 무릎을 꺾자 그녀를 끌고 뒷걸음질쳤다.

장 형사와 오 월은 벤치에서 일어나 잔디밭 위를 나란히 걸었다. 오 월은 나직한 목소리로 이야기를 계속하고 있었고 그는 다소곳이 귀를 기울이고 있었다.

"그 분 덕분에 저는 대학을 졸업했어요. 그리고 그 분의 일을 돕게 됐어요. 그 분은 그때 다니던 회사를 그만두고 조그만 사업을 하나 시작했어요. 남의 밑에서 월급 받는 생활이라는 것에 결코 만족할 수 없었던 그 분이 따로 나와 독립을 한 거예요. 저는 그 분의 재질과 실천력 그리고 의지를 알고 있었기 때문에 그 분이 틀림없이 성공할 거라고 믿었어요. 그래서 저도 발 벗고 나서서 그 분을 도왔어요. 그 분이 벌인 일은 역시 건설업이었어요. 그 분은 자기가 배운 지식을 온통 거기에다 쏟아 넣었어요. 집에도 들어가지 않고 회사에서 먹고 자고 하면서 정말 피눈물나게 일했어요."

그들은 돌아서서 연못 쪽으로 걸어갔다.

그녀는 가끔씩 얼굴을 쳐들고 하늘을 올려다보곤 했다. 그럴 때마다 희고 긴 목이 눈부시게 드러나곤 했다.

"그 분은 처음 은행 돈을 끌어다가 연립 주택을 하나 지었는데 그게 단기간에 매진되었어요. 값도 싸고 좀 특색 있게 지었기 때문이었어요. 스타트가 좋았기 때문에 다음에는 좀 더 크게 일을 벌일 수가 있었어요. 두 번째도 역시 성공이었어요. 그렇게 해서 그 분의 사업은 제대로 자리 잡히기 시작했어요. 사무실도 커지고 직원도 늘어났어요. 사업 규모도 놀라울 정도로 신장되어 갔어요. 그 분은 사업이 본 궤도에 오르기 전에는 결혼식을 올리려고 하지 않았어요. 저도 그 분의 의도를 알고 있었기 때문에 얼마든지 기다릴 수가 있었어요. 우리는 8년이라는 긴 연애 기간을 거쳤지만 그때까지 잠자리를 같이 한 적이 한 번도 없었어요. 그 분이 저에게 그것을 요구하지 않았던 거예요. 그 분의 인내심은 대단한 것이었어요. 그 분은 결혼할 때까지 저에게 손 하나 대지 않았어요."

아까 차에서 내려 병동 안으로 들어갔던 사나이가 밖으로 나왔다. 면회 온 사람치고는 유난히도 빨리 나오는 것 같았다. 환자를 면회 온 사람이 아닐지도 모른다고 장 형사는 생각했다. 사나이는 꽤 서두르는 것 같았다. 사나이가 대기하고 있던 승용차에 오르자 차는 급히 출발했다.

"그 분은 사업을 시작한 지 수 년 안에 많은 돈을 벌었어요. 그것은 전혀 운이 좋아서 그렇게 된 것이 아니었어요. 그것은 운하고는 관계가 없는 것이었어요. 그것은 그 분의 피땀의 결정이었어요. 그것은…… 아주 당연한 귀결이었어요. 그 분은 우리들의 보금자리를 손수 설계하고 지었어요. 그리고 결혼식을 올렸어요. 그 분은 정말 멋지고…… 의연하고…… 자기 의지대로 사는 분이었어요.”

그들은 다시 벤치에 앉았다. 한참 동안 침묵이 계속되었다. 장 형사는 위로의 말을 한다는 것이 너무 형식적인 것 같아 그만두었다.

한참 후 그녀가 다시 입을 열었다.

“저는 지금도…… 그 분이 돌아가셨다는 것이 믿어지지 않아요. 그리고 왜 그런 일이 일어나야 했는지 이해할 수도 없구요. 저는 기독교 신자예요. 그래서 저는 수없이 하늘에 물었어요. 왜 저와 상의도 없이 그 분을 데려갔느냐고 말이에요. 그러나 하늘에서는 대답이 없었어요.”

미풍이 그녀의 머리칼을 날렸다. 그녀는 손을 들어 머리칼을 쓸었다.

“저는 시누이의 말에 화를 내고 따귀를 때리기까지 했어요. 그러나 이제 와서 생각하니 시누이의 말이 옳았던 것 같아요. 그 분은 저와 결혼했기 때문에 그렇게 빨리 비명에 돌아가신 것 같아요. 다른 여자와 결혼했다면 그렇게 빨리 돌아가시지 않았을 거예요.”

그녀는 고개를 숙이고 있었다.

“아닙니다. 그건 잘못된 억지 생각입니다.”

장 형사는 그녀를 들여다보듯이 하면서 말했다. 그러나 그녀는 고개를 저었다.

그녀는 거의 확신하고 있는 것 같았다.

"그 분이 누님의 말을 들었더라면 비명에 가지는 않았을 거예요. 그 분의 누님은 그 분을 다른 여자와 결혼시키려고 몹시 애를 썼어요. 그러나 그 분은 들은 척도 하지 않았어요. 그 분은 오로지 저밖에 생각하지 않았어요. 제가 누님 말씀을 들으라고 하면 그 분은 몹시 화를 냈어요. 그 분은 저와 결혼했기 때문에 일찍 돌아가신 거예요."

그녀의 목소리가 다시 떨리고 있었다. 그녀는 감정이 가라앉을 때까지 기다리는 것 같았다. 한참 후 그녀는 고개를 번쩍 들더니 이렇게 중얼거렸다.

"그 분이 돌아가셨을 때…… 저도 함께 따라갔어야 했어요. 그런데 이렇게 살아 있다니 그 분한테 부끄러워요."

"그 분은 부인께서 열심히 살아가기를 바라고 있을 겁니다."

그 말을 듣는 순간 그녀의 얼굴에 알 수 없는 미소가 스쳐갔다. 그녀는 한숨을 길게 내쉬더니 천천히 일어섰다.

"제가 이제부터 무슨 일을 해야 하는지 저는 잘 알고 있어요. 병원에서 나가는 길로 그 일에 착수하겠어요."

"무슨 일인가요?"

그들은 병동 쪽으로 걸음을 옮기기 시작했다.

"차차 아시게 되겠지요."

그녀는 걸음을 멈추고 그를 쳐다보았다.

“이제 돌아가세요. 그 동안 면회 와 주신 것 정말 감사해요. 이제는 오시지 않아도 돼요. 저 혼자 충분히 생각하고 활동할 수 있어요.”

장 형사는 미소를 지으며 고개를 끄덕였다.

“병실까지 모셔다 드리겠습니다.”

“아니에요. 그냥 가세요.”

“괜찮습니다.”

그는 그녀의 팔을 부축하고 걸음을 옮겼다.

잠시 후 그들이 2층의 창살문 앞에 이르렀을 때 남자 간호사가 이상하다는 듯 그녀를 바라보았다.

그들이 안으로 들어서자 간호사는 머뭇거리다가 조심스럽게 말을 걸었다.

“밖에서 이제 들어오시는 건가요?”

“네…….”

그녀가 가만히 대답했다. 간호사는 고개를 갸우뚱했다.

“이상한데…….”

“뭐가 이상하다는 거요?”

장 형사 눈매가 날카로워졌다.

“아까 어떤 남자가 오 월 씨를 만나러 왔었는데요.”

“그래서?”

“조금 전에 떠났어요. 오 월 씨 방에 가서 만나보고 떠난 줄 알았는데요. 못 만나셨나요?”

“아니오. 이 분밖에 만난 사람이 없어요.”

오 월은 장 형사를 가리켰다.

남자 간호사는 귀신에 홀린 듯한 표정을 지었다.

"그것 참 이상하네."

"자세히 이야기해 봐요."

남자 간호사는 더듬거리면서 얼마 전에 있었던 일을 이야기했다.

그 이야기가 채 끝나기도 전에 장 형사는 오 월의 방으로 뛰어갔다. 그 뒤를 오 월과 간호사가 따라갔다. 병실로 들어선 장 형사는 방안에 벌어져 있는 광경에 주춤했다. 그는 숨을 몰아쉬다가 돌아서서 소리쳤다.

"안 돼! 들어오면 안 돼!"

그러나 오 월은 이미 방안에 들어와 있었다. 그녀는 눈을 크게 뜨고 있었다.

"이 여자를 데리고 나가! 그리고 빨리 의사를 불러!"

장 형사는 악을 썼다. 간호사가 오 월을 끌고 밖으로 나갔다. 장 형사는 눈을 부릅뜨고 다시 시체를 내려다보았다. 여자는 목에 넥타이가 감긴 채 구석에 처박혀 있었다. 눈은 허공을 바라보고 있었고 혀를 빼물고 있었다. 맥을 짚어 보았지만 이미 끊어져 있었다.

조금 후 사람들이 들이닥쳤다.

그는 신분을 밝힌 다음 의사 한 사람과 원장을 남게 하고 나머지 사람들을 모두 밖으로 내보냈다.

"질식사했습니다."

의사가 시체의 목에서 넥타이를 풀어내면서 말했다.

"가만! 넥타이는 거기에 놔두시오. 아무도 이 방에 들어오게 해서는 안 됩니다. 검증이 끝날 때까지는 시체를 치워서도 절대 안 됩니다."

"우리 병원에서 이런 일이 일어나다니 이거 정말 큰일인데요. 어떻게 하면 좋겠습니까?"

원장은 두 손을 비비면서 울상을 지었다.

"이 사실이 밖으로 새나가지 않도록 철저히 보안을 유지하십시오. 그리고 보호자한테는 세 시간 후에 연락하십시오. 경찰 조사가 끝난 뒤에 말입니다."

장 형사는 그들을 데리고 원장실로 갔다. 보안을 유지하기 위해서는 원장실이 제일 나았기 때문이다. 그는 오 월과 범인을 들여보냈던 남자 간호사도 불러들였다.

그는 먼저 수사본부에 전화를 건 다음 남자 간호사에게 질문을 던졌다.

"죽은 여자는 누구지?"

"201호실 환자입니다. 이름은 이길자라고……."

"그 환자는 입원한 지 두 달쯤 됩니다."

원장이 옆에서 거들었다.

"헌데 그 여자가 어째서 209호실에서 죽었지? 오 부인의 방에서 말이야?"

그는 턱으로 오 월을 가리켰다. 거기에 대한 대답은 오 월이 대신했다.

“그 여자는 저하고 친했어요. 그래서 제 방에 잘 놀러 오곤 했어요.”

그녀는 떨고 있었다. 장 형사는 모처럼 회복된 그녀가 도로 병이 날까봐 몹시 걱정되었다.

“제가 밖에 있는 동안 제 방에 놀러 왔다가 그렇게 된 모양이에요.”

그녀는 두 손으로 자신의 얼굴을 가렸다. 그리고 울음 섞인 목소리로,

“좋은 여자였는데…… 저 대신 죽은 게 분명해요.”
하고 말했다.

모두가 놀란 얼굴로 그녀를 쳐다보았다. 장 형사는 원장에게 그녀를 가리키며 말했다.

“이 분을 어디 안전한 곳으로 모시도록 하시오”

“네, 그렇게 하겠습니다.”

“아무도 접근시켜서는 안 됩니다.”

“경비원을 세우겠습니다.”

원장은 직원을 불러 몇 가지 필요한 지시 사항을 알린 다음 오월을 데려가게 했다.

조금 후에 범인과 처음 대면했던 총무과 여직원도 원장실로 불려왔다. 그녀는 범인을 통과시키게 된 경위를 자세히 설명했다. 이로써 범인을 가까이서 목격한 사람은 간호사까지 합해 두 사람인 셈이었다.

장 형사는 그들의 설명을 듣고 곧 범인이 낡은 승용차를 타고

왔던 자임을 알게 되었다.

'바로 그 자들이야!'

그는 속으로 부르짖었다.

범인은 두 명이었다. 대머리는 차 안에 남아 있었고 베이지색 바바리 차림의 사나이는 병동 안으로 들어갔었다. 그들이 급히 병원을 떠난 이유를 이제야 알 것 같았다. 그들을 자세히 눈여겨 보지 않고 무심코 보았던 것을 그는 몹시 후회했지만 이미 때늦은 일이었다. 그는 수사본부에 다시 전화를 걸었다.

"차를 급히 수배해 줘요. 검은색 낡은 승용차인데 차종은 브리사 같기도 하고 제미니 같기도 하고…… 아니, 포니가 맞을 거요. 범행 차량이니까 만일 서울로 갔다면 아직 도착하지 않았을 테니까 검문검색을 철저히 해줘요. 그밖에 다른 도로에도 비상을 걸어줘요. 어디로 빠졌는지 아직 확실치 않으니까. 범인은 두 명인데 한 명은 대머리에 검정 가죽점퍼 차림이고…… 한 명은 베이지색 바바리 차림이고…… 나이는 35세 정도…… 광대뼈가 튀어나오고 표독스런 인상……."

"대머리의 인상을 말씀해 주십시오."

긴장한 목소리가 수화기를 통해 들려왔다.

"대머리의 인상은 몰라요."

그는 수화기를 내려놓고 구겨진 담뱃갑에 하나 남아 있는 담배를 꺼냈다. 담배는 구겨져 있었다. 그것을 편 다음 지포라이터로 불을 켜서 담배에 붙였다.

"그 남자가 분명히 오 월 씨를 찾았었나?"

그는 남자 간호사에게 다시 한 번 물었다.

"네, 틀림없이 오 월 씨를 찾았습니다. 그래서 209호실 쪽으로 가서 구멍을 통해서 안을 들여다보았더니 안에 여자가 서 있었습니다."

"그 여자를 오 월 씨로 봤단 말이지?"

원장이 안경 너머로 잡아먹을 듯이 노려보면서 물었다. 남자 간호사는 더듬거리면서 대답했다.

"네, 안에 사람이 있기에 209호실 환자인 줄 알았습니다. 201호실 환자가 거기에 와 있을 줄은 몰랐습니다. 얼굴만 봤더라도 실수는 하지 않았을 텐데……."

"시끄러! 바보 같으니!"

원장이 버럭 고함을 질렀다.

그때 문이 열리고 사람들이 들이닥쳤다. 정복 경찰관들과 사복 차림의 수사관들이었다. 그들과 함께 기자들도 몰려왔다.

기자들을 보자 원장은 벌떡 일어나서 그들을 억지로 들어오지 못하게 막았다.

"안 돼! 당신들은 들어오면 안 돼! 나가요! 나가!"

사건이 세상에 알려지면 병원 체면이 말이 아니기 때문에 그러는 것 같았지만 기자들이 그런 것을 염두에 둘 리 만무했다. 그들은 원장을 밀어붙이고 안으로 들어왔다.

"어느새 냄새를 맡았지?"

장 형사는 비밀 유지가 실패로 끝난 것을 개탄했다.

"갑자기 몰려들 가니까 눈치를 채고 따라온 겁니다."

그의 파트너인 황 형사가 말했다.

"한 시간도 비밀이 유지 안 되니 해먹을 수가 있나."

장은 황을 데리고 밖으로 빠져나왔다.

"범인들이 오 부인을 노리고 있어. 여기까지 찾아와서 죽이려고 한 거야. 대신 억울하게 다른 여자가 죽었지만 실패한 것을 알면 놈들은 다시 오 부인을 노릴 거란 말이야."

"오 부인 남편을 죽인 놈들인가요?"

"그 놈들밖에 더 있겠어?"

"왜 그 놈들이 오 부인을 노리죠?"

장은 답답한 듯이 황을 바라보았다.

"난들 그걸 어떻게 알아. 그건 앞으로 우리가 밝혀내야 할 일이야. 그건 그렇고 기자들이 오 부인한테 접근하지 못하게 해줘. 따돌릴 수 있으면 따돌려. 너무 쇼크가 커서 병이 재발할지도 몰라. 기회를 봐서 여기서 데리고 나가야겠어. 하여간 오 부인은 기막히게 운이 좋은 여자야. 두 번씩이나 목숨을 건진 걸 보면……."

"부인은 지금 어디 있습니까?"

"숨겨 뒀어. 언제라도 출발할 수 있게 차를 준비시켜 줘. 정문 쪽에다 대기시켜."

그는 오 월이 들어 있는 방으로 가면서 왜 범인들은 그녀를 남편과 함께 죽이지 않았을까 하고 생각했다.

병원은 수라장이 되어 있었다. 이리 뛰고 저리 뛰고 발자국 소리가 꽤나 요란스러웠다. 그는 병실로 통하는 2층 출입문을 잠그게 했다.

"아무도 들어오게 해서는 안 돼요. 비상구를 열어 둬요."

병원 직원들에게 그렇게 이른 다음 그는 방으로 들어왔다.

오 월은 침대 가에 떨며 앉아 있었다. 그를 보자 그 떨림이 더욱 심해졌다.

"이제 마음을 놓아요."

장이 옆으로 다가앉으며 어깨에 손을 얹자, 그녀는 발작적으로 그의 팔을 움켜잡으며 상체를 기대 왔다.

"무서워요."

그녀는 참새처럼 파들파들 떨었다. 장은 그녀를 힘주어 끌어안았다.

"이젠 괜찮아요. 앞으로는 그런 일이 없을 겁니다."

"장 형사님이 아니었다면 저는 죽었을 거예요. 여기서 나가고 싶어요."

"그럽시다. 여기엔 더 이상 있을 필요가 없어요."

"집으로 데려다 줘요."

"집은 안 좋을 텐데. 범인들이 노릴 테니까 말이오."

"그래도 집으로 가겠어요."

"그럼 우선 집에 가 있다가 안전한 방도를 생각해 봅시다."

장은 그녀의 손을 잡고 방을 나왔다.

2층 정문 출입구 쪽에서는 기자들이 들어오려고 문을 열라고 아우성이었다.

그들은 비상구를 통해 밖으로 빠져나왔다. 그리고 숲을 가로

질러 정문 쪽으로 걸어갔다.

정문 앞에는 경찰 패트롤카가 대기하고 있었다.

황 형사가 뒷문을 열어 주자 오 월은 안으로 들어가 앉았다. 그녀는 환자복 차림 그대로였다.

장은 오 월과 함께 뒷자리에 앉고 황은 운전석 옆자리에 올랐다. 차가 출발하자 장은 그녀의 손을 가만히 잡아 주었다. 그녀의 손은 뜨거웠다.

"그 분을 죽인 사람들이 분명해요."

그녀의 목소리는 아까와는 달리 놀랍도록 차분하게 가라앉아 있었다.

"그런 거 생각하지 말아요."

장은 손에 힘을 주었다. 그러나 그녀는 말을 계속했다.

"그들이 저를 죽이려고 한 거예요. 왜, 왜 그러죠? 저는 알 수가 없어요. 왜 그들이 저를 죽이려고 하는지 알 수가 없어요. 저는 누구한테 죽을 죄를 진 적이 없어요. 원한을 살 만한 짓도 하지 않았어요. 그런데 왜 저를……."

"그만…… 그만해요."

그녀는 세차게 머리를 저었다.

"그 분을 죽였으면 됐지, 왜 저까지…… 그 분을 죽인 것만으로는 부족했던 모양이죠."

그녀는 창백한 얼굴을 창밖으로 돌리고 있었다. 눈물을 흘릴 줄 알았는데 그러지는 않았다.

"아마 오해일 겁니다."

장은 겨우 그렇게 말했다.

"오해라구요?"

"네, 놈들은 뭔가 오해를 하고……."

"아니에요. 그들은 저를 죽여야 한다는 정확한 목적을 가지고 왔어요."

그녀의 말은 옳았다. 그는 그것을 부정할 수가 없었다.

"하여간 앞으로 조심하는 게 좋을 겁니다."

황이 뒤를 돌아보며 말했다.

수배 차량은 발견되지 않았다. 오 월은 엄중히 경호되었다. 신문이 두 번째 사건을 첫 번째 사건과 결부시켜 대서특필했다.

두 명의 사나이가 명동의 어느 다방에 앉아 신문을 유심히 들여다보고 있었다.

"아니, 이건 틀리지 않아?"

대머리가 눈을 치뜨면서 물었다.

"아니, 이럴 수가……."

광대뼈가 튀어나온 젊은 사내가 낮게 신음을 토했다.

"엉뚱한 여자를 죽였어."

"이럴 수가……."

젊은 사나이가 머리를 흔들었다.

"바보 같으니…… 확인도 하지 않고 죽였나?"

"그 여자인 줄 알았습니다. 생긴 것도 비슷하게 생겼기에 그만……."

“바보 같은 자식…… 실수를 하다니…….”

대머리는 상대를 무섭게 노려보았다.

“죄송합니다. 한 번만 더 기회를 주신다면 반드시 해치우겠습
니다.”

젊은 사나이는 주눅 들어 말했다.

“보고하지 않으면 안 돼. 이미 알고 있을 거란 말이야.”

대머리는 일어나서 공중전화가 설치되어 있는 곳으로 걸어갔
다. 공중전화는 부스 속에 설치되어 있어서 누가 엿들을 염려가
없었다.

“병신 같은 놈들…….”

기다렸다는 듯이 욕설이 튀어나왔다. 상대는 신문을 보고 이
미 사태를 알고 있었다.

“죄송합니다.”

대머리는 전화통에다 대고 머리를 조아렸다.

“닥쳐! 더 이상 할 말이 있나?”

“어, 없습니다.”

“너희들은 일을 처리하는 게 아니라 더욱 시끄럽게 만들어 놓
았어. 여러 가지로 시끄럽게 만들었단 말이야.”

“죄송합니다.”

“그런 실수는 용서 못해. 이젠 그 여자를 제거하기가 아주 어
려워졌어. 그렇게 생각하지 않아?”

“그, 그렇습니다.”

“경찰이 감싸고 돌 거란 말이야.”

“다시 한 번만 기회를 주십시오. 반드시 제거하겠습니다.”

“믿을 수가 없어.”

“다음에는 제가 직접 처리하겠습니다. 제가 했다면 실수하지 않았을 텐데…….”

“자신할 수 있어?”

“네, 자신할 수 있습니다.”

“다시 한 번 기회를 주겠다. 실수하지 말고 꼭 해치워.”

“반드시 해치우겠습니다.”

“경찰의 감시가 심할 테니까 조심해.”

“알겠습니다. 그 점은 염려하지 마십시오.”

대머리는 이마에 번진 땀을 손등으로 문지르면서 자리로 돌아왔다.

3월 중순.

따뜻한 봄기운이 온 누리에 퍼지는가 싶더니 그날은 아침부터 봄비가 대지를 촉촉이 적시기 시작했다.

동림건설(東林建設)은 강남의 신시가지에 자리 잡고 있었다. 유동림은 생전에 매우 의욕적이어서 회사를 설립한 지 몇 년도 안 되어 5층짜리 빌딩을 지어놓았다.

그 빌딩은 겉면에 백색 타일을 입혀 놓았기 때문에 산뜻한 인상이었다. 1층과 2층은 은행에 세를 내주었고 그 위층은 모두 건설회사가 사용하고 있었다.

국내 건설업은 오랫동안 침체에 빠져 있었다. 도산하는 업체가 수두룩할 정도로 계속 불황의 늪 속으로 떨어지고 있었다.

그러나 동림건설만은 놀랍게도 예외에 속했다. 특출한 아이디어와 판매 전략 그리고 전사원의 일치된 단결력과 노력으로 계속 신장세를 보여 오고 있었다.

동림건설은 불황기에 오히려 그 불황을 역이용해서 일어선 셈이었다. 그 모든 것이 사장인 유동림의 수완과 지혜 때문이었음은 말할 나위 없었다.

그런데 그 사장이 갑자기 비명에 죽은 것이다. 동림의 사원들은 모두 당황했고 회사는 흔들렸다. 보스가 없으니 그럴 수밖에 없었다.

그들은 사장의 부인이 어떤 결단을 내려줄 것을 기대했으나 젊은 미망인은 정신병원에 출입하는 등 충격과 악몽에서 헤어나지 못하고 있었다.

그 사이에 죽은 사장의 누나 되는 여자가 나타나 자신이 회사 운영에 참가하겠다고 선언했다. 그녀는 이미 복안을 세워놓고 있는 듯했다.

그런 선언이 있은 지 이틀 후 그녀는 자기 남편을 데리고 와서는 회사 간부들에게 소개했다.

그리고 이 분이 앞으로 사장 역할을 하게 될 것이라고 말했다. 회사 사람들은 어리둥절했다.

그녀의 남편이라는 사람은 변두리에서 조그만 양복점을 경영하는 사람으로 건설업에 대해서는 건자도 모르는 사람이었다. 그런 사람이 사장이랍시고 들어앉겠다니 기막힐 노릇이 아닐 수 없었다. 회사 간부들은 동조하지 않았다. 그들은 아무리 생각해도 거기에 승복할 수가 없었다. 그들은 법적인 상속자가 지명하는 사장이 아니면 받아들일 수 없다고 나왔다. 그들이 말하는 법적인 상속자란 작고한 사장의 부인인 오 월이었다.

그들은 회사 설립 때부터 동림과 동고동락한 충신들이었다. 따라서 아무한테나 회사 운영을 호락호락하게 맡길 사람들이 아니었다.

동림의 누나와 그 남편은 길길이 뛰었지만 그들은 듣지를 않았다. 그들에게 어떠한 회유와 협박도 통하지 않았다.

그들은 죽은 동림의 부인으로부터 연락이 오기만을 기다리고 있었다.

동림건설의 전무인 김문호(金文鎬)는 유동림의 대학 후배로 정의감이 강하고 성실한 사람이었다. 뛰어난 창의력과 추진력이 있는 건 아니었지만 보스를 도와 살림을 꾸려나가는 데 솜씨가 있는 사람이었다.

상무 정석환(鄭錫煥)은 유동림이 첫 직장에서 만난 사람이었다. 매우 명석한 두뇌의 소유자로 대인 관계에 뛰어나 밖에서 일 거리를 물어오는 데는 그를 따를 사람이 없었다. 유동림은 따로 회사를 세우면서 그를 데려왔던 것이다.

유동림, 김문호, 정석환, 이들 세 사람은 신흥 건설업계에서 알아주는 삼총사였다. 그런데 그 중 한 사람이 세상을 떠나버린 것이다.

남은 두 사람은 슬픔에 젖어 거의 일손을 놓고 있었다. 그렇다고 언제까지 그러고 있을 수만도 없었다.

그날 회사에 출근한 두 사람은 커피를 마시면서 회사의 앞날에 대해 이야기를 나누었다.

"어떻든 오늘 중으로 오 부인을 만나러 가서 어떤 결정을 봐야 할 것 같아. 저 방에 그 사람들이 계속 눌러 있게 할 수는 없지 않아?"

저 방이란 사장실을 가리키는 말이었다. 그리고 그 사람들이란 유동림의 누이 부부를 뜻했다.

김 전무의 말에 정 상무는 고개를 끄덕였다.

"네, 저도 그렇게 생각하고 있었습니다. 더구나 그 사람들의 움직임이 심상치가 않습니다. 각개 격파라고 하면 좀 우습지만 직원들을 개인적으로 만나 설득하고 있는 모양입니다."

"그래?"

"더러는 흔들리는 사람도 있는 것 같습니다."

"회사를 그대로 둬서는 안 되겠군. 지금 바로 오 부인을 찾아봅시다."

정 상무는 머뭇거렸다.

"그저께 제가 찾아갔을 때는 말을 붙일 수가 없었습니다. 두 번째 사건이 있고부터는 더욱 사람 만나는 것을 꺼리는 눈치였습니다."

"찾아가 봐도 별수 없다는 건가? 그렇다고 언제까지 기다릴 수도 없지 않소?"

"일단 전화를 해 보고 가도록 하죠."

정 상무는 수화기를 집어 들고 버튼을 눌렀다.

"네."

굵은 남자 목소리가 들려왔다.

"사모님 계시면 좀 부탁하겠습니다."

"거기 어디죠?"

묻는 기세가 꽤나 거칠고 급한 느낌이었다.

"동림건설입니다."

"전화 거시는 분은 누구시죠?"

"정 상무라고 합니다. 실례지만 누구신지요?"

"경찰입니다. 한데 오 부인은 지금 없습니다."

"어디 가셨나요?"

"우리도 지금 찾고 있는 중입니다. 갑자기 없어졌어요."

"아니, 그럴 수가…… 언제 그랬습니까?"

"아침에 보니까 없어졌습니다. 이건 비밀입니다."

"아, 알겠습니다."

"혹시 회사로 연락이 오거든 알려 주십시오. 그 여자는 매우
위험합니다. 왜 위험한지 알고 계시죠?"

"네 네, 알고 있습니다."

수화기를 내려놓는 정 상무의 표정이 납빛으로 변해 있었다.

"왜 그래요?"

"사모님은 안 계십니다. 경찰이 전화를 받았는데 사모님이 갑
자기 행방불명됐답니다."

김 전무는 입에 물고 있던 담배를 떨어트렸다.

"아니, 그게 무슨 말이야? 부인이 행방불명이라니, 그게 무슨
말이야?"

"아침에 보니까 없어졌답니다."

"아니, 그럼 경찰은 뭘 했지? 경찰이 부인을 경호하고 있었지
않았나?"

"네, 두 번째 사건 이후부터는 경찰이 쭉 붙어 있었지요."

"그럼 도대체 어떻게 된 일이야? 경찰 몰래 납치당했다는 건
가, 아니면 몰래 빠져나갔다는 건가?"

"그것까지는 확인해 보지 않았습니다. 다시 전화 걸어보죠."

정 상무는 수화기를 집어 들고 버튼을 눌렀다. 아까의 그 거친
목소리가 응답했다.

정 상무는 조심스럽게 질문을 던졌다.

"조금 전에 전화 걸었던 사람입니다. 궁금해서 말입니다. 범
인들이 부인을 납치해 갔는지, 아니면 혼자서 말도 없이 나가신
건지……."

그 말이 채 끝나기도 전에 상대는 퉁명스럽게 쏘아붙였다.

"우리도 지금 그걸 조사 중입니다. 지금 바쁘니까 쓸데없는
전화는 삼가 주십시오."

철컥 하고 전화가 끊겼다. 정 상무는 맥없이 수화기를 내려놓
았다.

"경찰도 그걸 조사 중이랍니다."

"큰일났군. 이거 보통 일이 아닌데…… 어쩌면 좋지?"

두 사람은 안절부절못하면서 서로 얼굴만 쳐다보았다.

한참 만에 김 전무가 먼저 벌떡 일어섰다.

"이러고 있을 게 아니라 거기에 가봅시다."

정 상무도 따라 일어섰다.

그들이 막 방을 빠져나가려고 할 때 삐익 하고 신호가 왔다.

김 전무는 나가려다 말고 수화기를 집어 들었다.

"전무님, 3번 전화입니다."

교환 아가씨가 말했다.

"누구래?"

김 전무는 신경질적으로 물었다.

"어떤 여자 분이 누구라고 하지 않고 급한 용무라고 하면서
전무님을 찾습니다."

김 전무는 3번 버튼을 누른 다음,

"여보세요, 전화 바꿨습니다."

하고 말했다.

"저…… 저……."

머뭇거리는 여자 목소리가 들려왔다.

"여보세요, 말씀하십시오."

"저기…… 김문호 씨 되시는가요?"

"네, 그렇습니다. 누구신가요?"

그는 눈살을 찌푸리면서 금방이라도 수화기를 내려놓으려고
했다.

"바쁘실 텐데 미안합니다. 저, 오 월이에요."

여자의 목소리는 거의 꺼져들고 있었다.

“네?”

김 전무는 미처 상대를 못 알아보고 있었다.

“저, 오 월이에요. 유동림 씨의…….”

여자가 다시 가냘픈 목소리로 말했다. 김 전무는 눈을 깜박거리다가 비로소 멈칫했다.

“아아…….”

그는 마른 침을 꿀꺽 삼켰다.

“죄송합니다. 얼른 알아 뵙지를 못해서…….”

“지금 바쁘신가요?”

“아, 아닙니다.”

“좀 뵙고 싶은데…….”

“네, 그렇지 않아도 조금 전에 댁으로 전화를 걸었더랬습니다. 지금 어디 계신지요?”

“P호텔에 있어요.”

“혼자 계신가요?”

“네, 혼자 있어요.”

“혼자 계시면 위험합니다. 경찰이 지금 찾고 있습니다. 경찰에 말씀 안 하시고 나오셨나요?”

“경찰의 보호를 받기는 싫어요.”

작으면서도 조그만 목소리로 그녀가 말했다. 김 전무는 멈칫했다.

“심정을 알겠습니다. 혼자 밖에 나와 계시면…….”

“지금 바로 정 상무와 함께 여기로 와 주세요. 20층 15호실이에요. 기다리고 있겠어요. 그리고 저와 만난다는 거, 외부에는 비밀로 해주세요.”

“경찰도 말입니까?’

“물론이에요.”

“아, 알았습니다. 곧 가겠습니다.”

그는 수화기를 내려놓고 숨을 몰아쉬었다.

“사모님이오.”

“지금 어디 계신답니까?”

정 상무가 눈을 크게 뜨고 말했다.

“P호텔에 있어요. 지금 바로 만나자는데 갑시다. 경찰에는 어떻게 할까?”

“사모님은 뭐라고 하던가요?”

“사모님께서는 경찰은 물론 누구한테도 자기 만나는 걸 비밀로 하래요.”

“그럼 그렇게 하지요. 일단 부인을 만나보고 나서 손을 쓰든지 하지요.”

그들은 서둘러 밖으로 나와 승용차에 올랐다. 두 사람 다 몹시 긴장해 있었다.

“몰래 빠져나온 모양이군요?”

정 상무가 운전사에게 들리지 않게 작은 목소리로 물었다.

“아마 그런가 봐요.”

“왜 그랬죠?”

“몰라요. 가서 알아봐야지.”

“혹시 머리가 이상해진 게 아닐까요?”

“그럴 가능성도 있지!”

그들은 우울한 표정으로 입을 다물었다.

30분쯤 지나 그들은 P호텔에 도착했다. 김 전무가 먼저 구내 전화로 2015호실에 확인 전화를 걸어보았다.

“올라오세요.”

아까보다는 훨씬 냉담한 목소리가 응답했다. 그들은 엘리베이터를 타고 20층으로 올라갔다.

이윽고 엘리베이터에서 내려 15호실 앞에 이르자 그들은 자세를 바로하고 호흡을 가다듬었다. 정 상무가 벨을 눌렀다.

“들어오세요.”

문은 잠겨 있지 않았다. 그들은 문을 밀고 안으로 들어갔다. 오 월은 옆모습만 보인 채 가만히 서 있었다. 짙은 감색 코트 차림이었다.

그들은 조심스럽게 다가가 정중히 고개를 숙였다.

“안녕하십니까?”

그녀가 천천히 고개를 돌렸다. 선글라스를 끼고 있었다. 그것을 벗어 들면서 그녀는 고개를 조금 숙여 보였다. 얼핏 미소를 짓기는 했는데 따뜻하다기보다는 오히려 차가운 느낌이었다.

“오시라고 해서 죄송해요.”

“괜찮습니다.”

“앉으세요.”

그녀가 자리를 권했다. 탁자를 사이에 두고 안락의자가 두 개 있었다.

정 상무는 화장대 앞에 놓여 있는 딱딱한 나무 의자를 갖다 놓고 앉았다.

오 월과 김 전무는 안락의자에 마주보고 앉았다.

"편안하게 한 잔씩 드시죠. 커피 드시겠어요? 아니면 칵테일을 드릴까……."

남자들은 커피를 택했다. 그녀는 구내전화로 커피 석 잔을 주문했다.

"담배를 피우세요."

그녀가 먼저 백 속에서 담뱃갑을 꺼내면서 말했다. 남자들이 너무 굳은 모습으로 앉아 있는 것이 눈에 거슬린 모양이었다.

남자들은 그녀가 담배를 꺼내는 것을 보고 적잖게 놀랐다. 그것은 확실히 놀라운 변화였다.

그들이 알기에 그녀는 담배를 피울 줄을 몰랐다. 그녀는 얌전하고 수줍음 많은 여자였다. 단지 담배를 피운다는 사실 자체가 놀라운 것은 아니었다. 그녀가 담배를 뽑아듦으로써 그녀의 몸에서 풍기는 전체적인 이미지가 확연히 달라졌음을 느끼게 되었던 것이다. 김 전무는 급히 라이터 불을 내밀었다.

"고마워요."

그녀는 담배에 불을 붙인 다음 연기를 깊이 빨아들였다가 후 우 하고 내뿜었다.

남자들은 당황해서 그녀의 움직임을 세밀하게 관찰했다. 정신적으로 혹시 이상 상태가 아닌가. 해서였다.

그러나 그녀의 어느 구석에도 그런 기미는 보이지 않았다. 그녀는 세련되고, 침착했고, 차가운 느낌을 주는 모습으로 앉아서 담배를 피우고 있었다.

"왜 혼자 말씀도 없이 나오셨습니까? 집에서는 지금 소동이 일어난 모양입니다."

"집에는 전화를 걸어서 안심시키겠어요. 우리 속에 갇혀 있는 기분이어서 잠시 나온 것뿐이에요. 과거를 잊고…… 전 좀 자유롭게 살고 싶어요."

"잘 생각하셨습니다. 하지만 혼자 이렇게 나와 계시면 위험합니다. 범인들이 잡힐 때까지는 답답하시겠지만 보호를 받으셔야 합니다."

웨이터가 커피를 가져왔다. 그들의 대화는 잠시 중단되었다. 웨이터가 커피를 따르고 나가자 그들은 다시 하던 이야기를 계속했다.

"범인들은 언제 잡힐지 몰라요. 1년이 될런 지 2년이 될 런 지……."

"하지만……."

그녀는 손을 들어 상대를 막았다.

"저에 대해서는 상관하지 마세요."

그녀가 단호하게 말했기 때문에 김 전무와 정 상무는 순간 멈칫했다.

"제 일은 제가 알아서 처리하겠어요. 두 분을 이렇게 부른 건 회사 문제에 대해서 할 이야기가 있어서였어요. 그게 가장 시급

한 일 아닌가요?”

“네네, 그렇습니다.”

그들은 자세를 가다듬고 자기들보다 어린 여인을 조심스럽게
바라보았다.

그 시간에 오 월의 집에서는 장 형사가 발을 구르고 있었다.
그는 지난밤 황 형사에게 오 월을 부탁하고 자신은 수배 차량을
찾으러 돌아다녔었다. 새벽녘에 잠깐 눈을 붙였다가 와 보니 오
월이 온데간데없이 사라져 버린 것이다.

그는 황 형사에게 분통을 터트렸다.

“내가 그렇게 잘 감시하라고 신신당부했는데 그 여자가 사라
진 것도 몰랐어? 멍텅구리 같으니! 그래 가지고 형사는 무슨 형
사야! 어젯밤 뭐했어? 베개 끌어안고 꿈꿨나? 말해 봐! 뭐했느냐
말이야?”

잡아먹을 듯이 노려보는 장 형사 앞에서 황은 주눅이 들어 말
도 제대로 하지 못했다.

아무리 선배 형사라고 하지만 이렇게 당해 보기는 처음이었
다. 그는 심한 모욕감으로 얼굴이 벌겋게 달아올랐지만 자신의
실수가 컸기 때문에 고스란히 당하기만 했다.

뿐만 아니라 장 형사의 성미가 불같아서 잘못 응수하다가는
금방 손찌검이라도 날아들 것만 같았다.

“너무 피곤해서 깜박 잠이 든 사이에 그만……”

“그게 이유라고 말하는 거야? 그 여자가 납치돼서 해라도 당

하면 누가 책임지지?"

"납치당한 것 같지는 않습니다."

"닥쳐! 이 바보야! 너 같은 것하고는 함께 일할 수 없으니까 가라고. 꺼져! 꼴도 보기 싫으니까 꺼져!"

그러나 황 형사도 어지간히 참을성이 있는 사람이었다. 그는 그런 모욕을 받으면서도 가지 않고 그 자리에서 버티었다.

오 월의 어머니는 딸이 말없이 사라져 버리자 눈이 퉁퉁 붓도록 울었다.

황에게 실컷 분통을 터트리고 난 장은 다소 분이 풀려 사태를 곰곰이 따져 보기 시작했다.

외부에서 침입한 흔적도, 끌려 나간 흔적도 없는 것으로 보아, 그리고 아무 이상한 소리를 듣지 못한 것으로 보아 그녀가 납치된 것 같지는 않았다. 그 점이 조금 안심이 되었지만 그렇다고 마음을 놓을 일은 아니었다.

왜 그녀는 몰래 집을 빠져나갔을까?

그는 그 의문부터 해결해야 했다. 집안을 조사해 본 결과 외출복으로 갈아입고 여행용 가방을 들고 나간 것이 밝혀졌다. 그것으로 보아 그녀는 쉽게 돌아올 것 같지 않다. 어디로 여행을 떠난 것일까? 만일 여행을 떠났다면 왜 위험을 무릅쓰고 그런 짓을 감행했을까? 범인들이 자기를 노리고 있다는 것을 그녀 자신이 잘 알고 있지 않은가! 혹시 정신 이상으로 나간 게 아닐까?

의문은 꼬리를 물었다. 그리고 어느 것 하나 명쾌한 해답을 얻을 수가 없었다.

그는 다섯 대째의 담배를 피우고 나서 수사본부에 전화를 걸었다.

"오 월 씨의 수배를 부탁합니다. 그 여자가 간밤에 행방불명 됐습니다. 사진은 여기에 많이 있으니까 적당한 것을 복사해서 전국 경찰에 돌리도록 해 주십시오. 나이는 28세, 얼굴은 계란형, 아주 미인입니다. 키는 1백 65정도…… 감색 코트를 입었고 밤색 가죽 가방을 휴대하고 있습니다. 헤어스타일은 긴 생머리…… 각 병원과 시체 안치실에도 수배를 부탁합니다. 긴급 1호를 발동해 주십시오. 발견 즉시 엄중한 경호 하에 신병을 확보해 주십시오."

"알겠습니다."

수화기를 내려놓고 나서 그는 다시 담배를 뽑아 물었다.

오 월은 남편에게 충실했던 두 사나이를 바라보면서 이야기를 계속했다. 담담하면서도 확연한 어조로 이야기해 나갔다.

"그 분은 돌아가셨지만 그 분의 유지는 그대로 살아 있어요. 저는 그 분의 유지를 그대로 따를 생각이에요. 그 분의 유지는 회사를 그대로 살리라는 거였어요. 그것은 그 분이 영혼의 목소리로 제게 들려준 말이었어요."

남자들은 두 손을 모아 쥐고 고개를 숙였다. 감동어린 표정들이었다.

"그 분이 돌아가셨다고 해서 회사를 집어치울 생각은 추호도 없어요. 그 분이 안 계신다고 해서 회사가 흔들려야 할 까닭도 없어요. 그 분이 안 계시면 제가 하는 거예요."

"옳은 말씀입니다."

김 전무가 머리를 숙이며 말했다. 뒤를 이어 정 상무가 입을 열었다.

"사모님께서 그렇게 말씀하시니 뭐라고 감사의 말씀을 드려야 할지 모르겠습니다. 사실 저희들은 그 동안 매우 걱정하고 있었습니다. 말씀은 안 드렸지만 앞으로 회사를 어떻게 할지 갈피를 잡을 수가 없었습니다. 사모님께서 그런 결심이라니 정말 이제야 살 것 같습니다. 이제 자신감이 솟아오릅니다."

"동림건설은 두 분 어깨에 달려 있어요. 저는 사실 아무것도 몰라요. 그러나 결심은 서 있어요. 두 분께서 저를 도와 주신다면 저는 충분히 회사를 이끌어 나갈 수 있어요."

"사장님이 살아 계셨을 때보다 더욱 열심히 일하겠습니다."

"고마워요. 당분간 실질적인 회사 운영을 두 분에게 맡기겠습니다. 그 대신 언제든지 제가 쉽게 알아볼 수 있게 제반 서류를 꾸며 두세요."

그것은 회사의 대표로서 자신이 최종적인 감사와 결재를 하겠다는 말이었다.

"알겠습니다."

그들은 완전히 복종하는 태도를 보였다.

"지금 회사에 문제되는 것은 없나요?"

"한 가지 있습니다."

김 전무가 조심스럽게 말머리를 꺼냈다.

"뭔가요?"

오 월은 찻잔을 내려놓으며 똑바로 그를 바라보았다.

"다름이 아니라 돌아가신 사장님의 누님 되시는 분이 그 남편 되는 분을 내세워 회사 운영에 개입하려 하고 있습니다."

"그럴 거라고 생각했어요."

"요즘은 숫제 두 분이 사장실에 들어앉아 계십니다. 일체 응하지 않고 있습니다만 그것도 하루 이틀도 아니고……."

"무슨 말씀인지 알겠어요. 여기서 분명히 말씀드리지만 유동림 씨의 법적인 상속자는 바로 저예요. 허락 없이는 아무도 회사 일에 간섭할 수 없어요."

"네, 저희들도 그렇게 생각하고 있습니다. 그래서 일체 응하지 않았습니다. 사모님께서 내일부터라도 직접 회사에 나와 주신다면 더없이 좋겠습니다만……."

"저는 당분간 회사에 나갈 시간이 없을 것 같아요. 그 대신 시간 나는 대로 전화 연락을 드리든가 두 분을 따로 불러 이렇게 만나든가 하겠어요. 제가 회사에 나가지 못하더라도 두 분께서 책임지고 회사를 이끌어나가 주세요."

"잘 알겠습니다."

그녀는 두 대째의 담배에 불을 붙였다. 그리고 착 가라앉은 목소리로 이렇게 지시를 내렸다.

"제가 대표 자리에 앉을 수 있도록 법적인 절차를 모두 밟아 주세요."

망설임도 없는 당당한 말에 남자들은 다시 머리를 숙였다.

"네, 즉시 절차를 밟도록 하겠습니다."

"여기에 제 도장과 인감이 있어요."

그녀는 백 속에서 도장과 인감을 꺼내 놓았다. 그녀의 당돌하고 치밀한 준비에 그들은 잠시 놀란 표정을 지었다.

"바쁘실 텐데 그만들 돌아가 보세요."

"저기…… 저희들과 함께 가시죠. 저희가 댁까지 모셔다 드리겠습니다."

김 전무가 엉거주춤하며 말하자 그녀는 고개를 저었다.

"먼저들 가세요. 제 걱정은 마시고, 저는 볼일이 좀 있어요."

"가능하면 기다려서라도 저희들이 댁에까지 모셔다 드리고 싶습니다."

"그냥 돌아가 주세요. 제 일은 상관하지 마시고."

"사모님, 댁에 돌아가셔야 합니다. 혼자 다니시면 안 됩니다. 정 그러시다면 사람을 하나 붙여 드리겠습니다."

그녀는 한동안 말없이 창밖을 바라보다가 낮은 소리로 무겁게 말했다.

"제발 저를 그대로 내버려 두세요. 제 개인적인 일에는 상관하지 마세요. 더 이상 그러시면 저 화내겠어요."

남자들은 마침내 조용히 일어섰다. 그녀는 앉은 채로 그들의 인사를 받았다.

그들이 나가고 난 뒤에도 그녀는 한참 동안 그 자리에 못 박힌 듯 앉아 있었다.

창문을 타고 흘러내리는 빗물을 하염없이 바라보다가 그녀는 천천히 몸을 일으켰다. 조금 전의 그 도도하고 냉랭하던 태도는

간 곳 없이 연약하고 가냘픈 모습으로 돌아가 있었다.

침대 옆에 놓여 있는 사이드 테이블 쪽으로 다가간 그녀는 침대 위에 걸터앉은 다음 집으로 전화를 걸었다. 신호가 가기 무섭게 수화기를 집어 든다. 거친 남자 목소리의 주인공이 누구인지 그녀는 묻지 않아도 알 수 있었다.

"여보세요!"

이쪽에서 아무 말도 하지 않자 다급하게 부른다.

"저예요."

그녀는 힘없이 말했다.

"아, 부인!"

그것은 신음이었다.

"지금 어디 계십니까?"

"······."

"그러지 않아도 걱정하고 있는 중입니다."

"걱정을 끼쳐드려 죄송합니다."

"저보다도 어머니께서 몹시 상심하고 계십니다. 지금 어디 계십니까?"

"말씀드릴 수 없어요."

"아니, 왜요? 지금 혼자 계십니까?"

"네, 혼자 있어요."

"무슨 일로 말도 없이 혼자 나가셨습니까?"

"이유는 묻지 마세요. 저 때문에 걱정하실 것 같아 전화 건 거예요. 제 걱정은 하지 마세요."

“아니, 도대체 그렇게 혼자 나돌아 다닐 입장이십니까?”

장 형사는 언성을 높였다.

“걱정하지 마세요.”

“도대체 이유가 뭡니까? 이유나 좀 압시다. 지금 전국 경찰에 부인을 찾으라는 수배령이 내렸습니다. 부인이 그렇게 무책임한 짓을 했기 때문에 쓸데없이 많은 인력을 낭비하게 된 겁니다. 지금 바로 집으로 들어오십시오.”

“당분간 집에는 들어갈 수 없어요. 저를 찾으려고 공연히 수고하실 필요는 없어요.”

상대는 분통이 터지는 것을 억지로 참고 있는 것 같았다.

“도대체 왜 그러는 겁니까?”

“혼자서 여행을 좀 하고 싶어요.”

“방해하지 않을 테니 나하고 함께 여행합시다.”

“싫어요.”

한숨 소리가 들려왔다.

“부인, 지금 감상에 젖어 있을 때가 아닙니다. 범인들이 노리고 있다는 걸 잘 알고 있지 않습니까?”

“잘 알고 있어요.”

“그러면서 왜 그러십니까?”

“혼자 여행을 하고 싶어요. 집에서 사람들에 둘러싸여 갇혀 있으니까 정말 미칠 것 같아요.”

“그렇다면 좋습니다. 얼마든지 돌아다니십시오. 그 대신 나와 함께 다닙시다. 남들이 눈치채지 않게 멀리 떨어져서 따라다니겠습니다."

"그럴 수는 없어요."

"이거 쇠귀에 경 읽기군. 이쪽의 성의를 조금이라도 받아줘야 할 거 아니오?"

"미안하지만 그럴 수는 없어요."

"정 그렇다면 부인을 체포할 수밖에 없어요. 부인은 몇 발짝 못 가서 붙잡히고 말 겁니다."

"……."

"내 말 듣지 않다가 부인은 크게 후회하실 겁니다."

장이 무슨 말을 해도 그녀는 들으려고 하지 않았다.

"어머니를 바꿔 주세요."

"잠깐 기다려요."

몹시 화가 났는지 목소리가 퉁명스러웠다.

잠시 후 그녀의 어머니가 나왔다. 그녀의 어머니는 딸의 목소리를 듣자마자 울기부터 했다.

"왜 말없이 나갔니? 지금 어디 있니? 니가 어쩌자고 에미 속을 이렇게 썩히니? 형사님 말대로 아무 말 말고 지금 당장 들어와라. 안 들어오면 이 에미는 죽는다. 에미 죽는 꼴 보고싶니?"

이렇게 말하는 어머니를 달래지도 못한 채 그녀는 여행을 다녀오겠다고 하고 전화를 끊었다.

그녀는 거의 한 시간 가까이 미동도 하지 않고 앉아 있다가 머리 속에 암기하고 있는 전화번호를 마침내 불러냈다. 수화기를 들고 다이얼을 돌렸다.

아주 천천히 돌렸다. 555—1299, 신호가 걸리지 않는다. 다시 한 번 다이얼을 돌렸다. 역시 마찬가지였다.

조금 기다렸다가 세 번째 걸었다. 이번에는 다이얼을 조금 빨리 돌렸다. 삑삑거리는 소리만 들렸다.

5분 기다렸다가 다시 걸어보았다. 역시 신호가 걸리지 않는다. 그녀의 표정은 어느새 긴장해 있었다.

그녀는 똑같은 짓을 열 번 반복했다. 그런 다음 114를 돌렸다. 곧 안내가 나왔다.

"아무리 다이얼을 돌려도 신호가 걸리지 않아서 그러는데……."

"몇 번인가요?"

"555—1299입니다."

"555국은 없어요."

안내가 전화를 끊으려고 했다.

"아 잠깐, 그럼 국이 바뀐 걸까요?"

"그런 국은 없어요."

"그럼 지방 전화번호일까요?"

"그건 잘 모르겠어요."

"어디다 알아보면 알 수 있을까요?"

"시외전화 안내에 알아보세요."

"시외전화 안내는 몇 번인가요?"

대답이 없다. 전화는 이미 끊겨 있었다. 그녀는 집요했다. 이번에는 호텔의 교환을 불렀다.

"매우 중요한 부탁이 하나 있는데 들어주시겠어요?"

"무슨 부탁인데요?"

"별로 어려운 건 아니에요. 제 부탁을 들어주신다면 사례하겠어요."

"무슨 일인데요?"

교환 아가씨가 잔뜩 호기심 어린 목소리로 물었다.

"다름이 아니라 제가 전화번호를 하나 알고 있는데 그 번호가 어느 지방 것인지 그걸 알고 싶어서 그래요. 서울 전화번호는 아니에요."

"어느 지방 것인지는 모르고 번호만 알고 계시다는 말씀이신가요?"

"네, 그래요?"

"몇 번인데요?"

"555국에 1299예요."

"555국은 서울에 없어요. 지방 전화번호인 모양이에요. 잠깐 기다리세요."

오 월은 수화기를 내려놓고 기다렸다.

10분쯤 기다렸을때 전화벨이 울렸다. 그녀는 잽싸게 수화기를 집어 들었다.

"신호가 가요. 부산이에요."

교환이 들뜬 목소리로 말했다. 곧 신호 떨어지는 소리가 들려왔다.

"네에……."

아주 멀리서 여자가 응답해 왔다.

“여보세요!”

“네, 말씀하세요.”

“거기 혹시…… ‘로댕의 집’이 아닌가요?”

하고 물었다.

“네, 그런데요.”

“지금도 영업하나요?”

“그럼요. 헌데 무슨 일로 그러시나요?”

그녀는 대답하지 않고 수화기를 내려놓았다.

긴장이 풀리면서 절로 입에서 한숨이 새어나왔다. 그녀는 이마에 밴 땀을 손수건으로 닦았다. 다시 전화벨이 울렸다. 교환한테서 온 전화였다.

5분쯤 지나 교환 아가씨는 그녀의 방문을 노크했다. 오 월은 그녀에게 사례금으로 10만 원을 지불했다.

호텔을 나온 오 월은 미장원을 찾아갔다. 머리를 짧게 커트한 다음 디스코 스타일로 달달 볶았다. 속눈썹을 길게 붙이고 화장을 짙게 했다. 손톱에 매니큐어까지 바르고 미장원을 나왔다.

미장원 가까이에 기성복 판매장이 있었다. 그곳에 잠깐 들러 코트를 바꿔 입었다.

새 코트는 보라색이었다. 백에서 선글라스를 꺼내 끼었다. 일부러 껌을 짝짝 씹으며 걸었다.

그녀는 비행장으로 가는 것을 포기했다. 비행기를 이용하면 신원이 탄로 날 것이기 때문이었다.

서울역으로 나가 오후 1시에 출발하는 새마을 열차표를 샀다. 시간이 아직 남아 있었으므로 대합실 입구에 서서 비를 피하며 오가는 사람들을 구경했다.

주위를 살펴보니 여기저기서 검문검색이 실시되고 있는 것이 보였다. 그런데 젊은 여자만을 상대로 조사하고 있었다.

방금 막 한 여자에 대한 조사를 끝낸 사나이 두 명이 그녀가 앉아 있는 쪽으로 걸어오기 시작했다.

그녀는 슬그머니 돌아섰다. 대합실 안으로 들어가 창문을 통해 밖을 내다보았다.

사나이들은 대합실을 향해 곧장 다가오고 있었다. 그녀는 화장실 안으로 들어갔다.

화장실 안은 오물이 그대로 쌓여 있어 악취를 풍기고 있었다. 수세식 변기가 고장 나 있었다. 그녀는 담배를 연달아 세 대나 피워댔다.

한참 후 대합실로 나오니 그 사나이들은 보이지 않았다.

1시 15분 전에 개찰이 시작되었다.

그녀는 핸드백을 어깨에 메고 보스톤백을 왼손에 들었다. 그리고 개찰구를 통과했다.

열차는 1시 정각에 출발했다.

그녀는 창가에 기대앉아 뒤로 밀려가는 서울 시가지를 망연히 바라보았다. 드디어 여행이 시작된 것이다. 언제 끝날지 모르는 여행이……

배가 고팠기 때문에 그녀는 2시께에 식당차로 가서 스테이크를 먹었다. 오랜만의 식사였다. 남편이 죽은 후 지금까지 그녀는 식사다운 식사 한 번 제대로 해보지 못했다. 여행을 성공적으로 끝내기 위해서는 기운을 차려야 한다. 먹기 싫어도 먹어야 한다. 그녀는 고기를 꼭꼭 씹어 먹었다.

식사에 곁들여 맥주까지 한 병 시켜 마셨다. 모든 것에 익숙해져야 할 필요를 느꼈기 때문에 그녀는 맥주 한 병을 모두 비웠다. 술을 모두 마시자 긴장이 일시에 풀리면서 피로가 한꺼번에 몰려왔다.

자리에 돌아온 그녀는 곧장 잠에 떨어졌다.

열차가 대구에 도착했을 때 그녀는 한 번 깨어났다가 다시 잠들었다. 그리고 종착역에 닿았을 때야 눈을 떴다.

역 광장으로 나오니 6시였다.

과거에 두어 번 와본 적이 있었지만 초행길이나 마찬가지여서 그녀는 한동안 분수대 부근에서 머뭇거렸다.

부슬비가 소리 없이 내리고 있었다. 아이가 달려와서 우산을 사라고 졸랐다. 그녀는 비닐우산을 사서 펴들었다. 아이가 시커먼 손으로 잔돈을 내밀었다.

"괜찮아. 너 가져."

그녀는 웃으며 말했다.

"고맙습니다."

아직 열 살도 채 안 되어 보이는 아이는 대합실 쪽으로 뛰어가는 것이었다.

그녀는 공중전화 부스가 늘어서 있는 곳으로 걸어갔다. 10분쯤 차례를 기다리고 나서 그녀는 부스 안으로 들어갔다. 동전 두 개를 집어넣고 암기하고 있는 전화번호를 돌렸다. 신호가 가기 무섭게 금방 찰칵 하는 소리가 들렸다.

"거기…… 로댕의 집이죠?"

"네, 그런데요."

여자가 대답했다.

"스낵바이지요?"

"네, 그래요. 왜 그러죠?"

"아, 다름이 아니고…… 거기서 누굴 만나기로 했는데 위치를 몰라서 그래요."

"아주 찾기 쉬워요. 남포동 골목에 있는데……."

상대방은 아주 친절히 가르쳐 주었다.

10분 후 그녀는 광복동 입구에서 택시를 내렸다.

남포동으로 가기 전에 그녀는 먼저 D호텔로 들어가서 방을 하나 얻었다. 체크인하면서 방값을 선불했다.

종업원이 여자 혼자 투숙하자 이상하다는 듯 자꾸만 쳐다보았지만 그녀는 상관하지 않았다.

7시가 되자 날이 완전히 저물었다. 그녀는 호텔을 나와 남포동 쪽으로 걸어갔다.

빗발이 아까보다 굵어 있었다.

남포동 골목에는 사람들이 넘쳐흐르고 있었다. 거기에는 남부 지방 특유의 흥청거림이 있는 듯했다. 쇼윈도에는 상품이 가득했지만 그녀는 그런 것은 거들떠보지도 않은 채 오직 '로댕의 집’만 찾았다.

‘로댕의 집’은 쉽게 찾을 수 있었다. 그것은 2층에 자리 잡고 있었다. 그녀는 아래층 입구에서 한동안 망설이다가 마침내 몸을 돌려 가파르고 좁은 계단을 조심스럽게 올라갔다.

2층 입구에 로댕의 작품인 ‘생각하는 사람’의 모조 조각상이 시커먼 모습으로 웅크리고 있었다. 그녀는 그것을 한참 내려다보다가 문을 밀고 안으로 들어섰다.

안에 있던 사람들의 시선이 일제히 그녀에게 쏠렸다. 안에는 사람들이 많았다. 그녀는 그들을 묵살한 채 스탠드 한쪽에 엉덩이를 붙이고 앉았다.

“누구 기다리세요?”

여자 바텐더가 그녀 쪽으로 다가오며 물었다.

“아뇨.”

그녀는 능숙하게 담배를 뽑아들며 말했다.

“한 잔 하시겠어요?”

“칵테일 한 잔 주세요. 부드럽게 해 주세요.”

실내를 둘러보기까지는 시간이 좀 걸렸다.

스낵바치고는 내부가 매우 넓었다. 테이블도 몇 개 있었고 룸까지 딸려 있었다. 실내 장식은 세련되고 호화로워 보였다. 음악은 조용했다. 손님들은 대부분 남자들이었는데 젊은 샐러리맨들 같았다. 두 명의 여자 바텐더가 스탠드를 맡고 있었고 따로 웨이터 두 명이 또 있었다.

“어떻게 혼자 이렇게 와서 술을 드세요?”

그녀가 잔을 반쯤 비웠을 때 바텐더가 다가오더니 말을 걸어
왔다.

인상이 고운 여자였다.

"비가 오고…… 일찍 들어가기는 싫고……."

오 월은 미소를 지었다.

"미스 홍이라고 해요. 잘 부탁해요."

바텐더가 자기소개를 했다. 오 월은 고개를 끄덕해 보였다.

"다음에 오실 때는 함께 오세요."

"함께 올 사람이 생기면……."

옆에 앉아 있던 남자 손님이 그녀를 힐끗 돌아다보았다. 바텐
더가 다시 물었다.

"댁이 어디세요?"

"여기서 가까워요. 아파트에서 자취하고 있어요."

"어머, 그러세요. 나도 자취하고 있는데…… 고향이 여기가
아니신가 보죠?"

"서울이에요."

"어머, 저도 서울인데……."

바텐더의 눈이 반짝 빛났다.

"앞으로 언니라고 부르겠어요."

오 월은 좋다는 뜻으로 웃어 보였다.

그때 옆에서 힐끗거리던 남자가 끼어들었다.

"의형제를 맺었으면 축하를 해야지. 자, 내가 한 잔 사지."

사나이는 게슴츠레한 눈으로 오 월을 들여다보듯하면서 그녀

앞에 잔을 탁 놓았다. 오 월은 고개를 설레설레 저었다.

“사양하겠어요.”

“호의를 무시하다니…… 자, 한 잔만…….”

머리숱이 적고 살이 몹시 찐 사나이였다. 나이는 마흔 안팎 정도 되어 보였다.

“아이, 김 사장님…….”

바텐더가 난처한 표정을 지었지만 사내는 잔을 치우려고 하지 않았다. 억지를 부림으로써 상대방을 굴복시키는 것을 능사로 아는 사람 같았다.

오 월은 바텐더에게 술값을 지불하고 일어섰다.

접 근

오 월이 사라진 지 하루가 지났다.

경찰은 긴급 수배령 제1호를 발동해서 그녀를 찾았지만 그녀의 종적은 묘연하기만 했다.

장완수 형사는 오 월의 집에서 꼬박 뜬눈으로 밤을 지냈다. 그녀로부터는 두 번 다시 전화가 걸려오지 않았다.

점심때쯤 동림건설의 김 전무라는 사람으로부터 전화가 걸려왔다. 그는 경찰을 바꿔 달라고 하더니 조심스럽게 물었다.

"사모님께서는 아직 안 들어오셨는가요?"

"네, 아직 소식이 없습니다. 그쪽으로 무슨 소식이라도 있습니까?"

"저기 사실은……."

상대방이 머뭇거리는 것을 보고 장 형사는 긴장했다.

"말해 보십시오. 무슨 일인가요?"

"실은 어제 아침나절에 사모님을 만났습니다."

"뭐라구요?"

장은 자기도 모르게 큰소리를 냈다.

"왜 이제사 그런 말을 하는 거죠? 지금 그 여자를 찾으려고 야단법석이 일어났는데. 그 여자 어디 있죠?"

"어제 P호텔에서 만났는데 아직도 거기에 계신지 모르겠습니다. 2015호실입니다."

"그쪽으로 나오시오! 커피숍에서 만납시다! 내 얼굴을 알고 있죠?"

"네, 알고 있습니다."

"모르면 장완수를 찾으시오."

장은 전화를 끊고 밖으로 뛰쳐나갔다. 그 뒤를 황 형사가 말없이 따라붙었다.

그들은 함께 택시를 탔지만 장은 황 형사를 거들떠보지 않았다. 그는 아직도 황의 실수를 용서하지 않고 있었다. 그가 워낙 냉랭했기 때문에 황은 그에게 감히 말을 걸지 못하고 있었다.

호텔에 도착하자 장은 프런트로 먼저 달려갔다.

"경찰입니다. 지금 2015호실에 누가 투숙하고 있죠?"

"일본인이 투숙하고 있습니다."

프런트맨이 숙박 카드를 들여다보며 대답했다.

"언제 투숙했죠?"

"조금 전에 투숙했습니다."

"어제 투숙했던 사람을 알아보고 싶은데……."

프런트맨은 서랍 속을 뒤지더니 카드 한 장을 뽑아냈다.

"오숙자라는 여자가 혼자 들었습니다."

장은 카드를 뺏어들고 들여다보았다.

"이 기록은 주민등록증과 대조한 건가요?"

"손님들이 싫어하기 때문에 대조하지는 않았습니다."

"이 여자 언제 나갔나요?"

"글쎄…… 그건 잘 모르겠는데요. 방값을 선불하고 투숙했기 때문에 나가는 것에 대해서는 별로 신경을 쓰지 않았습니다. 12시에 자동적으로 체크 아웃되었기 때문에 다른 손님을 투숙시켰습니다."

장 형사가 황 형사와 커피숍으로 함께 들어가자 입구 쪽에 앉아 있던 두 사나이가 일어서면서 허리를 굽혔다.

"동림건설에서 왔습니다."

장은 그들과 마주앉으면서 사납게 그들을 쏘아보았다.

"어제 바로 연락해 주었으면 이런 일이 없죠. 내가 어제 분명히 연락해 달라고 부탁했을 텐데……."

그는 탁자를 손가락으로 두드렸다. 두 신사는 어쩔 줄 모르며 머리를 숙였다.

"죄송합니다. 저희들의 불찰이었습니다."

"지금 이 사건이 얼마나 중요한 건지 당신들은 모를 거요. 그동안 두 사람이 살해되었어요. 범인들은 잔인무도한 놈들이에요. 놈들은 오 부인을 노리고 있어요. 오 부인을 발견하면 반드시 살해할 거요. 그런데 부인은 밖에 몸을 노출시키고 있으니 나 죽여 달라고 돌아다니는 거나 마찬가지란 말입니다.”

“정말 죄송합니다. 방에는 없던가요?”

“지금까지 있을 리가 없죠. 어제 어떻게 해서 오 부인을 만나게 되었죠? 자세히 이야기해 보시오.”

“어제 전화가 왔었습니다. 회사로 전화가 왔었습니다.”

정 상무가 입을 열었다. 그의 이야기는 10분 남짓 계속되었다. 그리고 장 형사의 질문이 있었다.

“그런 이야기할 때 오 부인한테 이상한 점은 없었나요?”

“그런 점은 없었습니다.”

“정신적으로 불안정하다거나 그런 점 말이오.”

“아주 정상이었습니다. 놀랄 정도로 침착하셨습니다.”

김 전무는 단언하듯 말했다. 장은 식어빠진 커피를 마시고 나서 손등으로 입술을 문질렀다.

“내가 이런 말을 묻는 건 오 부인이 혹시 정신 이상으로 가출한 게 아닌가 해서요. 헌데 이야기를 들어보니까 그런 것 같지는 않군요.”

“회사를 이끌어 가려는 의지가 아주 강하게 엿보였습니다.”

“그럼 왜 가출했을까? 그 이유를 말하지 않던가요?”

“그렇지 않아도 저희들이 댁으로 모시고 가려 했습니다. 하지만 사모님께서 정색을 하시고 자기 일에 간섭하지 말라고 하시는 바람에 어쩔 수가 없었습니다. 물론 이유 같은 것도 말씀하시지 않았습니다. 이런 말씀은 하셨습니다만……."

"무슨 말을요?"

"마치 우리 속에 갇혀 있는 것 같아서 잠시 자유롭게 돌아다니고 싶어서 나온 거라고 하셨습니다."

"오 부인은 쉽게 돌아올 것 같지 않아요."

"그럴 이유라도 있습니까?"

"내 육감이 그래요. 당신들이 어제 제때 연락만 해주었던들 별일 없었을 텐데……."

"사모님께서 말하지 말라고 하시기에 어리석게……."

장은 두 신사를 흘겨보았다.

"약속을 지킬 일이 있고 안 지켜도 좋을 일이 있어요. 부인의 생명을 위태롭게 하는 그런 약속은 지키지 않아도 되는 거라구요. 알겠어요?"

"잘 알겠습니다. 다음에는 꼭 연락을 드리겠습니다."

"제발 부탁합니다. 부인을 만나든가 부인한테서 전화 연락이 오면 즉시 연락해 주십시오."

장은 그들 앞에 명함을 던져놓고 일어섰다.

오 월은 결코 서두르지 않았다. 서두르면 실패한다는 것을 알고 있었기 때문에 그녀는 아주 서서히 자연스럽게 접근해 들어갔다.

아직은 어디쯤에 범인들의 그림자가 있는지 짐작조차 할 수 없었다. 자신이 내딛은 첫걸음이 제대로 방향을 잡은 것인지 아니면 잘못된 것인지조차 알 수가 없었다. 그러나 그녀는 결코 서두르는 법이 없이 인내심을 가지고 천천히 한 발 한 발 다가갔다. 미로의 저쪽을 향해—

부산에 내려와 '로댕의 집'에 출입한 지 닷새째 되는 날 밤 그녀는 여자 바텐더인 미스 홍과 깊은 이야기를 나눌 수 있었다.

그 동안 월이 홍에 대해 알아낸 것은 그녀가 아직 때묻지 않았으며 돈에 매우 약하다는 것 등이었다. 홍은 대학에 다니다가 공무원인 아버지가 갑자기 세상을 떠나는 바람에 학업을 중도에 포기하고 생활 전선에 뛰어들었다고 했다.

그녀가 맏이로, 아래로 학교에 다니는 동생이 셋이나 있다고 했다. 그 정도만으로도 그녀의 어깨가 얼마나 무거운가를 충분히 짐작할 수 있었다.

그런데도 그녀는 학업을 계속하려는 열망을 가슴속에 품고 있었다. 그 열망을 채워줄 수 있는 것이 바로 돈이었다. 그녀는 돈을 필요로 했다. 스물세 살 처녀답지 않게 돈에 대한 집착력이 강렬했다.

그것을 알게 된 월은 상대가 놀랄 정도로 팁을 후하게 주었다. 그런 팁을 받아보지 못한 홍은 그녀를 언니라고 부르면서 바싹 달라붙었다.

시간이 10시가 지나면서 실내에는 손님이 서너 명밖에 남아 있지 않았다. 요새는 경기가 좋지 않아 장사도 신통치 않다는 홍의 말을 받아 월이 말했다.

"나도 이런 가게 하나 내고 싶어. 이런 거 하나 차리려면 얼마나 들까?"

"실내 장식하고 보증금하고 해서 1억 남짓 들었나 봐요. 매 월 임대료가 따로 2백만 원씩 나가고 있어요. 장소가 좋으니까 비싼 편이에요. 하지만 장사만 잘 되면 이게 꽤 남는 장사래요. 언니, 하나 차리세요. 그럼 제가 도와드릴게요."

홍은 기대에 찬 눈으로 월을 쳐다보았다. 월은 슬그머니 말끝을 흐렸다.

"뭘 해야 할지 모르겠어. 이것도 하고 싶고 저것도 하고 싶고…… 그렇다고 시시하게 시작하고 싶지는 않고……."

"자본금은 얼마나 가지고 계신데요?"

"얼마 안 돼. 몇 장밖에 안 돼."

그녀는 짐짓 대수롭지 않다는 듯 고개를 저었다. 홍은 더욱 호기심이 당기는 눈치였다.

"몇 장이라면 몇 천 말씀인가요?"

월은 씨익 웃었다.

"몇 천 가지고 어떻게 사업을 해. 이렇게 돈 가치가 없는 때에……."

"그럼 몇 억이란 말씀인가요?"

홍의 목소리가 높아졌다. 월은 눈을 흘겼다.

"남들 다 듣겠어. 창피하게……."

홍은 손으로 입을 가렸다가 떼었다.

"언니가 부러워요. 우리는 몇 번 죽었다 깨어나도 그런 돈 못 만질 거예요."

"그게 어디 내가 번 돈인가. 우리 아빠가 남겨준 거지."

"아빠가 유산으로 남겨 주신 거예요?"

월은 고개를 끄덕이며 시무룩한 표정을 지었다. 홍은 월의 눈치를 살피다가 이렇게 말했다.

"저 같으면 그 돈 은행에 넣어 두고 이자만 꼬박꼬박 받아먹겠어요."

"누구나 다 그렇게들 말하지. 하지만 막상 돈이 있으면 그렇게 안 돼. 그 돈으로 뭘 하고 싶어서 안달이지. 그게 사람의 본성인가 봐. 가만히 있기를 거부하는 본성 말이야."

"헌데 언니는 왜 혼자 부산에 내려와 있어요?"

"혼잔데 어디 산들 어때. 서울이 싫어졌어. 부산은 바다가 있고 해서 서울보다 낫지. 하지만 1년쯤 살아보니까 이젠 싫증이 났어. 그래서 딴 데로 갈까 생각하고 있어."

"아이, 언니, 가지 마세요."

"애인이라도 있으면 몰라도……."

"언니, 정말 애인 없으세요?"

"없어."

"언니 같은 분이 애인이 없다니 이상하다. 언니, 제가 애인 한 사람 소개해 드릴까요?"

월을 바라보는 홍의 눈빛이 반짝거렸다. 월은 담배 연기를 후우 하고 내뿜었다.

"좋을 대로…… 하지만 아무나 사귀지는 않아."

"어떤 남자가 좋으세요? 남자들은 언니를 보면 누구나 오케

이할 거예요. 언니는 미인이니까."

"미인은 무슨 미인……."

그녀는 곱게 눈을 흘겼다.

"조건을 말씀해 보세요."

"조건은 없어. 얼굴을 보고 마음에 들면 되는 거야. 신랑감을 찾는 것도 아니고 단지 애인이니까……."

"엔조이할 애인 말씀이죠?"

그렇게 말해 놓고 그녀는 킬킬거리고 웃었다.

"아무렇게나 생각해도 좋아. 적당한 남자 있어?"

홍은 고개를 끄덕이며 심술궂은 표정을 지었다. 이번에는 월이 바싹 구미가 당기는 표정이 되었다.

"누군데? 대강은 알아야 만나잖아?"

"여기 사장님이에요."

"이 가게 말이야?"

"네, 아주 멋지게 생겼어요."

"그래? 한 번 보고 싶은데…… 어떤 사람이야?"

그녀는 일부러 크게 몸을 돌려 저쪽 편에 앉아 있는 남자들을 바라보았다.

"여기에는 안 계세요. 가게에는 가끔 어쩌다가 나오세요. 이것 말고도 다방도 하고 당구장도 하고 디스코 클럽도 경영하고 있어요."

"사업 수완이 좋은 사람인가 보지. 총각이야?"

"부인하고 이혼했다니까 총각인 셈이지요."

"자식은?"

"자식들은 부인이 데려갔나 봐요."

"몇 살이나 먹었지?"

"서른다섯쯤 됐을 거예요."

"정말 멋있어?"

"멋있어요. 여자들이 줄줄 따른대요."

"그렇다면 한 번 해볼 만하겠는데……."

그녀들은 악동들처럼 소리 없이 웃었다.

"언제가 좋을까?"

"쇠뿔은 단김에 빼랬다구 빠를수록 좋지 않아요?"

"그래, 내일 또 올게. 참 내일 12시쯤 시간 있어? 내가 점심을
살게."

"네, 시간 있어요."

"그럼 12시에 여기서 만나."

스낵바를 나온 월은 주차장 쪽으로 걸어갔다.

잠시 후 그녀는 능숙하게 차를 몰고 주차장을 빠져나갔다. 그
녀가 몰고 있는 차는 이틀 전 구입한 중고차로 일제 스포츠카였
다. 일부러 많은 돈을 주고 그것을 구입한 것이었다. 그 스포츠카
는 빨간색의 멋진 차로 남의 관심을 끌기에 충분했다.

20분쯤 지나 그녀는 어느 아파트 단지 안으로 들어갔다.

25평짜리 아파트 하나를 월세로 빌린 것은 부산에 도착한 그
다음날이었다. 그 아파트에는 마침 전화까지 딸려 있어서 안성맞
춤이었다. 그녀는 침대와 소파 등 몇 가지 가구까지 갖추어 놓고

창문에는 커튼도 달았다. 전자 제품도 몇 개 들여놓았다.

누가 보기에도 혼자 부유하게 사는 여자 같은 인상을 주도록 분위기를 꾸며 놓았다.

차에서 내려 아파트 건물 안으로 들어간 그녀는 엘리베이터를 타고 12층까지 올라갔다.

아파트 문을 열자 어둠과 함께 공허감이 밀려왔다.

그녀는 그 공허감이 두려웠다. 언제 끝날지도 모르는 공허감을 안고 견뎌내야 하는 불면의 밤들이 더없이 무서웠다.

불도 켜지 않은 채 어둠 속에서 그녀는 소리 없이 움직였다.

바다 쪽을 가리고 있는 커튼을 젖힌 다음 카세트테이프를 틀었다. 조용한 음악이 방안에 물처럼 흐르기 시작했다.

부엌으로 가서 소주병을 들고 거실로 돌아왔다. 소파에 앉아 병째로 나발을 불었다. 담배를 피워 물고 한숨을 내쉬며 밤바다를 바라보았다.

바닷가에 자리 잡은 아파트였기 때문에 언제나 바다를 볼 수가 있었다. 창문을 열었다. 그러자 바닷바람이 어린아이의 손길처럼 얼굴에 와 닿았다. 바다는 잔잔했다. 바다 위로 달빛이 부서지고 있었다. 수평선 위에 불을 환히 밝힌 큰 배가 떠 있는 것이 보였다.

그녀는 다시 술을 들이켰다. 안주도 없이 모든 것을 잊으려는 듯 거듭 나발을 불었다.

달빛이 그녀의 얼굴을 비쳤다. 얼굴 빛이 몹시도 창백했다. 너무 창백해서 피가 통하지 않는 것 같았다.

술병의 술이 점점 줄어들었다.

마침내 빈 술병이 밑으로 굴러 떨어졌다. 그녀는 그것을 집으려고도 하지 않은 채 탁자 위로 두 다리를 길게 뻗었다. 만취된 그녀는 움직일 수가 없었다. 소파에 그렇게 앉은 채 그녀는 잠이 들었다.

다음날 12시경에 그녀는 홍을 만나 그녀를 태우고 해운대로 갔다. 홍은 월이 일제 스포츠카를 직접 모는 것을 보고 완전히 반해 버렸다. 월을 바라보는 그녀의 표정에는 신뢰와 선망의 빛이 뚜렷이 나타나 있었다.

월은 홍을 호텔로 데리고 가 뷔페 식사를 사 주었다. 뷔페를 처음 먹어보는 홍은 배가 터지도록 이것저것을 가져다 먹었다.

식사하는 동안 월은 일부러 남자 이야기는 하지 않고 음식과 패션에 대해서만 이야기했다. 쉴새없이 지껄이는 그녀를 홍은 감동어린 눈으로 쳐다보았다.

돌아오는 길에 월은 홍에게 아파트까지 보여 주었다.

"언니가 부러워요."

홍의 입에서 이런 말이 나온 것은 아주 당연했다.

그로부터 이틀 후 밤 9시 조금 지나 월은 미스 홍의 소개로 한 사나이와 인사를 나누었다. 키가 크고 준수하게 생긴 미남으로 바로 '로댕의 집' 주인이었다.

"배광식입니다."

그가 점잖게 자기소개를 했다.

"안소라예요."

월도 자기소개를 했다.

"자주 이용해 주서서 감사합니다."

그가 깍듯이 말했다.

"뭘요. 분위기가.좋아서 몇 번 왔더랬어요."

그녀는 이를 조금 드러내고 웃었다.

"어떻게 혼자 이런 델 오십니까?"

"같이 다닐 마땅한 사람이 없어서요."

"저런…… 제가 술친구 돼 드려야겠는데요."

"그렇게 해주세요."

그녀는 맞장구를 쳤다.

두 사람이 잘 어울릴 것 같은 기미가 보이자 홍은 스탠드로 돌아가고 룸에는 그들 두 명만 남았다.

배광식이 왼손을 쳐들었다. 지금까지는 그 손이 호주머니 속에 들어 있었기 때문에 자세히 보지 못했었다. 그 손을 보는 순간 월은 흠칫하고 놀랐다. 배광식의 왼손 새끼손가락에는 붕대가 감겨 있었다. 그녀가 얼른 시선을 밑으로 떨어뜨리면서 술잔을 집어 들었다.

"댁이 서울이라구요?"

"서울에 집이 있긴 하지만 혼자 지내기에는 너무 커서 세를 줬어요. 그리고 저는 가출 소녀가 되어 이렇게 부산까지 내려왔어요."

"아, 그래요? 그럼 혼자십니까?"

"네, 혼자예요."

"홀가분하니 좋겠군요."

"자유롭기는 한데 외로워요."

그녀는 뜨거운 시선으로 상대를 바라보았다.

콧대가 길고 눈매가 날카로운 사나이였다. 미소를 짓고 있었지만 그 미소 뒤에는 얼음장같이 차가운 기운이 서려 있었다. 조심하지 않으면 안 된다고 그녀는 생각했다. 왜 이 사내는 새끼손가락에 붕대를 감고 있을까? 혹시 손가락이 없는 걸 감추려고 그런 게 아닐까.

"바쁘지 않으세요?"

"아뇨."

그녀는 머리를 살래살래 흔들었다.

"우리 다른 데로 가죠. 제가 한 잔 사겠습니다."

월은 머뭇거리다가 결심한 듯 일어섰다.

"네, 좋아요."

가만히 앉아서는 아무것도 얻을 수 없다는 것을 그녀는 잘 알고 있었다.

"제 차로 가요."

밖으로 나오자 그녀는 사내를 주차장 쪽으로 데리고 갔다.

"멋진 차로군요. 운전도 잘 하시고……."

차가 달리기 시작하자 배광식이 말했다. 그녀는 매혹적인 미소를 띤 채 앞만 바라보았다.

그들은 어느 호텔 앞에서 차를 내려 나이트클럽으로 들어갔다. 웨이터가 그들을 안쪽으로 안내했다. 그들은 스테이지가 잘 보이는 곳에 자리 잡고 앉았다.

사내는 매우 정중하게 행동했다. 너무 깍듯하고 정중해서 이쪽이 혼란을 느낄 정도였다.

그러나 술 몇 잔 들어가고 두어 번 같이 춤을 추고 나자 점점 야성을 드러내기 시작했다.

세 번째로 블루스를 추게 되었을 때 월은 사내가 달아오르도록 몸을 내맡겼다. 사내는 여자를 휘어감고 돌아갔다.

"나도 외로운 몸이오."

그녀의 귀에다 대고 사내가 속삭였다. 그녀는 사내의 어깨에 얼굴을 묻었다.

"그러니까 우리는 같은 처지야."

"혼자세요?"

"음, 혼자야."

어느새 그의 말투는 반말로 변해 가고 있었다. 그녀는 그의 목을 끌어안았다. 그리고 상체를 뒤틀며 한숨을 내쉬었다. 이 남자는 나한테 무엇을 바라고 접근한 것일까. 단순히 육체를 바라고 이러지는 않을 것이다. 내가 던져놓은 미끼를 단단히 물었음에 틀림없다. 수억대의 돈을 가진 처녀라는 소문이 사실인지 아닌지 확인하려 들겠지.

지금 이 사내는 나를 탐색하고 있다.

두 시간쯤 지나 테이블에 앉아 있을 때 남자의 손이 그녀의 손을 더듬었다. 그녀는 그가 만지는 대로 가만 있다가 그의 손을 들어올렸다. 그것은 왼손이었다.

"손 한 번 대봐요."

그녀는 사내에게 손을 쭉 펴게 한 다음 자신의 손을 그 위에 올려놓았다. 그녀의 가냘프고 조그만 손에 비해 남자의 손은 마디가 굵고 컸다.

"어머나, 무슨 손이 이렇게 크세요?"

그녀는 일부러 호들갑을 떨며 말했다.

"남자 손이 이렇지 뭐. 손이 꼭 아기 손 같군. 꽉 쥐고 부숴버리고 싶은데."

그녀는 얼굴을 붉혔다.

"여긴 왜 이래요?"

그녀는 붕대가 감긴 새끼손가락을 가리켰다.

"아, 이거…… 좀 다쳤어요."

사내는 당황하지도 않고 자연스럽게 말했다.

"많이 다쳤어요?"

"아니, 조금 비었어요."

그녀는 더 듣고 싶은 것을 참았다. 어떻게 하면 저 손가락을 볼 수 있을까. 사내로 하여금 자진해서 저 붕대를 풀게 하는 방법이 없을까.

"그런데 항상 그런 안경을 끼고 있어요?"

남자가 그녀의 눈을 들여다보듯이 하며 물었다.

"불만이세요?"

“색이 좀 짙은 것 같아서…….”

그가 안경을 벗기려는 것을 그녀는 피했다. 그녀의 안경은 확실히 조명이 어두운 실내에서는 얼굴을 알아보기 어려울 정도로 색깔이 진했다.

“눈이 빛에 몹시 약해요. 안과 선생님이 처방을 내려준 대로 맞춘 거예요. 불만이시더라도 참으세요.”

그들은 자정이 지나서야 나이트클럽을 나왔다.

남자는 꽤 취했지만 그녀는 정신이 말짱했다. 그녀는 자신이 다음에 취해야 할 행동에 대해 얼른 결정이 내려지지 않았다.

예상했던 대로 남자는 동침을 요구했다. 그녀의 손을 잡고 엘리베이터 안으로 들어가더니 욕망에 번득이는 눈으로 그녀를 쏘아보면서 말했다.

“굳이 썰렁한 방에 혼자 갈 필요 없지 않아?”

그때까지 결정을 내리지 못한 그녀는 순간적인 판단이 필요했다.

나에게 육체를 지켜야 할 가치 같은 게 남아 있을까. 육체를 지켜서 어쩌자는 것인가. 나의 육체는 그이와 함께 이미 죽은 지 오래다. 무엇을 아끼고 무엇을 바라겠는가. 나의 육체가 살아 있다면 오직 하나의 목적을 위해서만 사용되어야 한다.

그녀는 남자의 팔짱을 끼었다. 그리고 눈웃음치며 그를 올려다보았다.

호텔방에 들어가자마자 사내는 그녀를 끌어안고 키스를 퍼부었다. 그런 다음 침대 위에 눕혀놓고 허둥지둥 옷을 벗기기 시작했다. 보아하니 성급하게 일부터 치르려는 것 같았다. 그녀는 상대가 옷을 모두 벗길 때까지 죽은 듯 눈을 감고 있다가 그가 일을 치르려는 순간 그를 밀어내고 일어났다.

"잠깐만 기다리세요. 씻어야 해요."

"하고 나서 씻으면 되잖아."

남자는 급했다.

"아니에요. 씻어야 해요. 더러운 몸으로는 싫어요. 당신도 씻으세요."

그녀는 욕실로 뛰어갔다. 문을 닫지 않고 열어두었다. 물을 틀어놓고 욕조 속에 들어가 앉아 있자 사내가 곧 들어왔다.

월은 사내의 왼손을 보았다. 붕대가 젖으면 풀어놓겠지 하고 그녀는 생각했다.

사내가 욕조 속으로 들어앉으며 뒤에서 그녀를 껴안았다. 두 손이 그녀의 젖가슴을 움켜쥐었다.

"아름다운 젖이야."

뜨거운 입김이 귓가를 뜨겁게 했다.

그녀는 왼쪽 젖가슴을 움켜쥐고 있는 왼손을 내려다보았다. 새끼손가락의 붕대는 아직 젖어 있지 않았다. 가슴에다 물을 끼얹었다. 붕대가 젖었다. 그러나 사내는 그것도 모르는 듯 정신없이 가슴만 주물러대고 있었다.

"어머, 어떡하죠?"

"뭐가?"

사내가 움직임을 멈추었다.

“붕대 말이에요. 젖었어요.”

“괜찮아.”

“상처가 덧나면 어떡해요?”

“거의 다 나았어.”

그러면서도 사내는 붕대를 벗겨내려고 하지를 않았다.

마침내 고역의 순간이 다가왔다.

그녀는 침대 위에 드러누워 눈을 감았다. 그리고 남자를 받았다. 이제 시작이야. 앞으로 몇 남자를 더 받아야 할지 알 수 없어. 이건 아무것도 아니야. 아무것도 아니야. 아무것도……

남자의 숨결이 거칠어지는 것과 함께 침대 스프링이 출렁거렸다. 그의 왼손이 젖가슴을 더듬었다.

“차가워요.”

그녀는 젖은 붕대를 가리켰다.

“차가워서 싫어요!”

그녀는 신경질적으로 다시 한 번 말했다.

그는 움직임을 멈추더니 새끼손가락에서 붕대를 간단히 뽑아냈다.

순간 그녀는 손가락 끝이 잘려나가고 없는 것을 보았다.

—바로 이 자다!—

그녀는 속으로 부르짖었다. 사내가 왼손을 등 뒤로 돌렸다. 때문에 그녀는 더 이상 그것을 볼 수가 없었다. 그가 다시 움직이기 시작했다.

그녀는 표정을 감추기 위해 두 눈을 감았다. 치욕의 순간을 줄

이기 위해 몸을 굳힌 채 미동도 하지 않고 누워 있었다.

"좀 움직여 봐."

사내가 숨을 헐떡이며 말했지만 그녀는 그대로 가만히 있었다. 그의 행동은 질기고 길었다.

마침내 그가 일을 치르고 밑으로 내려갔다. 그는 그녀 옆에 네 활개를 편 채 드러누워 호흡을 가다듬었다.

월은 가만히 상체를 일으켰다. 그리고 사내의 왼손 새끼손가락을 내려다보았다. 분명히 첫째 마디가 잘려나가고 없었다.

그런데 잘린 지 얼마 안 된 듯 잘린 부위의 상처가 채 아물지 않고 있었다.

그녀는 혼란을 느꼈다.

"뭘 보고 있어?"

사내가 눈을 뜨고 물었다. 그는 왼손을 쳐들더니 새끼손가락을 까딱거려 보였다.

"아프겠어요. 어쩌다가 그랬어요?"

"어쩌다가 그렇게 됐어."

그는 씁쓸하게 말했다.

"아프지 않으세요?"

"처음에는 아팠는데 이젠 거의 다 나아서 괜찮아."

"언제 그랬어요?"

"한…… 보름쯤 됐어. 이거 없다고 해서 생활에 불편하지는 않아."

"그래도 보기 흉하지 않아요?"

“그렇긴 하지만 뭐 어때. 할 수 없지.”

월은 맥이 탁 풀리는 것을 느꼈다. 속았다는 기분이 들었다. 이 사내는 아니다. 새끼손가락이 절단되긴 했지만 이 남자는 범인이 아니다. 무엇보다도 우선 시기적으로 맞지가 않다. 이 남자의 새끼손가락은 불과 보름 전에 절단되었다. 그런데 그녀가 범인들에게 당한 것은 지금부터 석 달 전인 지난 1월이었다. 그녀는 석 달 전에 한 사나이의 손에 새끼손가락이 없는 것을 확인했던 것이다.

그녀는 천천히 옷을 입었다. 사내 쪽은 거들떠보지도 않고 느릿느릿 움직였다.

“어…… 갈려구?”

사내가 상체를 일으키며 그녀를 바라보았다. 그녀는 대답하지 않고 옷 입는 것을 계속했다.

“왜 그래?”

사내가 뒤에서 그녀를 끌어안았다.

그녀는 사내의 손을 홱 뿌리쳤다.

“가겠어요.”

“이 시간에? 갑자기 왜 그래?”

“그냥 가고 싶어서요.”

“가지 마.”

사내는 우악스럽게 그녀를 자리에 눕혔다.

“오늘밤은 나하고 지내는 거야.”

월은 사내를 밀어내려고 했지만 사내가 대단한 힘으로 내려

눌렀기 때문에 꼼짝할 수가 없었다. 사내의 얼굴에는 그녀를 완전히 지배하고야 말겠다는 의지가 강하게 나타나 있었다.

힘으로 사내를 이길 수 없음을 깨달은 그녀는 맥이 풀렸다. 동시에 사내와 더 대화를 나눌 필요성을 느꼈다. 그래서 그가 옷을 벗기는 대로 잠자코 있어 주었다.

사내는 한 차례 더 그녀를 농락하고 나서야 품에서 그녀를 풀어 주었다.

이윽고 열기가 식고 호흡이 가라앉았을 때 그녀는 자연스럽게 질문을 던질 수가 있었다.

"왼손 불편하지 않으세요?"

"괜찮아."

"전 자꾸 신경에 걸려요."

"왜? 무슨 상관이지?"

"끔찍해서요."

"그래서 가려고 했나?"

"네, 전 그런 데 신경이 예민해요."

"보지 않으면 될 거 아니야?"

"이미 보았는걸요. 어쩌다 그랬어요?"

"알 필요 없어."

"그래도 알고 싶어요. 전 제가 관계하는 남자의 모든 것을 알지 않으면 직성이 풀리지 않아요. 이야기해 줘요."

"이야기할 수 없어. 비밀이기 때문에……."

"사고로 다친 게 아니에요?"

“음, 사고로 다친 게 아니야.”

“그럼 누가 자른 거예요?”

“말할 수 없다니까.”

배광식은 깊은 한숨을 내쉬었다. 그 한숨 속에 분노가 서려 있음을 월은 느꼈다.

한동안 침묵이 흘렀다.

옆방에서 샤워하는 소리가 들려왔다. 그녀는 그 소리에 귀를 기울이고 있었다.

남자가 다시 한숨을 내쉬었다. 그리고 허탈한 목소리로 나직이 말했다.

“꼭 듣고 싶어?”

“네, 듣고 싶어요.”

그녀는 남자의 그것을 만지작거렸다.

“그럼 말해 주지. 사실은 잘린 거야. 도끼로…….”

“어머나!”

그녀는 몸을 움츠리면서 그것을 꽉 쥐었다.

“무서워요.”

그녀는 떨었다.

남자가 그녀를 껴안았다.

“겁이 많군.”

“네, 전 겁이 많아요. 그런데 누가 그런 짓을 했어요?”

“어떤 놈들이…….”

이를 가는 소리로 그가 말했다.

“손가락을 자르는데도 왜 가만 있었어요?”

“그때는 그럴 수밖에 없었어. 상대는 여러 명이었고 나는 혼자였으니까.”

“싸운 거예요?”

“아니, 싸운 건 아니야. 싸우다 이렇게 됐으면 억울하지나 않지. 그 새끼들…….”

그는 분노를 이기지 못해 이를 부드득 갈았다.

“왜 그렇게 된 거예요?”

“사실은 빚이 좀 있었어. 꽤 많은 빚이지. 그 돈을 갚지 않으니까 깡패를 시켜서 손가락을 자른 거야. 갚지 않으면 오른손 새끼손가락도 자르겠대.”

“어머나! 무서워요!”

월은 사내의 품속으로 파고들었다.

“앞으로 닷새 이내에 갚지 않으면 또 자르겠다는 거야.”

그는 말을 두 번이나 강조해서 말했다.

“그럼 빨리 갚으세요.”

“돈이 있어야지.”

그가 한숨을 내쉬었다.

“그렇지 않아도 가게를 처분해서 갚으려고 하는데…… 가게가 나가 줘야 말이지. 이 불황에 가게를 선뜻 사겠다는 사람이 있겠어?”

“그럼 어떡하죠?”

“글쎄, 걱정이야. 어떻게 해야 할지 나도 모르겠어.”

“그러다가 또 잘리면 어떻게 해요? 경찰에 연락해서 그 사람들을 잡게 하면 될 거 아니에요?”

“그럴 수 없어. 경찰에 고발하면 난 죽게 돼. 그 놈들은 무서운 놈들이야.”

“그럼 도망치세요.”

“그것도 안 돼. 이 좁은 바닥에서 하루 이틀도 아니고 어디로 도망치겠어. 도망쳐도 그 놈들은 반드시 찾아내. 그리고 나를 죽일 거야. 차라리 손가락이 모두 잘리는 게 낫지.”

그녀는 망설이다가 물었다.

“빚이 얼마나 되는데 그러세요?”

“꽤 많아.”

“얼마예요?”

“3억이야. 처음에는 2억이었는데 이자가 무섭게 불어나서 3억이 된 거야.”

“뭐 많지도 않네요.”

그녀는 대수롭지 않은 듯 말했다.

“그 돈이 많지 않단 말이야?”

“그게 뭐가 많아요? 그만한 돈에 손가락을 자르다니 나쁜 사람들이군요.”

이번에는 그녀가 분노의 빛을 나타냈다.

사내가 그녀 쪽으로 몸을 돌렸다.

이번에는 그가 그녀의 가장 예민한 부분을 만지기 시작했다.

“누가 3억만 빌려 준다면 평생의 은인으로 알고 섬기겠어.”

그는 호소하는 듯한 눈길로 그녀를 바라보았다.

"그까짓 3억 가지고 뭘 그러세요."

"그렇지 않아. 나한테는 목숨하고 관계되는 돈이야."

"하긴 그렇겠군요."

그녀는 허리를 뒤틀었다.

"도대체 얼마나 부자이기에 3억 원을 대수롭지 않게 보지?"

"누가 부자랬어요. 그렇다 이거죠. 하지만 돈 때문에 고통당하는 사람을 보면 도와 주고 싶어요."

"말만 들어도 고맙군. 허풍이라도 말이야."

"허풍이 아니에요."

그녀는 정색을 하며 말했다.

"허풍이 아니고 뭐야? 돈도 없으면서 그런 말하는 건 허풍이지 뭐야?"

"돈이 있는지 없는지 당신이 어떻게 아세요?"

사내는 그녀를 뚫어지게 쳐다보았다.

"우리는 이제 처음으로 정사를 가졌어. 아무리 돈이 있다고 하지만 내가 어떻게 도움을 바라겠어?"

"하룻밤 정사에도 만리장성을 쌓는다고 하지 않아요. 그런 말도 못 들어봤어요?"

사내는 기다렸다는 듯이 그녀를 껴안았다.

"좀 도와 줄 수 있겠어?"

"글쎄요."

그녀는 슬슬 뒷걸음질했다. 사내는 점점 본색을 드러내기 시작했다.

"나 좀 도와 줘. 은혜 잊지 않을게."

"글쎄요. 한 번 생각해 보고요."

"그냥 달라는 건 아니야. 빌려 달라는 거야. 빌려 주면 이자까지 후하게 쳐서 주겠어. 그리고 6개월 후면 원금까지 다 갚아 주겠어."

"그러다가 만일 못 갚으면?"

"못 갚을 리가 있겠어. 여자 돈 떼먹지는 않아. 시시하게 그런 짓하지는 않아."

"만일 못 갚으면 제가 손가락을 잘라야겠군요?"

"그래, 좋아. 빌려 주는 거지?"

"아뇨, 지금 장담할 수는 없어요. 돈은 엄마가 관리하고 있으니까 엄마한테서 타내야죠."

"그게 가능할까?"

"모르죠."

"제발 좀 부탁해. 이걸 좀 보라구."

그는 새끼손가락이 없는 왼손을 그녀의 눈앞에 흔들어 보였다. 월은 그 손을 잡아 상처 부위를 세밀히 관찰했다. 분명히 오래된 상처는 아니었다.

"새끼손가락 없는 사람 처음 봤어요."

"내 친구 하나도 새끼손가락이 없어."

그 말을 듣는 순간 월은 멈칫했다.

"어떤 친군데요?"

“그저 그런 친구야.”

“그 사람은 어떻게 하다가 손가락이 잘렸어요?”

“왜 그렇게 됐는지는 잘 모르겠어.”

“잘린 지 오래 됐어요?”

“꽤 됐지. 헌데 왜 그런 걸 그렇게 꼬치꼬치 캐묻지?”

“그냥 물어본 거예요.”

그녀는 더 이상 그걸 물어볼 수가 없었다. 그러나 이렇게 덧붙였다.

“가능한 한 당신에 대해서 많은 것을 알고 싶어요. 이젠 모른 체할 수 있는 상대가 아니니까요.”

“나도 소라에 대해서 많은 것을 알고 싶어.”

“차차 알게 될 거예요.”

그녀는 다시 그의 왼손을 쳐들고 들여다보았다. 그렇게 함으로써 그쪽으로 자연스럽게 대화를 유도하기 위해서였다.

“왜 자꾸 이걸 보려고 그러지?”

그가 손을 거두려는 것을 그녀는 두 손으로 꽉 움켜쥐었다.

“신기해서 그래요.”

“그렇다면 자, 많이 보라구.”

그는 손을 쫙 펴보였다. 그는 가능한 한 그녀의 비위를 맞추려고 애쓰고 있었다.

그녀는 교묘하게 대화를 유도해 나갔다. 하나라도 더 정보를 얻어내기 위해서.

“손가락 없는 사람끼리 만나면 우습겠어요.”

"우습기보다는 좀 쑥스럽지."

"손가락 없다는 그 친구 분 자주 만나세요?"

"음, 가끔 만나지."

"쑥스럽다면서요?"

"쑥스럽다고 안 만나나. 처음에만 그렇지 지금은 아무렇지도 않아."

"만일 그 사람이 피아니스트라든가 그밖에 악기 같은 것을 다루는 사람이라면 영향이 많겠지요."

"다행히 그런 것하고는 거리가 먼 친구야. 하지만 왼손잡이이기 때문에 아무래도 좀 불편하겠지."

"뭐 하는 사람인데요?"

"사업하고 있어. 아, 참, 그 친구한테 전화를 걸어야 하는데 깜박 잊었군……."

그는 전화를 걸기 위해 상체를 일으켰다.

전화는 침대 옆에 붙어 있는 사이드 테이블 위에 놓여 있었다. 그녀는 손만 뻗으면 수화기를 집어 들 수 있는 위치에 누워 있었지만 사내는 그렇지가 않았다. 그가 전화를 걸기 위해 침대에서 내려서려는 것을 그녀가 막았다.

"그대로 계세요. 제가 걸어 드릴게요. 몇 번이에요?"

그녀가 어느새 수화기를 집어 든 것을 보고 사내는 잠시 망설였다.

"475에 3662……."

그녀는 다이얼을 천천히 돌렸다. 다르르 하고 신호 가는 소리가 들려왔다.

"누굴 찾을까요?"

"양동팔을 찾아."

신호 떨어지는 것과 동시에 졸음에 겨운 여자 목소리가 들려왔다.

"여보세요."

"실례합니다만…… 양동팔 씨 계신가요?"

"어디신데요?"

상대가 의심스러운 듯 물었다.

"배광식 씨가 찾는다고 해 주세요."

"잠깐 기다리세요."

월은 수화기를 배광식에게 넘겼다.

배광식은 그녀의 배 위로 넘어와 수화기를 받아들었다. 그녀는 한 바퀴 몸을 굴렸다. 그리고 대화 소리에 귀를 기울였다. 상대편 소리는 잘 들을 수가 없었다.

"…… 죄송합니다…… 네네, 그렇게 처리했습니다…… 아마 모레쯤이면 해결이 나리라 생각합니다…… 아닙니다…… 그렇지 않습니다…… 물론입니다……; 네네…… 알겠습니다…… 잘 부탁하겠습니다…… 네?. 아, 아무 사이도 아닙니다…… 저 몸 좀 풀려고…… 헤헤…… 그럼요…… 최고급품입니다…… 원하신다면 언제라도…… 한 번 보시겠습니까?…… 네, 그러죠…… 안녕히 계십시오."

그녀는 못 들은 체하고 가만히 있었다.

그녀는 전화번호와 이름을 속으로 여러 번 반복해서 외웠다. 배광식이 깍듯이 예의를 갖추어 말하는 것으로 보아 두 사람은 친구 사이가 아닌 듯했다.

양동팔은 어떤 사람일까. 그를 만나야 한다.

"뭘 그렇게 생각하고 있지?"

배가 그녀를 품에 안으며 물었다.

"아, 졸려요."

그녀는 손으로 입을 가리며 하품했다.

"그거 기대해도 될까?"

그가 은근한 목소리로 물었다.

"돈 말이에요?"

"음……."

"글쎄, 지금은 뭐라고 확답할 수가 없어요. 조금만 더 기다려 보세요."

"꼭 좀 부탁해."

얼마 후 배광식은 잠이 들었다.

그가 곯아떨어진 것을 확인한 월은 슬그머니 그의 품에서 빠져나왔다. 그녀는 어둠 속에 한동안 가만히 서 있다가 서둘러 옷을 입기 시작했다.

옷을 다 입고 나자 배광식의 양복저고리를 가지고 욕실로 들어가 문을 닫은 다음 불을 켰다.

먼저 지갑을 뽑았다. 지갑 속에서 주민등록증을 빼내 보았다. 이름이 손대식으로 되어 있었다. 배광식이란 이름은 가짜임이 분명했다. 지갑 속에는 빳빳한 만 원권 지폐가 두둑하게 들어 있었다. 돈 따위에는 손도 대지 않고 지갑을 도로 양복 주머니 속에 집어 넣었다.

다음에는 수첩을 꺼내 들었다. 수첩에는 각종 메모와 전화번호가 잔뜩 적혀 있었다.

그녀는 그것을 백 속에 집어 넣고 욕실을 나왔다. 양복을 제자리에 걸어두고 소리 없이 방을 빠져나왔다.

밖은 어두웠다. 3시 15분이었다.

인적도 차량도 거의 끊긴 거리는 적막에 싸여 있었다. 그녀는 스포츠카를 몰고 어둠 속을 향해 쏜살같이 달려갔다.

배광식이 눈을 뜬 것은 아침 10시 가까워서였다. 지나친 성희 끝에 새벽녘에야 잠이 들었기 때문에 늦잠을 잤던 것이다.

눈을 뜨자마자 그는 옆자리가 휑하니 비어 있는 것을 발견했다. 욕실에 들어갔겠지 하고 생각하면서 담배를 피워 물고 천천히 일어나 커튼을 젖혔다.

갑자기 쏟아져 들어온 빛에 눈을 가늘게 뜨고 있다가 방안이 유난히도 조용하다는 느낌에 비로소 욕실 쪽으로 귀를 기울여 보았다. 아무 소리도 들려오지 않는다. 방안을 휘둘러보았다. 여자의 옷가지가 하나도 보이지 않았다. 급히 걸어가 욕실 문을 열어 젖혔다. 여자는 없었다. 잠시 주춤하다가 불길한 예감에 옷장을 열고 양복 주머니를 뒤졌다. 지갑 속의 돈을 헤아려 보았다. 하나도 축나지 않고 그대로 고스란히 들어 있다.

그는 고개를 갸우뚱했다. 좀 이상하다는 생각이 들었지만 이

내 좋은 방향으로 이해하려고 들었다.

볼 일이 있어서 먼저 나갔겠지. 내가 곤하게 잠들어 있으니까 깨우지 못하고 먼저 나갔겠지. 하지만 메모지라도 하나 적어놓고 갈 것이지.

그는 혹시나 전화가 올지도 모른다는 생각에 11시가 지나도록 방안을 서성거렸지만 전화는 걸려오지 않았다. 그는 불쾌한 얼굴로 호텔을 나와 '로댕의 집'으로 갔다.

미스 홍이 생글생글 웃는 얼굴로 그를 쳐다보다가 그의 표정이 굳어 있는 것을 보고는 웃음을 거두었다.

"그 아가씨 이름이 안소라라고 했지?"

"네, 안소라예요. 무슨 일이 있었어요?"

"전화번호 알고 있어?"

"네, 알고 있어요."

잠시 후 그는 안소라의 아파트로 전화를 걸었다.

신호는 가는데 받지를 않는다. 그는 한참 기다렸다가 전화를 끊고 다시 다이얼을 돌렸다. 그러나 역시 받지를 않는다.

"집에 없는 모양인데."

그는 수화기를 거칠게 내려놓았다.

"안 받아요?"

미스 홍이 미안한 표정으로 물었다.

"응, 안 받아. 그 아가씨 아파트에 가봤다고 했지?"

"네, 가봤어요."

"어딘지 가르쳐 줘."

그는 안소라의 집 전화번호와 주소를 적기 위해 수첩을 찾았
다. 그러나 주머니에는 수첩이 없었다.

"내가 수첩을 어디다 뒀나?"

그는 고개를 갸우뚱하면서 호주머니를 샅샅이 뒤졌다. 그러
나 어디에서도 수첩은 나오지 않았다.

그는 수첩을 어디에서 분실했는지 곰곰이 생각해 보았다. 그
러다가 그 생각을 포기하고 밖으로 나왔다.

반 시간 후 그는 어느 아파트 앞에 서 있었다. 호수를 확인한
후 그는 초인종을 눌렀다. 그러나 안으로부터는 아무 응답이 없
었다.

한참 그러고 있는데 그 아파트와 마주보고 있는 아파트의 문
이 열리면서 젊은 여자가 얼굴을 내밀었다.

"그 집 이사 갔는데요."

"언제 이사 갔나요?"

"아까 아침에요."

첫 번째 얼굴

음악 다실 안에는 차이코프스키 곡이 흐르고 있었다. 그들은 넓은 실내의 중앙에 앉아 있었다. 손님들은 대부분 젊은 대학생들이었다.

머리를 어깨까지 길게 드리운 그 여대생은 약간 불만스러운 눈으로 맞은편에 앉아 있는 청년을 바라보았다.

더벅머리의 그 청년은 검은 테의 안경을 끼고 있었다. 그는 아까부터 신문 광고란에 눈을 박고 있었다. 시력이 약한 탓인지 신문에 얼굴을 바싹 들이대고 있었다. 그 역시 대학생이었다.

그들은 애인 사이였다. 여자 쪽이 부유한 데 비해 남자는 고학하지 않으면 안 될 정도로 집안이 가난했다. 그러나 그는 천성이 쾌활하고 자신만만했다

“뭘 그렇게 봐?”

여학생이 볼멘 목소리로 물었는데도 그는 신문에서 눈을 떼지 않고 있었다.

“뭘 그렇게 보느냐구?”

조금 더 큰소리로 묻자 그제서야 남학생은 신문에서 눈을 떼고 여학생을 바라보았다.

“응, 아무것도 아니야.”

“이렇게 앉혀놓고 신문만 보기야?”

“미안해.”

그는 장난스럽게 웃고 나서 담배꽁초에 불을 댕겼다. 앞으로 허리를 굽히자 점퍼 자락이 올라가 등허리 살이 훤히 드러나 보였다. 그런 줄도 모르고 그는 여자를 뚫어지게 바라보았다.

“오늘은 유난히 예쁘게 차리고 나왔는데…….”

여학생은 입술을 삐죽 내밀었다. 그러나 싫지는 않은 표정이었다.

그들은 일 주일만에 만나는 것이었다.

일 주일 전 토요일 그들은 경주로 놀러 갔었는데 비가 많이 내리는 바람에 돌아다니는 것을 포기하고 여관에 들었다. 그리고 거기서 그녀는 애인에게 처녀를 바쳤다. 관계를 맺고 나자 그녀는 몹시 울었다. 그리고 그를 때리면서 다시는 만나지 않겠다고 말했다.

정말 그녀는 일 주일 동안 그를 만나 주지 않았다. 서로 사랑하는 사람끼리 일 주일 동안이나 만나지 않는다는 것은 괴로운 일이었다. 괴로운 것은 그보다도 오히려 그녀 쪽이었다. 그녀는 이를 악물고 일 주일을 버티다가 마침내 오늘 고집을 꺾고 나온 것이다.

"그 동안 어떻게 지냈어?"

"먹고 자고 지냈지."

여자가 퉁명스럽게 대꾸했다. 남학생은 씨익 웃었다.

"이제부터는 존대어를 써야지. 서방님이 됐는데……."

"뭐라고?"

여학생은 눈을 크게 뜨더니 그에게 책을 집어던졌다.

"아, 농담이야."

그는 능숙하게 책을 받아 탁자 위에 올려놓았다.

"그 동안 보고 싶어서 혼났어."

그는 그녀를 안고 싶었다.

"거짓말 마."

"정말이야. 내가 너를 얼마나 사랑하는 줄 아니?"

그 말에 그녀는 입술을 삐죽 내밀었다.

"정말 보고 싶었어."

그가 손을 내밀어 그녀의 손을 잡으려고 하자 그녀는 얼른 손을 감추었다. 그리고 뚫어질 듯 그를 쏘아보았다.

"우리 엄마가 보재."

그 말에 그는 소스라치게 놀랐다.

"뭐라구?"

"우리 엄마가 보재."

그녀는 쌀쌀하게 말했다.

"왜? 왜 날 보자는 거야? 이유가 뭐야?"

"몰라서 물어?"

"아니, 그럼 이야기를 했단 말이야?"

"그럼 하지 않고. 난 엄마한테 하나도 숨기지 않아."

"맙소사. 그런 이야기를 하다니."

"왜? 겁나?"

"겁나는 건 아니지만……."

"그럼 왜 얼굴이 그렇게 창백해지지? 만나기 겁나면 겁난다고 그래."

그가 입을 다문 채 아무 말 못하고 있자 그녀는 갑자기 킬킬거리고 웃었다.

"겁에 질린 그 표정 너무 우스워."

"이게 누굴 놀리는 거야?"

그가 발끈하자 그녀는 한 차례 더 웃음을 터트렸다.

"내가 엄마한테 그런 말을 했을 것 같아? 엄마가 알면 날 죽일 거야."

"엄마한테 이야기해도 좋아. 난 만나볼 용의가 있으니까."

"정말?"

그녀가 눈을 반짝이며 물었다. 신선한 눈빛이었다.

"정말이야."

"만나서 뭐라고 그럴 거야?"

"따님을 사랑합니다. 알아서 하십시오."

여대생은 얼굴을 확 붉혔다. 그러나 아까처럼 책을 집어던지지는 않았다. 남학생은 강인하게 생긴 턱을 멋쩍은 듯 쓰다듬고 나서 말했다.

"나 볼일 있는데 함께 가지 않을래?"

"뭔데?"

"아르바이트 건이야."

"아르바이트 얻었어?"

"아냐, 가 봐야 알아. 하지만 기분이 될 것 같아."

"무슨 일인데?"

"이거야."

그는 신문을 탁자 위에 펴놓더니 한 곳을 손가락으로 짚었다. 여학생은 얼굴을 숙이고 신문을 내려다보았다.

그것은 광고 기사였는데 다음과 같은 내용이 실려 있었다.

<모든 일을 믿고 맡길 수 있는 성실한 사람, 어떤 난관에도 굴하지 않고 도전할 수 있는 용기 있는 사람을 구합니다. 사회 경험이 없는 학생이면 더욱 좋습니다. 보수는 후하게 드릴 것입니다.>

그리고 연락처로 전화번호가 적혀 있었다.

"아르바이트하려구?"

"응, 학비도 벌어야 하고 용돈도 궁해."

"그런 거 걱정하지 말고 공부나 열심히 해. 학비하고 용돈은 내가 어떻게 해볼게."

"대주겠다 이거야?"

“응, 내가 대줄게.”

남자의 얼굴이 모욕감으로 붉어졌다.

“내가 병신인 줄 알아? 사지가 멀쩡하고 튼튼해. 얼마든지 학비도 벌 수 있어. 내가 왜 너한테 용돈을 타 쓰니? 부잣집 딸이라고 재는 거야?”

“오해하지 마. 그런 뜻이 아니야. 나를 사랑한다면 이해할 수 있잖아?”

“사랑하고 그건 별개 문제야. 사랑한다고 해서 돈까지 타 쓰냐? 그건 내가 제일 싫어하는 짓이야. 자존심도 없는 놈들이나 여자한테서 돈을 타 쓰지. 그런 이야기는 앞으로 하지 마. 두 번 다시 하면 화낼 거다. 알았어?”

여자는 가만히 고개를 끄덕였다.

더벅머리 대학생은 잠시 후에 일자리를 얻기 위해 전화를 걸었다.

“아르바이트 대학생을 구한다고 해서 전화를 걸었습니다.”

“네, 좋아요. 대학생인가요?”

상대는 여자였다.

“네, K대 3학년생입니다. 법학과에 재학 중입니다.”

“그럼 두 시간 후에 만나도록 해요. 지금 1시 10분이니까 3시 10분에 P호텔 커피숍에서 만나기로 해요. 이력서를 지참해 주세요. 참, 이름이 뭐죠?”

“조민기(趙珉基)입니다.”

이쪽에서 뭐라고 할 사이도 없이 일방적으로 전화가 끊겼다.

민기는 다시 전화를 걸었다. 여자가 나왔다.

"서로 얼굴도 모르는데 어떻게 만나죠?"

"만날 수 있어요."

전화가 다시 일방적으로 끊겼다.

민기는 밖으로 나가 이력서 용지를 사가지고 다방으로 돌아왔다. 그가 이력서를 만드는 동안 그의 애인은 턱에 손을 괴고 앉아 호기심 어린 눈으로 그의 손놀림을 지켜보고 있었다.

조민기와 오계화(吳桂花)는 3시 정각에 호텔 커피숍에 들어섰다. 커피도 마시지 않고 앉아 있는데 3시 10분이 되자 카운터 쪽에서 조민기를 찾는 소리가 들려왔다.

민기는 급히 카운터 쪽으로 걸어가 여종업원이 내미는 구내 전화 수화기를 집어 들었다.

"조민기 씨죠?"

"네, 그렇습니다."

"엘리베이터를 타고 10층으로 올라오세요. 10층 15호실로 오세요."

"동행이 있는데 함께 가도 되겠습니까?"

"안 돼요."

단호한 말과 함께 상대방은 전화를 끊었다.

"10층으로 올라오래. 다녀올게 잠깐 기다려."

"함께 가면 안 돼?"

"안 돼, 혼자 올라오래."

따라오려는 애인을 제지하고 그는 혼자 엘리베이터 쪽으로 걸어갔다.

엘리베이터 속에서 그는 새삼 자신의 옷차림을 살펴보았다. 닳아빠진 청바지에 베이지색 점퍼, 헝클어진 머리와 면도를 하지 않아 지저분한 얼굴. 신선한 것이 있다면 안경 너머로 빛나는 눈빛뿐이었다.

그 눈은 신선하면서도 도전적이고 열정적인 빛을 간직하고 있었다. 키는 큰 편이었다. 입고 있는 점퍼가 작아서 손목이 훤히 드러나고 지퍼를 잠글 수가 없다. 떡 벌어진 가슴팍을 감싸고 있는 흰 티셔츠가 찢어질 듯 팽팽하다.

15호실 앞에 이른 그는 호흡을 가다듬은 다음 조심스럽게 노크했다.

"네, 들어오세요."

그는 안으로 문을 밀었다.

여자가 한 사람 방 가운데 서서 이쪽을 바라보고 있었다. 빛을 등지고 있어서 얼굴에 짙은 그늘이 져 있었다.

"실례합니다."

민기는 고개를 꾸벅하면서 안으로 들어섰다.

"어서 오세요."

여자는 기계적으로 말했다. 그녀가 권하는 대로 민기는 의자에 앉았다. 탁자를 사이에 두고 여자도 마주앉았다.

여자를 보는 순간 그는 혼란을 느꼈다. 짙은 화장에 선글라스를 끼고 있어서 얼굴이 위장된 것 같은 느낌이 들었다. 몇 살이나 된 여자인지 종잡을 수가 없었다. 동시에 무언가 비밀스러운 분위기가 느껴졌다. 차림새는 사치스러웠다. 아래위 흰 투피스를 입고 있었다.

"이력서 좀 볼까요?"

민기는 이력서를 꺼내 여자 앞에 내밀었다. 여자는 자세히 그것을 들여다보았다. 그러고 나서 물었다.

"물론 여기에는 이상이 없겠지요?"

"네, 사실입니다. 알아보십시오."

그는 큰소리로 대답했다. 여자는 조용한 목소리로 부드럽게 물었다.

"댁이 부산인가요?"

"아닙니다. 산청입니다."

"그럼 부모님은?"

"산청에 계십니다."

"거기서 뭘 하시나요?"

"농사짓고 있습니다."

"농사는 몇 마지기나 되나요?"

"열한 마지기입니다."

"식구는?"

"우린 9남매입니다. 제가 셋째입니다."

"열한 마지기로 생활이 되나요?"

"안 됩니다."

"그럼 대학은 어떻게 다니나요?"

"제가 벌어서 다니고 있습니다. 헌데 요새는 아르바이트 자리가 쉽지 않습니다."

"하숙하고 있나요?"

"친구하고 둘이서 자취하고 있습니다."

그는 거침없이 대답했다.

여자는 다리를 꼬았다.

"법학과라면…… 고시 준비하고 있나요?"

"네, 하고 있습니다."

"그렇다면 시간이 없겠군요."

"시간이 많이 걸리는 일인가요?"

"그렇지는 않아요. 아니, 나도 확실히 장담할 수는 없어요."

"가능하면 저를 써 주십시오. 지원자가 많겠지만 열심히 일하겠습니다. 시간이야 관리하기 나름이라고 봅니다."

여자는 담배를 내밀었다.

"피우세요."

그녀가 먼저 담배에 불을 붙였다. 민기도 담배를 집어 들고 불을 붙였다.

"이건 좀 특수한 일이에요. 위험하기도 하고 비밀을 요하는 일이기도 해요. 할 수 있겠어요?"

"나쁜 일만 아니라면 할 수 있습니다."

"그 대신 보수는 충분히 드리겠어요."

"어떤 일인가요?"

"그건 채용 결정이 난 뒤에 말씀 드리겠습니다. 댁에 전화 있나요?"

"네, 주인집에 전화가 있습니다."

"여기다 전화번호를 적어주세요. 내일 오전 중으로 연락을 드리겠어요. 연락이 없으면 채용이 안 된 걸로 아세요."

"내일 오전에는 학교 수업이 있어서 안 됩니다."

"몇 시까지 집에 돌아올 수 있나요?"

"2시까지는 돌아올 수 있습니다."

"그럼 2시에 연락드리겠어요."

"연락 기다리겠습니다."

민기는 꾸벅 절하고 호텔방을 나왔다. 그는 여우에 홀린 것 같은 기분이 들었다.

커피숍으로 돌아온 그는 커피를 시켰다.

"어떻게 됐어?"

계화가 궁금한 표정으로 물었다.

"내일 연락해 주겠대."

그는 약간 흥분해 있었다.

"무슨 일이래?"

"아직 모르겠어."

"무슨 일인지도 모른단 말이야?"

"응, 채용이 결정되면 말해 주겠대."

그는 커피를 마시고 나서 그녀에게 자세히 면접한 이야기를 들려주었다. 이야기를 다 듣고 난 그녀는 어리둥절한 표정을 지었다.

"호텔방으로 불러들이는 게 이상하다 생각했어. 여자가 혼자

서 남자를 호텔방으로 불러들이다니 아무래도 이상해. 몇 살이나
된 여자야?”

“글쎄…… 하여간 젊은 여자야.”

“다른 데 알아봐. 내가 알아봐 줄게.”

민기는 천천히 고개를 저었다.

그는 이미 마음을 굳히고 있었다. 그것도 모르고 계화는 그의
마음을 돌리려고 애쓰고 있었다.

“수상하지 않아? 위험하고 비밀스러운 일이라는데 그런 일을
꼭 하려는 이유가 뭐야?”

“나쁜 일은 아니라고 했어. 그리고 보수도 충분하다고 했어.
사실 대학생들이 하는 아르바이트라는 건 따분하기 짝이 없어.
좀 특수하고 흥미가 있어야 일의 능률도 오르는데 그렇지가 못하
거든.”

“그럼 특수하고 흥미가 있어서 이번 일을 맡으려는 거야?”

“아직 결정된 것도 아니야.”

“좀 이상해.”

계화는 입을 삐죽 내밀었다.

“뭐가 이상하다는 거야?”

민기는 정색을 하고 물었다.

“이상하지 않구. 남자들은 다 마찬가지야. 미녀 앞에서는 꼼
짝을 못해.”

“무슨 소릴 하는 거야?”

그가 발끈하자 그녀는 책을 집어 들고 냉큼 일어섰다.

"나, 갈 거야."

"가긴 어딜 가! 앉아!"

"싫어!"

"이게!"

그는 애인의 손목을 난폭하게 끌어당겼다. 그녀도 지지 않고 그의 손을 뿌리쳤다.

"놔아!"

그녀는 실내를 가로질러 밖으로 뛰어나갔다.

사람들의 시선이 일제히 그에게 쏠렸다. '빠삐용'의 주제가가 높이 울려 퍼졌다. 그는 씨근거리며 여자 뒤를 따라갔다.

백 미터쯤 따라가서야 그는 애인을 붙잡을 수가 있었다. 이번에는 놓치지 않게 꽉 움켜잡았다.

"이거 놔아! 놓으란 말이야!"

"못 놓겠어!"

지나가는 사람들이 좋은 구경거리가 생겼다는 듯 그들을 쳐다보았다.

그는 주위를 둘러보았다. 조금 떨어진 곳에 여관 간판이 보였다. 그는 그쪽으로 그녀를 잡아끌었다. 그의 의도를 알아챈 그녀는 기겁을 하고 뒤로 물러섰다.

"이거 놔! 사람들이 본단 말이야!"

"창피당하지 않으려면 잠자코 따라와."

그는 그녀의 손목을 꽉 움켜잡은 채 여관을 향해 뛰었다. 힘이 부친 그녀는 울상을 지으며 그에게 끌려갔다.

“이거 놓으란 말이야!”

“안 돼! 따라와!”

마침내 여관 앞에 닿았다.

그녀는 버티다가 하는 수 없이 끌려들어갔다.

일단 여관으로 들어서자 그녀는 포기한 듯 고개를 숙이고 그를 따라 방안으로 들어갔다. 그리고 그가 방문을 닫아걸자 주먹으로 그의 가슴을 쾅쾅 쳤다.

“이럴 수가 있어! 미쳤어!”

그는 그녀가 때리는 대로 가만히 맞아 주었다. 그녀는 얼굴이 새빨개진 채 어쩔 줄 모르고 있었다.

“그렇게 창피를 줄 수가 있어? 미워! 미워!”

그녀는 눈물을 글썽이며 미친 듯이 그를 때렸다. 그러나 그는 얄밉도록 가슴을 쭉 편 채 도도하게 서 있었다. 그의 넓은 가슴은 마치 바윗덩이 같았다.

아무리 때려도 상대가 끄덕도 하지 않자 그녀는 손이 아팠다. 그녀는 두 손을 맞잡고 마침내 울음을 터트렸다.

그러자 그때까지 가만히 있던 그가 움직였다. 그는 기다렸다는 듯이 그녀를 와락 안아 버렸다.

그녀는 더욱 흐느끼면서 그의 가슴을 파고들었다.

“미워…… 미워…….”

“울지 마.”

그는 한 손으로 그녀의 등을 쓰다듬으면서 입을 덮쳤다. 그녀는 도리질을 하다가 그의 목을 끌어안았다.

흐느낌이 사라지는 대신 거친 숨소리가 방안을 채우기 시작
했다. 그들은 서로 단단히 부둥켜안고 침대 쪽으로 움직였다. 일
단 침대에 이르자 그들은 포옹을 풀었다. 그리고 불타는 눈으로
서로를 쳐다보았다.

"벗어! 빨리!"

그는 재빨리 옷을 벗어던지며 재촉했다. 이쪽저쪽으로 옷가
지가 날아갔다.

그것을 보고 있던 처녀가,

"벗겨 줘."

하고 말했다.

알몸이 된 그는 여자 앞에서 부끄러워하기보다는 오히려 당
당하게 굴었다.

그는 여자 앞에 무릎을 꿇고 앉더니 위쪽은 내버려 두고 아래
쪽에 먼저 손을 가져갔다. 여자가 위에서 그의 하는 짓을 내려다
보았다. 그는 청바지의 단추를 풀었다. 하체가 풍만하게 발달되
어 있었기 때문에 청바지는 찢어질 듯 팽팽했다. 지퍼를 내린 다
음 바지와 스타킹과 팬티를 한꺼번에 끌어내렸다.

"어머나, 이렇게 무례할 수가……."

그녀가 당황해 하며 다리를 오므리자 그는 그녀의 배에다 얼
굴을 묻었다.

그 다음 행위는 극히 자연스럽게 이루어졌다. 이미 관계가 있
었기 때문에 그렇게 자연스러울 수가 있었다. 이들은 좀 더 높은
쾌감을 얻기 위해 서로 협조하고 노력했다.

마침내 그가 땀투성이의 몸을 옆으로 눕히자 그녀는 어린아이를 들여다보듯 그를 내려다보면서 수건으로 땀을 닦아 주었다. 처음과는 달리 이럴 때는 입장이 뒤바뀌는 것이다. 남자는 위축되고 여자는 한없이 너그러워지는 것이다.

그들은 더 이상 아르바이트 문제로 다투지 않았다.

다음날 오후 2시 조민기는 그 이상한 여자로부터 전화를 받았다. 채용됐으니 나와 달라는 연락이었다.

3시 정각에 그는 서면에 위치한 어느 고급 중국 음식점으로 들어갔다. 2층으로 올라가 구석진 방의 문을 열자 거기에 그 여자가 그린 듯이 앉아 있었다.

"어서 오세요."

그녀의 얼굴에 거의 느끼지 못할 정도의 미소가 스쳐갔다.

"실례합니다."

앉자마자 요리가 들어오기 시작했다.

그는 그녀가 선글라스를 벗어줬으면 하고 바랐다. 그러나 그녀는 그것을 벗으려고 하지 않았다. 진홍의 루즈로 그려진 입술이 선글라스와 대조되어 더욱 육감적으로 보였다.

"일해 보겠어요?"

그녀가 질문을 던졌다.

"네, 무슨 일인지 모르지만 열심히 하겠습니다."

"우선 식사나 들어요. 앞으로 해야 할 일에 대해서는 천천히 말하겠어요. 술 한 잔 하겠어요?"

"네, 맥주 한 잔 하죠."

그는 그렇게 맛있는 중국 요리는 난생 처음이었기 때문에 요리가 나올 때마다 굶주린 듯 먹어치웠다. 그것을 그녀는 귀여운 듯 바라보고 있었다.

"고학하기 힘들지 않아요?"

"힘듭니다. 일거리만 많으면 별문제가 아닌데, 그렇지가 않으니까 공부가 힘이 듭니다. 대학생을 위해 일자리가 많았으면 좋겠습니다."

그가 게걸스럽게 먹어대는 데 반해 그녀는 거의 음식에 손을 대지 않고 있었다. 그가 거의 배를 채우고 났을 때에야 그녀는 문제에 접근했다.

"솔직하게 이야기해 봐요. 어제 나를 만났을 때 무엇을 느꼈나요?"

"좀 이상하다고 생각했습니다."

그가 젓가락을 내려놓고 술잔을 집어 들었다.

"어떤 점이 이상했나요?"

"호텔방에서 남자도 아닌 여자가 혼자서 낯선 지원자들을 만나 본다든가, 얼굴 모습을 알아볼 수 없게 위장하고 있다든가, 해야 할 내용을 분명히 알려 주지 않은 점, 그리고 비밀스런 분위기 등이 이상한 느낌을 주었습니다. 그래서 더욱 호기심을 느낀 게 사실입니다."

"어제 우리가 만난 일을 누구한테 이야기했나요?"

"네, 했습니다. 여자 친구한테 했습니다. 그랬더니 그 애가 그런 아르바이트는 하지 말라고 그랬습니다. 그 문제를 놓고 우리는 다투었습니다. 하지만 지금은 괜찮아졌습니다."

"애인인가요?"

"네, 뭐 그런 셈입니다."

그녀는 멋지게 담배 연기를 내뿜었다.

"앞으로 누구한테도 우리가 만나서 나눈 이야기를 하지 말아요. 누구한테도 해서는 안 돼요. 아시겠어요?"

"네, 알겠습니다. 절대 이야기하지 않겠습니다."

"앞으로 해야 할 일에 대해서도 입을 열어서는 안 돼요. 절대 안 돼요. 비밀을 지키는 것이 가장 중요해요."

"비밀을 지키겠습니다."

여자가 선글라스 너머로 자기를 쏘아보고 있는 것을 알자 그는 가슴이 싸늘해져 왔다.

"그리고 두 번째…… 나에 대해서도 아무것도 묻지 말아줘요. 나에 대해 단 하나라도 알아내려고 하지 말아 줘요. 그건 아주 질색이니까. 알았어요?"

"네네, 알았습니다. 하지만 존함만이라도……."

"본명은 말할 수 없어요. 아가다로 불러 주세요."

"세례명인가요?"

"아무렇게나 생각하세요."

"실례지만 결혼을 하셨나요?"

그의 당돌한 질문에 그녀는 미간을 찌푸렸다.

"네, 난 유부녀예요."

"알겠습니다. 더 이상 묻지 않겠습니다."

그는 술을 벌컥벌컥 들이켰다.

"그럼 용건을 말하겠어요."

그렇게 말하는 그녀의 얼굴에 긴장이 감돌았다. 민기는 술잔을 내려놓고 그녀를 정면으로 주시했다.

"이 사람에 대해서 조사해 주세요."

아가다는 메모 쪽지를 대학생 앞에 내밀었다. 거기에는 다음과 같은 내용이 적혀 있었다.

'475—3662. 양동팔'

조민기는 어리둥절한 눈으로 메모 쪽지를 보다가,

"이게 뭐죠?"

하고 물었다.

"적힌 대로예요. 양동팔이란 사람에 대해 조사해 주세요. 알고 있는 건 전화번호뿐이에요."

대학생은 얼른 대답하지 않고 머뭇거렸다. 누구를 조사하는 일일 줄이야 미처 생각지도 못했다.

침묵이 흐른 다음 그는 진지한 목소리로 물었다.

"이 사람…… 뭐하는 사람입니까?"

"몰라요. 아는 거라곤 이름과 전화번호뿐이에요. 이름도 가짜일지 몰라요. 주소도, 얼굴도, 직업도…… 아무것도 몰라요. 하지만 꼭 찾아내서 신상에 대한 모든 것을 알아내야 해요. 쉬운 일이 아니겠지만 위험을 무릅쓰고라도 알아내야 해요."

"전화로 알아보면 될 거 아닙니까?"

그녀는 세차게 고개를 저었다.

“안 돼요! 전화를 걸어서 알아볼 수 있는 일이라면 구태여 사람을 구하지 않았을 거예요. 이건 그런 식으로 알아내서는 안 되는 일이에요. 상대방이 모르게 은밀히 조사를 해야 해요. 만일 상대방이 알게 되면 해를 끼칠지도 몰라요.”

“그래서 위험한 일이라고 했나요?”

“네, 그래요. 조심하지 않으면 안 돼요.”

“상대는 악당인가요?”

“그건 아직 조사가 끝나기 전에는 알 수 없어요.”

“알겠습니다. 조사해 드리겠습니다.”

“그 사람을 찾게 되면 제일 먼저 알아내야 할 일이 있어요. 바로 이 거예요.”

그녀는 왼손 새끼손가락을 세워 보였다.

“이 새끼손가락이 있는지 없는지 그걸 먼저 알아봐 주세요. 만일 새끼손가락이 없으면 그 사람에 대한 모든 것을 조사해 주세요. 샅샅이 해 주세요.”

“알겠습니다. 기한은 언제까지입니까?”

“이 일은 기한을 정해서 될 수 있는 일이 아니니까 기한을 정하지는 않겠어요. 하지만 빠를수록 좋아요. 가능한 한 빨리 알아봐 주세요.”

“보수는 얼마 주시겠습니까?”

“한 달에 2백만 원 드리겠어요.”

“2백만 원이나……?”

그는 입이 딱 벌어졌다. 그의 놀라움은 차츰 의혹으로 변했다. 아무래도 믿어지지 않는다는 듯 그녀를 바라보았다.

"왜 그래요?"

"2백만 원이라니…… 너무 많아서 그럽니다."

"쉬운 일이 아니에요. 그리고 위험 부담까지 감안해서 그 정도 드리는 거예요."

"아무리 그렇다고 하지만……."

"필요한 경비는 별도예요. 경비에 구애받지 말고 필요한 대로 쓰세요."

그녀는 핸드백 속에서 종이에 싼 돈 뭉치를 꺼내 민기 앞에 내놓았다.

"3백만 원이에요. 한 달 치 월급 먼저 드리는 거예요. 나머지는 경비예요. 경비를 착복하지는 않겠지요?"

"그, 그럼요. 지출명세서를 작성해서 보여 드리겠습니다."

그는 완전히 당황해서 더듬거리기까지 했다.

"그럴 필요 없어요. 난 학생을 믿고 채용한 것이니까."

"가, 감사합니다."

그는 3백만 원 뭉치를 두려운 듯이 내려다보았다. 그는 아무래도 믿어지지 않는다는 표정이었다.

"앞으로 우리는 만날 일이 거의 없을 거예요. 모든 일은 전화로 처리하도록 해요. 이게 제 전화번호예요."

아가다는 전화번호를 적어놓은 종이 쪽지를 민기에게 건네주었다.

“외운 다음 없애도록 하세요. 그리고 이거 보관하세요.”

그녀는 열쇠 하나를 내놓았다.

“이게 뭡니까?”

“아파트 열쇠예요. 학생이 기거할 아파트를 하나 빌렸어요.”

“아니, 왜?”

그는 두 번째 놀란 표정을 지었다.

“필요해서 얻은 거예요. 아파트로 이사하도록 하세요. 전화도 있으니까 불편하지는 않을 거예요.”

“지금 함께 있는 친구를 데려가도 좋습니까?”

“안 돼요. 혼자 있어야 해요. 옆에서 통화를 엿들으면 안 되니까요. 안전을 위해 그러는 거예요.”

“이거 도무지 뭐가 뭔지 모르겠는데요.”

그는 정신을 차리려는 듯 머리까지 흔들어 보았다. 그로서는 정말 호박이 덩굴째 굴러들어온 셈이었다. 꿈에서나 있을 수 있는 일이 현실로 나타난 것이다. 그는 흡사 여우에게 홀린 기분이었다.

“도대체 왜 이런 일을 하시는지…….”

그는 가까스로 이렇게 물었다.

“그런 건 알려고 하지 마세요. 내가 시키는 대로만 하세요.”

그녀는 차갑게 쏘아붙였다.

“시키는 대로 하겠습니다. 아파트는 어디에 있습니까?”

“D동에 있는 S아파트예요. S아파트 202동 803호예요. 학생 이름으로 얻었는데 월세로 얻었으니까 그렇게 알도록 해요. 월세

는 물론 경비로 지출하도록 하세요. 한 달 치 선불했어요. 보증금
이 없는 대신 비싸요. 월세가 50만 원이에요. 그리고 이것도 보관
하세요."

그녀는 통장과 도장을 꺼내 놓았다.

"학생 이름으로 온라인 통장을 하나 만들었어요. 앞으로 돈은
이 구좌에다 넣어 드리겠어요. 그렇게 하면 일일이 만날 필요가
없겠지요. 괜찮겠지요?"

"네네, 좋습니다."

그는 여자의 치밀함에 놀라지 않을 수 없었다. 그래서 새삼스
럽게 다시 여자를 쳐다보았다.

그러나 선글라스에 가려진 그녀의 표정은 읽을 수가 없었다.
감정이라곤 털끝 만큼도 없는 차가운 얼굴이 거기에 있었다.

도대체 이 여자가 노리는 것이 무엇일까. 무엇 때문에 큰돈을
들이면서 이런 짓을 하는 것일까. 아마 굉장히 돈이 많은 여자인
모양이지.

그는 두려운 마음으로 통장을 집어 들었다. 자신의 이름이 적
혀 있었다.그리고 도장을 들여다보았다. '조민기'라고 새겨져 있
었다.

"만일 알아내는 데 실패하면 어떡합니까?"

"난 그런 거 생각해 보지 않았어요. 성공하리라고 믿어요."

"열심히 해보겠어요."

아가다와 헤어져 중국집을 나설 때 그는 비로소 온몸이 땀에
젖어 있음을 알았다.

택시가 그 앞에 와서 멎었다.

그는 택시 속으로 기어들어갔다.

"D동 S아파트로 갑시다."

그곳은 도심에서 15분 거리밖에 안 되었다.

택시에서 내린 그는 믿어지지 않는다는 표정으로 아파트 단지 안으로 들어섰다. 수백 세대가 살고 있는 제법 큰 단지였다.

그는 머리를 뒤로 젖히고 202동을 찾았다.

202동이 보이자 반가운 마음으로 그쪽으로 걸어갔다. 202동 안으로 들어가려고 하자 경비원이 그를 제지했다.

"어디 가십니까?"

"803호에 새로 이사 왔습니다."

그는 그녀가 준 열쇠를 꺼내 보였다. 그때까지도 그는 믿어지지가 않았다.

"아, 네, 알겠습니다. 누님이 계약하고 가셨죠!"

"네, 누님이 얻어 준 겁니다."

그는 능청을 떨었다.

"짐은 안 가지고 오셨나요?"

"좀 있다가 저녁때쯤 가져올 겁니다. 대학생이 책밖에 짐이 있나요?"

경비원은 웃으며 어서 들어가 보라는 듯이 고개를 꾸벅해 보였다.

민기는 가슴을 펴고 202동 안으로 들어섰다. 엘리베이터가 있었다. 엘리베이터를 타고 8층으로 올라갔다.

이윽고 803호 앞에 섰다.

그는 숫자를 두 번 세 번 확인한 다음 초인종을 눌렀다. 안에서 낯선 사람이 나타나 누구를 찾느냐고 물을 것만 같았다. 그러나 한참을 눌러도 안에서는 아무도 나타나지 않았다.

그는 두근거리는 마음으로 열쇠 구멍에 열쇠를 꽂았다. 열쇠가 딱 들어맞았다. 왼쪽으로 살그머니 돌려 보았다. 찰칵 하는 소리가 기분 좋게 들려왔다.

손잡이를 잡아당겼다. 문이 소리 없이 열렸다.

"실례합니다. 아무도 없습니까?"

안으로 들어서기가 두려워서 입구에 서서 물었다. 대답이 없었다.

"아무도 안 계십니까?"

그는 현관 안으로 들어섰다. 대답이 없자 그는 문을 닫고 구두를 벗었다.

실내는 텅 비어 있었다. 먼지만 뿌옇게 쌓여 있었다. 방문을 열어보았다. 방은 모두 두 개였다. 혼자 살기에는 너무 넓은 것 같았다. 욕실도 열어보고 부엌에도 가보았다.

부엌에는 가스레인지가 설치되어 있어서 자취하기에는 아주 편리할 것 같았다. 그는 절로 웃음이 나왔다. 너무 황홀해서 어쩔 줄 몰랐다. 가스를 틀어보았다.

파아란 가스불이 쉬이 소리를 내면서 올라왔다.

이번에는 수도꼭지를 틀어 보았다. 수돗물이 세차게 쏟아져 나왔다.

"근사한데…… 정말 근사한데…… 흐흐흐……."

그는 허리를 뒤틀면서 웃었다.

그때 따르릉 하고 전화벨이 울렸다.

그는 소스라치게 놀랐다. 도둑질하다 들킨 것처럼 어쩔 줄 모르며 서 있다가 전화벨 소리가 들려오는 쪽으로 조심스럽게 다가가 보았다.

따르릉 따르릉……

전화벨 소리는 유난히도 크게 들려오고 있었다. 전화는 거실 장식장 속에 들어 있었다.

전화를 받아야 할지 말아야 할지 망설이다가 그는 수화기를 가만히 집어 들었다. 그리고 아무 말도 하지 않고 가만히 기다리기만 했다.

"여보세요."

여자 목소리가 들려왔다.

"네, 말씀하십시오."

그는 어정쩡하게 대꾸했다.

"조민기 씨?"

"네, 그런데요?"

"아가다예요. 거기 갔을 것 같아서 전화해 본 거예요."

"아, 난 또 누구시라고…… 깜짝 놀랐습니다."

그는 한 대 얻어맞은 기분이었다.

"아파트 어때요?"

"아주 좋습니다. 혼자 지내기에 너무 넓습니다."

"가스 불 잘 나와요?"

"네, 잘 나옵니다. 수돗물도 잘 나옵니다."

"그럼 수고해요."

그전처럼 여자는 갑자기 전화를 끊었다.

민기는 수화기를 내려놓고 한동안 멍하니 서 있었다.

아무래도 알 수 없는 여자다. 정말 수수께끼 같은 여자다. 얼마나 돈이 많으면 이런 짓을 할까. 그리고 왜 이런 짓을 할까. 이게 분명 꿈은 아니겠지. 혹시 내가 여자 때문에 나쁜 일에 말려드는 건 아니겠지.

강렬한 호기심이 그를 자극하고 있었다. 그것을 물리치기에는 이미 늦었다. 아니, 늦은 게 아니라 그 스스로가 거기에 적극적으로 뛰어들고 있었다.

한참 후 그는 다시 아파트 안을 돌아다니기 시작했다.

가난한 시골 출신인 그는 도시의 아파트를 볼 때마다 항상 부러움을 금치 못했다. 나는 언제나 저런 곳에서 살아볼까. 그는 언제나 이런 생각을 하곤 했었다. 그런데 느닷없이 아파트에서 살게 된 것이다. 그는 신기한 듯 아파트의 구석구석을 돌아보면서 자기도 모르게 웃음을 짓곤 했다.

그날 저녁 그는 가난한 자취방을 떠나 아파트로 이사했다. 그와 함께 자취하던 절친한 친구인 신승우(辛勝宇)는 몹시도 섭섭한 눈치였다.

갑자기 혼자 빠져나가니 섭섭해 하는 것도 무리는 아니었다. 더욱이 짐을 날라다 주기 위해 아파트까지 따라온 그는 좀처럼 굳어진 표정을 풀려고 하지를 않았다. 계화도 아파트를 보고는 안색이 확 변했다.

민기는 그들을 보기가 민망했지만 사실대로 털어놓을 수도 없어 그들의 눈치만 살피다가 이렇게 변명했다.

"내가 무슨 돈이 있어서 이런 아파트를 얻었겠어? 나를 고용한 여자가 얻어 준 거야. 어떤 일을 수행하는 데 필요하기 때문에 얻어 준 거라구."

그 말에 계화는 입을 삐죽 내밀었다.

"흥, 아무래도 이상해. 여자가 아파트까지 얻어 주고…… 정말 행복하겠어. 그 여자가 단단히 반한 모양이지."

"그게 아니야. 오해하지 마. 이건 순전히 비즈니스야. 다른 의도는 없어."

"이상한 비즈니스도 다 있다."

계화는 그의 말을 믿으려고 하지 않았다.

민기는 계화의 오해도 오해지만 친구를 납득시키는 것이 무엇보다도 급했다. 친한 친구라면 당연히 넓은 아파트에 함께 있자고 말하는 것이 옳은 일이다. 그러나 그는 그럴 수가 없었다. 그것은 아가다의 지시였기 때문이다. 아가다는 그에게 반드시 아파트를 혼자서 사용하라고 지시했던 것이다.

"이건 내 아파트가 아니야. 내 마음대로 사용할 수 있는 아파트가 아니야. 내 마음 같아서는 승우 너랑 함께 사용하고 싶지만 주인의 지시도 있고 해서 그럴 수가 없어. 이해해 줘."

"난 괜찮아. 내 걱정은 하지 말고 너나 잘 지내. 그전부터 넌 아파트에서 살아보는 게 소원이라고 했으니까.”

“더 이상 뭐라고 변명하지 못하겠어. 다만 이건 어디까지나 아르바이트니까 그렇게 알아주면 고맙겠어.”

“잘해 봐. 헌데 보수는 얼마지?”

민기는 그것까지 숨길 수는 없었다. 그래서

“한 달에 2백만 원이야.”

하고 말했다.

“뭐? 2백만 원? 정말이야?”

승우가 놀라서 되물었다.

“정말이야.”

민기는 짐짓 점잖게 대답했다. 계화도 놀란 눈으로 그를 바라보고 있었다.

그것을 계기로 어색하던 분위기는 일신되고 있었다.

“믿어지지 않는데…….”

“이 아파트가 그걸 말해 주고 있지 않아? 내가 오늘 한턱 내겠어. 한 달 치 월급을 오늘 미리 받았어.”

“더구나 미리 받아?”

가난한 대학생은 마침내 입이 딱 벌어졌다.

민기는 뛰어나가더니 술과 안주를 잔뜩 사 가지고 들어왔다.

“자, 오늘밤은 실컷 취해 보는 거야. 그리고 내일부터는 일하는 거야.”

그는 친구의 잔에 술을 가득 따랐다. 계화도 얼떨결에 술을 받았다.

"도대체 무슨 아르바이트가 그런 아르바이트가 있어? 2백만 원씩이나 주는 아르바이트가 어딨어?"

승우는 눈을 빛내며 물었다. 그는 몸집도 작고 눈도 작았다.

"나도 지금 꿈을 꾸고 있는 기분이야."

민기는 기분 좋게 맥주를 쭉 들이켰다.

"아무래도 이상해."

계화는 곁눈질로 그를 흘기면서 말했다.

"혹시 살인 청부업 같은 거 아니야?"

민기는 다그치는 물음에 웃음을 터트렸다. 승우와 계화는 웃지 않고 멍하니 그를 바라보기만 했다.

다음날부터 조민기는 활동을 개시했다.

그는 먼저 부산 시내 전화번호부에서 양동팔이란 이름을 찾아보았다. 그런 이름은 없었다.

여기저기 전화를 걸어 본 다음 그는 475국을 관할하는 전화국을 찾아갔다. 마침 점심때라 직원들이 점심 식사를 하기 위해 밖으로 몰려나오고 있었다.

그는 전화국 안으로 들어가 두리번거리다가 젊은 남자 직원에게 다가갔다.

"실례합니다. 뭣 좀 알아보려고 하는데요."

직원은 그를 힐끗 쳐다보고 나서 하던 일을 계속했다. 그는 무엇인가를 열심히 적고 있었다.

"전화번호 주소를 알려고 왔는데요."

민기는 긴장해서 말했다. 그러나 상대는 못 들었는지 아무 반응도 보이지 않았다.

"전화번호 주소를 찾으려고 왔는데요. 실례합니다만……."

"그건 알 수 없어요."

직원은 쳐다보지도 않고 말했다. 민기는 기다렸다가 그 직원이 고개를 들었을 때 다시 말을 걸었다.

"왜 알 수가 없나요?"

직원은 눈을 가늘게 뜨고 피곤한 듯 그를 바라보았다. 그러더니 갑자기 일어나 서류를 한쪽으로 밀어 놓았다.

"그런 거 일일이 다 응하다가는 우리 일 못합니다. 해야 할 일도 많은데 어떻게 그런 일까지 합니까?"

직원은 옆의 동료에게 식사하러 가자고 말했다.

"그래도 요청이 있으면 알려줘야 하지 않습니까?"

"그런 의무 규정은 없어요. 그건 사적인 일이란 말입니다."

민기가 다시 말을 붙이기 전에 그들은 저쪽으로 가 버렸다. 하는 수 없이 다른 직원에게 부탁해 보았지만 대답은 역시 마찬가지였다.

민기는 작전을 바꾸기로 했다. 그는 밖에서 적당한 사람을 물색했다.

10분쯤 기다리고 있자 적당한 사람이 안에서 나왔다. 제복을 입은 여직원이었는데 얼굴에 여드름이 많이 나서 몹시 고민일 것 같은 처녀였다.

그녀는 한 손으로 얼굴을 가린 채 동행도 없이 혼자서 점심을 먹으러 갔다.

그녀가 들어간 곳은 싸구려 음식을 파는 조그만 식당이었다. 그녀는 라면을 시켰다. 민기도 라면을 주문했다. 그들은 탁자를 사이에 두고 마주앉아 식사가 나오기를 기다렸다. 빈자리가 그곳뿐이었기 때문에 민기는 자연스럽게 그녀 맞은편에 자리 잡을 수가 있었다.

여직원은 가능한 한 남들에게 얼굴을 정면으로 보이게 하지 않으려고 애쓰고 있었다.

"전화국에 계십니까?"

식사가 나오기 전에 민기는 넌지시 말을 걸었다. 여자는 약간 놀란 듯 그를 쳐다보더니 미소를 지어 보였다. 그녀의 반응이 호의적임을 알고 그는 일차 관문을 통과했다는 안도감에 가만히 한숨을 내쉬었다.

라면이 나왔다. 그들은 고개를 숙여 라면을 들여다보았다.

"전화국 사람들 불친절하더군요."

이 한 마디는 당장 효과를 불러왔다.

여직원은 젓가락으로 라면을 집어 올리다 말고 얼굴을 쳐들었다. 그리고 눈으로 그에게 무슨 일이냐고 물었다.

민기는 대답 대신 라면을 입으로 가져갔다. 그녀는 선량한 눈빛으로 그를 주시하다가 라면을 먹기 시작했다.

"좀 더 친절하게 대할 수 있을 텐데 왜 그러는지……."

그는 혼잣말처럼 중얼거렸다. 여자가 다시 고개를 쳐들었다.

"무슨 일로 그러세요?"

"별일도 아니에요. 뭐 좀 알아보려고 왔는데 어떻게나 쌀쌀하게 굴던지 말 걸기가 두려워 혼났습니다."

"무슨 일인데요?"

"주소를 알아보려고 왔어요. 전화번호는 있는데 주소를 몰라서 그러거든요."

"전화를 걸어 보시지요."

"그럴 수가 없으니까 전화국까지 온 겁니다. 걸 수 있으면야 벌써 걸었지요."

"일이 많다 보니까 본의 아니게 불친절할 수가 있어요. 친절해야 한다는 걸 알면서도 그게 잘 지켜지지가 않아요."

여자는 두둔하는 조로 말했다.

"알고 있습니다. 충분히 이해할 수 있습니다. 하지만 난 아주 중요한 일이란 말입니다."

"학생인가요?"

그녀의 눈이 탁자 위에 놓인 책들 위에 잠시 머물렀다.

"네, B대학 법학과에 다니고 있습니다."

그녀의 표정이 환해졌다. 호감을 느낀 것이 분명했다.

"주소를 알려고 오시는 분들이 가끔 있는데 사실은 알려 주게 되어 있지 않아요."

"은행 비밀 구좌도 아닌데 왜 그러나요?"

"우리는 가입자 편이지 그 반대편이 아니거든요. 혹시나 주소를 가르쳐 줌으로써 가입자에게 간접적으로 피해를 줄 수도 있으니까요."

그 말에 민기는 가슴이 뜨끔했다. 전화국에서 일하는 아가씨라고 우습게 봐서는 안 되겠다는 생각이 들었다. 그녀의 말은 아주 조리 정연했다.

"그래서 가입자의 요청이 있으면 전화번호부에 등재하지 않아요."

"알겠습니다."

그 다음부터는 식사가 끝날 때까지 거의 말을 나누지 않았다. 그가 입을 다물고 있자 그녀도 식사에만 열중했다. 그렇지만 그에게 신경이 쓰이는지 매우 조심스럽게 젓가락을 놀리고 있었다. 식사가 끝나기를 기다렸다가 민기는 다시 말을 걸었다.

"그럼 포기하는 게 좋을까요?"

그녀는 지그시 그를 바라보았다. 그리고 살며시 웃었다.

"꼭 알아야 하나요?"

"네, 누님!"

누님이라는 말에 그녀는 입을 가리고 웃었다.

잠시 후 그들은 다방에 앉아 있었다.

그는 여직원의 가슴에 붙어 있는 명찰을 눈여겨봐 두었다. 그녀의 이름은 최영순(崔永順)이었다.

그에게서 커피를 한 잔 얻어 마신 최영순은 그가 써준 메모지를 들고 먼저 밖으로 나갔다.

민기는 30분쯤 앉아 있다가 전화국으로 전화를 걸어 최영순을 찾았다. 최영순은 말했다.

"찾아냈어요. 그런데 전화 주인은 양동팔 씨가 아닌데요."

“그럼 누굽니까?”

“김영치(金英治) 씨라고 되어 있는데요.”

“좋습니다. 주소를 불러 주십시오.”

주소와 이름을 적고 나서 그녀에게 거듭 고맙다는 인사를 한 다음 그는 다방을 뛰어나왔다.

그는 갑자기 바빠지기 시작했다. 학교에 가서 두 시간 수업을 마친 다음 주소를 찾아 나섰다. 그 주소지는 가장 번화가인 J동이었다.

그는 먼저 복덕방을 찾아갔다.

복덕방 노인은 대강 위치를 가르쳐 주는 것으로 그를 내쫓았다. 그러나 그것만 가지고는 주소를 정확히 찾을 수가 없었다.

땀을 흘리며 길가를 헤매다가 그는 마침 우편집배원을 만났다. 그는 무턱대고 꾸벅하고 고개를 숙였다.

“수고하십니다. 이 주소를 찾는데 도무지 어디가 어딘지 알 수가 없는데요.”

그가 내민 메모지를 들여다본 집배원은 그에게 따라오라고 일렀다. 집배원은 땀을 뻘뻘 흘리고 있었다.

5분쯤 따라 걷는데 집배원이 갑자기 걸음을 멈추면서 저만큼 서 있는 5층 빌딩 하나를 가리켰다.

“저겁니다. 저 누런 건물…….”

“감사합니다.”

집배원은 끄덕하면서 모퉁이로 돌아가 버렸다.

민기는 망연히 그 빌딩을 바라보았다. 한참 그렇게 바라보고 있다가 그쪽으로 슬금슬금 걸어갔다. 그것은 지은 지 얼마 안 된 건물 같았다.

길을 건너 정문 앞으로 다가섰다. 입구에 수위실이 있었다.

출입구 오른쪽 기둥에 '中和빌딩'이라고 새긴 동판이 붙어 있었다.

"중화 빌딩이라……."

그는 중얼거렸다.

많은 사람들이 들락거리고 있었다. 그것을 바라보고 있는 동안 그는 막막한 기분이 들었다.

그 건물 지하에는 다방이 차려져 있었다. 다방 출입구는 정문 옆으로 나 있었다. 그는 지하로 내려갔다. 다방은 꽤 넓었다. 그리고 손님들도 많았다. 그는 빈자리를 찾아 앉았다.

이제부터 어떻게 해야 한다는 생각도 없었다. 그저 막연하기만 했다. 레지가 다가왔다. 나이가 들어 보이는 레지였다.

"커피."

그는 웃으며 말했다. 그의 미소에는 매력이 있었다.

"혼자세요?"

"아니, 아가씨 것하고 두 잔."

레지는 자기 몫으로 밀크를 가지고 왔다. 산전수전 다 겪은 듯한 레지였다.

"대학생인가 보지요?"

"네, 흔해 빠진 대학생입니다."

레지는 즐거운 듯 웃었다.

“어떻게 혼자 오셨어요?”

“다리가 아파 쉬다 가려고 들어왔지요.”

“종종 오세요.”

“네, 그렇지 않아도 그럴 생각입니다. 아가씨를 만나기 위해서라도…….”

레지는 아까보다 더 즐겁게 웃었다.

“이 빌딩에는 무슨 회사가 들어 있나요?”

“회사가 어디 한둘인가요 뭐.”

“여러 회사가 들어 있나요?”

“사장님만 해서 열 명이 넘어요.”

“그래요? 하긴 요새는 사장님이 많으니까 하나도 이상할 건 없지요.”

“이젠 사장님 소리 듣기만 해도 역겨워요.”

“이 빌딩 사람들은 다 여기서 차를 시켜 마시겠군요?”

“거의 그래요. 차 시키는 건 좋지만 정말 배달 가기 싫어요.”

“왜요?”

“차 한 잔 팔아 주면서 온갖 잡소리며 수작 다 한다구요. 자기 마누라한테도 그렇게 못할 거예요. 아주 더럽다구요.”

“다 그럴라구요.”

“남자는 다 마찬가지예요. 겉으로는 점잖은 체하지만 일단 껍질을 벗으면 다 마찬가지예요.”

“난 그렇지 않아요.”

“학생이 그러면 쓰겠어요.”

레지는 귀여운 듯이 그를 쳐다보고 나서 빈 찻잔들을 챙겨들고 일어섰다. 민기는 반 시간쯤 더 거기에 앉아 있었다.

그는 출입하는 사람들의 얼굴과 왼손을 주시하면서 부지런히 머리를 움직였다. 마땅한 방법이 떠오르지 않는다. 다방 전화번호를 수첩에 적은 다음 일어섰다.

밖으로 나와 둘레둘레 하다가 멀지 않은 곳에 공중전화가 있는 것을 발견하고는 그쪽으로 걸어갔다. 그는 방금 들렀던 다방에다 전화를 걸었다.

"백조 다방입니까?"

"네, 그렇습니다아."

능청스런 여인의 목소리가 엿가락처럼 뽑아져 나왔다.

"거기 혹시 손님 중에 김영치 씨 안 계신가요?"

"누구요?"

"김영치 씨요."

"그런 분 없어요."

알아보지도 않고 전화를 끊어 버린다. 민기는 다시 전화를 걸었다. 알아보지도 않고 전화를 끊는 법이 어디 있느냐고 하자 매몰찬 응답이 돌아왔다.

"없으니까 없다고 하죠."

"물어보지도 않고 어떻게 알아요?"

"이거 보세요. 김영치 씨는 요새 여기 안 나와요."

"안 나온 지 오래 됩니까?"

"꽤 됐어요."

전화가 끊어졌다.

그는 박스에서 나와 한참 동안 길가에 서 있다가 다시 안으로 들어가 백조 다방으로 전화를 걸었다. 이번에는 목소리를 바꾸어 말했다.

"혹시 거기 양동팔 씨 계십니까?"

"손님 찾으세요?"

"네, 그래요."

"누구라고 그랬죠?"

"양동팔……."

"기다려 보세요."

양동팔을 찾는 목소리가 들려왔다. 조금 후 다방 여자는,

"그런 분 없어요."

하고 말했다.

민기는 풀이 죽어 박스에서 나왔다.

김영치라는 인물에 대해서는 다방에서도 알고 있는 것 같다. 단골이었던 모양이다. 그러나 요즘에는 안 나온다고 했다.

양동팔에 대해서는 다방 쪽에서도 모르고 있는 것 같다. 잘 알고 있는 사이라면 그런 식으로 대답하지는 않았을 것이다.

그는 아파트로 돌아와 밤이 되기를 기다렸다가 책가방을 들고 다시 백조 다방으로 나갔다. 낮에 얼굴을 익혀 둔 레지가 반갑게 그를 맞았다.

"혼자 오셨네."

"누님 보고 싶어서요."

그의 능청에 레지는 기분이 좋은지 호감 어린 눈길로 그를 바라보았다.

"자기 몇 살이에요?"

"스물둘입니다. 누님은……?

"스물다섯……."

그녀는 스물다섯은 더 되어 보였다.

그들은 비로소 통성명했다. 민기는 자신의 이름을 그대로 밝혔고 레지는 누구에게나 그렇듯이 자기를 미스 장이라고 했다.

그녀는 자기를 누님이라고 부르면서 붙임성 있게 구는 젊은 대학생이 귀여운지 눈을 반짝이면서 그를 쳐다보았고, 틈만 나면 그의 자리에 와서 그를 상대해 주었다.

한 시간 남짓 다방에 앉아 있는 동안 민기는 김영치나 양동팔에 대해서는 일체 묻지 않고 오직 그녀의 호감을 사는 데만 주력했다.

다방을 나올 때 그는 일부러 미스 장에게 책가방을 맡겼다. 어디 다녀올 데가 있다고 하면서 맡겼는데, 그것은 일종의 신뢰의 표시로서 아주 적절한 제스처라고 볼 수 있었다.

그날 밤 그는 그 책가방을 찾아가지 않았다.

다음 날 아침 10시쯤에야 다시 다방에 나타나서 가방을 달라고 말했다. 미스 장은 주방 뒤에 있는 방에서 가방을 꺼내 가지고 오면서,

"학생이 책가방을 안 가지고 가면 어떡해요."

하고 나무라는 투로 말했다.

"미안합니다. 어제 친구들과 술을 마시다가 그만⋯⋯."

그는 자신의 머리를 긁적이면서 일부러 겸연쩍은 표정을 지어 보였다.

"술 너무 많이 마시지 말아요."

그녀는 누나처럼 말했다.

"네, 알았습니다."

그는 김영치에 대해서 알고 싶은 것을 꾹 참고 묻지 않았다.

그날 저녁 그는 미스 장에게 저녁을 대접했는데, 그때에도 딴전만 부렸다. 어떤 목적을 위해 접근했다는 인상을 주지 않기 위해서였다.

식사 후 그들은 송도로 나갔다.

민기는 그녀를 회집의 이층 조용한 방으로 이끌었다. 거기서 소주를 시켜놓고 앉아 그녀의 신세타령을 심각한 표정으로 경청했다. 술을 꽤나 마신 그녀는 끝내 그의 품에 쓰러지면서 흐느껴 울었다.

그는 흐느끼는 그녀의 입에 뜨겁게 입맞춤했다. 내키지 않은 일이었지만 눈 딱 감고 그렇게 했다. 그러나 그 이상은 앞으로 나아가지 않았다. 들어가지 않겠다는 그녀를 가까스로 바래다주고 나니 자정이 훨씬 지나 있었다.

다음 날 그는 손님이 거의 없는 밤늦은 시간에 다방에 갔다. 그를 바라보는 미스 장의 눈빛은 확연히 달라져 있었다. 그것은 무엇을 갈구하는 것 같은 눈빛이었다.

"참, 뭐 하나 물어볼 것이 있는데⋯⋯."

민기는 마침내 목적한 바를 넌지시 꺼내 놓았다.

"뭔데?"

"김영치라는 분 여기 단골 아니었어요?"

"어떻게 그 사람을 알지?"

"좀 알아요. 같은 고향 사람이거든요."

"아, 그래? 그 사람 아주 깍쟁이야."

"잘은 모르지만 좀 그런 면이 있지요."

민기는 고개를 끄덕였다.

"사람은 생긴 것대로 논다잖아요. 생긴 것도 깍쟁이처럼 생겼어요."

"그 분하고 잘못 사귀었군요."

"그 사람하고 친해요?"

"아아뇨. 그런 사이는 아니에요."

그럼 안심이라는 듯 그녀는 김영치라는 인물에 대해 잔뜩 험담을 늘어놓았다. 민기는 그녀가 마음대로 지껄이도록 내버려 두었다.

그녀의 이야기를 통해 그는 김영치에 대해 어느 정도 윤곽을 파악할 수 있었다.

김영치는 중화 빌딩 3층에 사무실을 하나 얻어 무슨 사업을 시작했는데 그것이 여의치 않아 두 달 전에 집어치웠다는 거였다. 다방에 출입할 당시 그는 나이 어린 레지를 건드려 임신시켜 놓고 단돈 30만 원에 그녀를 떼어 놓았다고 하면서 미스 장은 몹시 분개해 했다.

민기는 그녀의 눈치를 살피다가 조심스럽게 입을 열었다.

"그 사람 요새는 여기 통 안 오나요?"

"코빼기도 못 보겠어. 안 오니까 차라리 좋아요."

"저기…… 그 사람 지금 어디 있는지 혹시 알아요?"

"몰라요."

그녀는 딱 잘라 말했다.

"좀 알 수 없을까요? 연락해야 할 일이 있는데……."

"무슨 연락할 일이 있는데 그래요?"

"그럴 일이 있어요."

그녀는 선뜻 가능성을 비치려 들지를 않았다. 조금은 의아스러운 듯 그를 바라보기만 할 뿐이었다.

"좀 만났으면 좋겠는데……."

민기는 심각한 표정을 지었다.

"글쎄. 요새는 통 못 보겠어."

"누님이 그 사람 좀 알아 주세요. 사실은 돈을 좀 받을 게 있어서 그래요."

"얼마나?"

"좀 많아요. 5백만 원쯤 돼요."

그녀의 눈이 확대되었다.

"아니, 언제 빌려준 건데 그래?"

"제가 직접 빌려준 게 아니에요. 시골에 계신 형님이 작년에 빌려주신 건데 그걸 받지 못하고 형님이 교통사고로 돌아가셨거든요. 저야 나중에 형수님한테 이야기를 듣고서야 알았지요. 형님이 돌아가시니까 그 사람이 영 돈을 갚을 생각을 안 하나 봐요.
형수님을 만만하게 본 거지요. 그런데 돈 빌려준 영수증 하나 받
아놓지 않았나 봐요. 그러니 법에다 호소할 수도 없고 그 사람 양
심에 호소하는 수밖에 없게 되었어요. 시골에서 5백만 원이면 큰
돈 아닙니까?”

“큰 돈이지. 자기가 받을 수 있겠어?”

“무슨 수를 써서라도 받아내야죠. 형수님은 자기는 이미 포기
했으니까 저보고 받을 수 있으면 받아서 학비에 보태 쓰라는 거
예요.”

“참 나쁜 사람이다. 사기꾼 아니야?!”

“뭐 그럴라구요. 사업이 실패하고 해서 본의 아니게 그렇게
됐겠지요.”

“내 알아봐 줄게. 어디 있는지 알 수 있을 거야. 그 사람하고 친
하게 지내는 사람이 여기 자주 오니까.”

“누군데요?”

“아마 모를 거야. 구일남이라고 알아요?”

“모르겠는데요. 김영치 씨 친구 분 중에 혹시 양동팔이라는
사람 모르시나요?”

“양동팔?”

그녀는 고개를 갸우뚱했다. 민기는 긴장해서 그녀를 바라보
았다.

“네, 양동팔이란 사람입니다.”

“모르겠는데…….”

“그런 이름 듣지도 못했나요?”

“못 들었어요.”

“하여간 김영치 씨 연락처 좀 알아봐 주세요.

“그래, 내 알아볼게.”

그녀는 적극적인 자세를 보여 주었다.

“그런데 절대 제가 찾는다는 말을 해서는 안 됩니다. 눈치를 채면 틀림없이 행방을 감추어 버릴지도 모릅니다.”

“알았어. 내가 조심해서 요령껏 알아볼 테니까 그건 염려하지 말아요.”

민기는 절대 비밀로 해줄 것을 당부했다. 그녀와 헤어질 때 그는 준비해 온 것을 탁자 위에 꺼내 놓았다. 그리고 은근한 목소리로 말했다.

“누님께 드리려고 선물 하나를 사 왔지요. 별것 아니니까 받아 주세요.”

포장을 풀어본 미스 장은 눈을 휘둥그레 떴다. 놀랍게도 그것은 금목걸이였다. 지금까지 그런 선물을 받아 보지 못한 그녀는 기뻐 어쩔 줄 몰라 했다.

“아니, 무슨 돈이 있다고 이런 걸 다 샀지?”

“누님한테 그런 거 선물할 돈은 있습니다. 성의니까 받아 주세요.”

“고마워.”

그녀는 일어나 화장실 쪽으로 걸어갔다. 화장실에서 나왔을 때 그녀의 목에는 목걸이가 걸려 있었다. 그녀의 얼굴은 붉게 달아올라 있었다.

그날 밤 처음으로 민기는 아가다에게 전화를 걸었다. 그러나 전화를 받는 사람이 없었다.

다음 날 아침 아가다로부터 전화가 걸려왔다. 피곤에 젖은 목소리였다. 그는 상세히 보고했다.

보고를 듣고 난 그녀는 그에게 주의를 주었다. 그가 미스 장에게 본명과 학교 이름을 사실대로 댄 것은 잘못이라고 지적했다. 그리고 위험을 사전에 방지하기 위해서는 앞으로는 자신의 신분을 감추라고 지시했다. 민기는 앞으로 주의하겠다고 말하고 전화를 끊었다.

저녁 때 그는 계화와 다투고 나서 백조 다방으로 갔다. 미스 장은 그에게 아무 소식도 전하지 못하게 된 것을 미안하게 생각했다. 그러나 그는 그녀에게 수필집 한 권을 선물하고 나왔다.

다음 날 오후 2시 조금 지나 그는 백조 다방에 갔다. 자리에 앉자마자 미스 장이 다가와 놀라운 소식을 전해 주었다.

"김영치 씨하고 통화했어요. 저녁에 데이트하기로 했어요. 괜찮지?"

"어떻게 알아냈어요?"

"그 사람 친구인 구일남이란 사람이 마침 왔기에 연락처를 알아냈어요. 그래서 내가 직접 전화를 걸어 봤지. 보고 싶은데 요새 왜 안 오느냐고 했더니 자기도 나를 보고 싶다나. 자기를 위해서 데이트 약속을 한 거라고."

“고맙습니다.”

그는 그녀에게 콜라를 대접했다. 그녀가 콜라를 비우고 났을 때 그는 불쑥 메모지를 꺼내 놓았다.

“혹시 이 빌딩 안에 이런 전화번호 있어요?”

그녀는 메모지를 들여다보았다. 거기에는 ‘475—3662’라는 전화번호가 적혀 있었다.

그녀는 그 메모지를 들고 카운터로 가더니 잠시 후에 다시 돌아왔다.

“이 빌딩에는 없어요.”

“김영치 씨 뭘 하고 있대요?”

“하는 일 없이 놀고 있나봐.”

8시 5분 전.

조민기는 김영치와 미스 장이 만나기로 한 다방 안으로 들어섰다. 미스 장이 구석진 곳에 혼자 앉아 있다가 그에게 손을 들어 보였다. 민기는 그녀의 뒤쪽으로 멀리 떨어진 곳에 자리 잡고 앉았다.

8시 10분이 되자 뚱뚱한 중년 사내 하나가 다방 안으로 들어섰다. 그는 실내를 둘러보다가 미스 장을 발견하고는 그녀 쪽으로 다가가 앉았다.

민기는 그 사내의 얼굴을 정면에서 관찰할 수가 있었다. 머리숱이 적고 얼굴빛이 검은, 탐욕스럽게 생긴 사내였다. 한껏 멋을 부린 정장 차림이었지만 전체적인 분위기가 치기스러워 보였다.

잔뜩 거드름을 피우며 이야기하고 있었다. 미스 장이 손으로 입을 가렸다.

잠시 후 그들은 일어섰다. 민기도 일어섰다.

그들은 부근에 있는 한 식당으로 들어갔다. 미스 장은 식당 안으로 들어서면서 뒤를 한 번 돌아보았다. 민기는 식당 안으로 들어가지 않고 그 부근의 그늘진 곳에서 어슬렁거렸다.

담배를 네 대 피우고 났을 때 그들이 식당에서 나왔다. 민기는 쇼윈도를 기웃거렸다. 그들이 그의 등 뒤로 지나갔다. 그는 몸을 돌려 그들의 뒤를 따라갔다.

얼마쯤 가다가 그들은 좁은 골목으로 들어갔다. 민기도 조심스럽게 골목으로 들어섰다. 사내가 여자의 팔을 움켜쥐었다. 그들은 여관 앞에 멈춰 섰다. 남자가 미스 장을 여관으로 잡아끌었다. 미스 장이 그의 손을 뿌리쳤다. 두 개의 그림자가 한동안 뒤엉켜 돌아갔다. 남자의 손에서 풀려난 여자는 골목 저쪽으로 뛰어갔다. 사내는 그녀를 향해 욕설을 퍼부었다.

"쌍년! 지랄하고 자빠졌네! 그거 저축하면 이자 나온다냐."

사내는 민망스러울 정도로 욕설을 퍼붓다가 골목 중간쯤에 있는 포장마차 안으로 들어갔다.

민기는 망설이다가 그쪽으로 걸어갔다. 포장을 들치고 안으로 들어갔다. 손님이 몇 명 있었다.

김씨 옆에 가만히 자리 잡았다. 김씨가 그를 힐끗 쳐다보았다. 먼저 와 있던 사람들은 차림새가 막노동자들 같았다. 민기는 소주를 시켰다. 김씨도 소주를 앞에 놓고 있었다. 민기는 한숨을 푹

푹 내쉬며 술을 들이켰다.

"무슨 고민이 있소?"

김씨가 마침내 걸려 들어왔다.

"아, 아무것도 아닙니다."

민기는 상대를 보지 않고 말했다.

"학생이오?"

김씨가 턱을 치켜들고 물었다.

"네……."

"고민이 있으면 술을 마셔요, 술을…… 자, 한 잔 마셔요."

술잔이 디밀어졌다.

"감사합니다."

민기는 술잔을 받았다. 얼른 들이키고 상대에게 건넸다. 그리고 술을 따랐다.

"우리 피차 같은 입장인가 보군. 지금 몇 살이오?"

"스물셋입니다."

그는 김씨의 왼쪽 새끼손가락을 살폈다. 손가락은 모두 정상이었다.

"스물셋이라…… 좋은 때군. 내가 스물세 살 때는……."

술잔이 다시 돌아왔다. 민기는 사양하지 않고 잔을 받았다. 얼른 마시고 잔을 도로 건넸다. 잔이 부지런히 왔다 갔다 하기 시작했다.

"이봐, 학생이라고 했지?"

"네, 그렇습니다."

"좋았어. 대학생은 인생의 황금기야. 공부도 열심히 하고 연애도 열심히 하고…… 이것저것 열심히 하라고. 우리는 이제 늙어서 다 틀렸어. 젊은 대학생들을 보면 난 부러워서 죽겠어. 청춘의 큰 뜻을 품으라구. 큰 뜻을 품어서 남 주나. 큰 뜻을 품으라구. 알았어?"

"네, 알겠습니다."

"인생이란 이래도 한 세상이고 저래도 한 세상이야. 그러니 째째하게 살지 말란 말이야. 크게— 한 번 크게 살아보란 말이야. 알았어?"

"네, 알았습니다."

"이름이 뭐지?"

"양인석입니다."

"음, 양가군. 장래 커서 뭐가 될 거야?"

"글쎄, 뭐 계획이 없습니다."

김씨는 손가락으로 그를 가리켰다.

"이거 뭐 이래. 이제 보니까 형편없군 그래. 장래 계획이 없다니 그게 말이야, 막걸리야. 원대한 이상을 품으란 말이야. 하다못해 한국 최고의 플레이보이가 된다든가 아니면 최고의 거지가 된다든가, 하여간 최고가 되라 이거야. 알겠어?"

"네, 알겠습니다."

김영치는 점점 횡설수설하기 시작했다. 나중에는 혀까지 꼬부라져서 제대로 말을 잇지 못했다.

조민기도 역시 크게 취했다. 그러나 그는 잠시 밖으로 나와 골목에다 먹은 것을 모두 토해 버렸다. 일부러 목구멍에다 손가락을 집어넣어 토한 것이었다. 그래서 그는 술에서 얼른 깨어날 수 있었다.

"실례지만 선생님은 무슨 일을 하고 계십니까?"

"내가 무슨 일을 하고 있는 것 같아?"

"글쎄…… 사업하시는 것 같은데…… 정확히는 잘 모르겠는데요."

"모르는 게 당연하지. 모르는 게 좋아. 나는 비밀을 좋아해."

"앞으로 자주 찾아뵙겠습니다."

"좋지, 좋아."

"전화번호를 좀 가르쳐 주십시오."

"전화?"

김씨는 민기가 내민 수첩에다 전화번호를 적어 주었다.

"우리 집이야."

"감사합니다."

그 전화번호는 문제의 전화번호와는 달랐다.

"같은 값이면 직장 전화번호도 가르쳐 주십시오."

"그건 곤란해."

사내는 머리를 휘휘 저었다.

"사실은…… 난 사업에 실패해서 놀고 있지. 그래서 사무실 전화번호가 없다구. 조금 있으면 사업을 다시 시작할 거니까 그때 가서 봐. 전화가 세 대나 있었는데 말이야."

민기는 귀가 번쩍 뜨였다.

"그 전화는 모두 어떻게 했습니까?"

"그런 건 알아서 뭘 해?"

"그냥 물어본 겁니다."

"전화는 모두 세놓았지. 나중에 사업 시작하면 다시 찾아 쓰려구."

"전화를 세놓을 수도 있나요?"

"있지. 법적으로 금지되어 있지만 그게 어디 통하나."

"사실은 저희 집에도 전화가 두 대나 있는데 하나를 처분하려고 하거든요. 팔 것이 아니라 나중의 일을 생각해서 세를 놓는 게 좋겠군요."

"그래, 그게 좋아."

"어떻게 하면 세를 놓을 수 있나요?"

"전화상에다 내놓으면 거기서 다 알아서 해줘."

"아, 그렇군요."

"아주 간단해."

"부근 전화상에다 내놓아야지요?"

"물론 그렇지."

그들이 포장마차 집을 나선 것은 11시가 거의 가까워서였다. 민기는 비틀거리는 김씨를 택시에 태워 집에까지 데려다 주었다. 김씨 집은 변두리의 흔한 양옥집이었다.

집에 들어왔다 가라는 것을 사양하고 그는 아파트로 돌아왔다. 샤워를 끝내고 막 잠자리에 들려는데 전화가 걸려왔다.

"나, 아가다예요."

"아, 네……."

"수확이 있었어요?"

"김씨를 찾아내서 접근하는 데 성공했습니다. 하지만 그의 손가락은 정상이었습니다. 그는 양동팔이 아닌 것 같습니다. 그의 자택 전화번호도 알아냈는데 양동팔의 전화번호하고 틀립니다. 그는 사업을 하다가 실패했는데 사업할 때 전화가 모두 세 대가 있었답니다. 그 전화를 모두 세를 줬는데 그 중 하나가 양동팔의 전화번호가 아닌가 생각합니다."

"양동팔이 그 사람 전화를 세를 주고 빌렸다는 말인가요?"

"네, 어디까지나 추측입니다만 가능성이 있습니다. 내일부터는 전화상을 뒤질 생각입니다. 전화상을 통해서 김씨가 전화를 세놓았을 가능성이 크니까."

"눈치채지 않게 조심스럽게 조사하세요. 이제부터는 여러 사람들 앞에 그 전화번호를 내보이게 될 거니까."

아가다는 염려스러운 듯 말했다.

"조심하겠습니다. 김씨한테 직접 대놓고 물어보면 간단하겠지만."

"그건 안 돼요……."

여자가 단호하게 말했다.

"김씨라는 사람도 한패일지 모르니까 그건 안 돼요!"

"네, 저도 그 점을 생각해서 직접 대놓고 묻지는 않았습니다. 만일 한패라면 전화를 세놓지 않았을 거고 한패가 아니면 전화를 세놓았겠지요."

아가다는 거기에 대해서는 아무 말 없이 전화를 끊었다.

다음 날은 아침부터 비가 내렸다.

조민기는 오전 수업을 끝내고 전화상이 몰려 있는 곳으로 나갔다. 475국을 취급하는 전화상은 그렇게 많지가 않았다. 그는 전화상에 찾아 들기 전에 곰곰이 생각해 보았다.

느닷없이 전화상에 들어가 전화번호를 내보이면서 이런 전화를 부탁받고 누구한테 세놓은 적이 없느냐고 하면 과연 제대로 대답해 줄 사람이 있을까. 장부까지 뒤져 보면서 가르쳐 줄 사람이 있을 것 같지가 않다. 귀찮고 수상쩍게 생각한 나머지 쫓아낼 것이 뻔하다.

궁리 끝에 그는 사람을 하나 사기로 했다. 전화상끼리는 잘 통할 테니까 그쪽 사람을 하나 매수하기로 했다.

전화상을 돌다가 한 시간 만에 젊고 약아 보이는 사람 하나를 골랐다. 조그만 키에 두 눈이 쥐새끼처럼 반짝이는 사람이었다. 나이는 서른두셋 정도 되어 보였다.

문을 밀고 안으로 들어가자 반갑게 맞는다. 장사가 잘 되느냐고 하자 요새는 불경기라고 머리를 내흔든다. 가게에는 종업원이 한 명 딸려 있었다.

잠시 후 민기는 가게 주인을 데리고 나와 옆에 있는 인삼 찻집으로 들어갔다. 비싼 차를 시킨 다음 머뭇거리자 작은 사내가 의아한 표정으로 입을 열었다.

"나 바쁜데 빨리 말씀하시죠. 부탁할 일이란 게 뭔가요?"

“별로 어려운 일은 아닙니다.”

“말씀하세요.”

“네, 다름이 아니고 어떤 전화번호의 주인이 누군지 찾아내는 일입니다.”

“그걸 어떻게 압니까? 우리는 그런 일하는 사람 아닙니다.”

어처구니없다는 표정을 짓는다.

“물론 터무니없는 걸 부탁하는 게 아닙니다. 거래된 전화에 대해서는 알아볼 수 있지 않습니까? 모두 장부에 적어놓았을 테니까요.”

“그건 가능하지요.”

“다른 가게의 장부까지도 조사해 달라는 겁니다. 만일 댁의 가게에서 거래하지 않았다면 말입니다.”

“남의 가게 장부를요?”

바보 같은 소리하지 말라는 듯 그는 고개를 완강히 저었다.

“내가 그런 짓을 왜 합니까? 장부는 함부로 볼 수 있는 게 아니에요.”

“물론 알고 있습니다. 그러니까 부탁드리는 겁니다.”

전화상은 차를 후루루 마시고 나더니 일어서려고 했다.

“그건 곤란해요. 다른 사람에게 부탁해 보시오.”

민기는 봉투를 꺼내 놓았다.

“이거 10만 원입니다. 알아내 주시면 10만 원을 더 드리겠습니다.”

상대는 뒤로 상체를 젖혔다.

“어디 봅시다. 몇 번인지…….”

민기는 전화번호를 적은 쪽지를 내주었다. 상대는 그것을 한참 들여다보다가 호주머니 속에 집어넣었다.

“직접 전화를 걸어보면 될 거 아닙니까?”

“그건 안 됩니다.”

민기는 펄쩍 뛰었다.

“전화를 걸어서 알아낼 수 있는 일이면 이런 부탁을 하겠습니까? 상대방이 모르게 해야 하니까 이러는 거지요.”

상대는 잠시 생각해 보는 눈치더니 마지못하는 체하면서 그의 부탁을 수락했다. 대신 단서를 붙이기를 반드시 찾을 수 있다는 보장이 없는 만큼 만약 찾지 못하더라도 돈을 돌려줄 수 없다는 거였다. 거기에 대해서는 민기도 이의가 없었기 때문에 좋다고 했다.

다음 날 저녁 때 연락하기로 하고 그들은 헤어졌다.

이튿날 민기는 하오 5시께 전화상에 전화를 걸었다.

“이거 때문에 일도 못 하고…… 빨리 오시오.”

“알아냈나요?”

민기는 흥분해서 물었다.

“10만 원 가지고 오시오.”

민기는 전화상을 만나 잔금 10만 원을 지불했다. 전화상은 알아내느라고 몹시 애먹었다는 말을 잊지 않고 한 다음 몇 자 적은 종이쪽지를 꺼내놓았다.

“이 전화는 김영치라는 사람이 명진 전화상에 세를 놓아 달라고 맡겼었는데 두어 달 전에 한애자라는 여자가 가져갔어요. 주소는 이거예요."

그는 종이에 적힌 글자들을 손가락으로 짚어 보였다.

"그 여자는 뭐하는 사람인가요?"

"그거야 알 수 없지요."

그 길로 민기는 한애자라는 여자의 주소지를 찾아나섰다. 한애자의 주소지는 고급 주택가의 복판이었다. 찾는 데는 그다지 시간이 많이 걸리지 않았다.

마침내 그 집 앞에 섰을 때 민기는 그만 입이 딱 벌어졌다. 한마디로 그 집은 호화 저택이었다. 드넓은 정원에는 수목이 가득 들어차 있었고 수목 사이로 보이는 2층 벽돌집은 지는 해를 받아 유난히도 붉은 빛을 띠고 있었다.

그렇지 않아도 높은 담 위에는 철조망이 이중으로 쳐져 있었고 그것도 모자라 여기저기에 감시용 카메라까지 부착되어 있었다. 안에서는 사나운 개들이 짖는 소리도 들려왔다. 외부의 침입을 무섭게 경계하는 집임을 첫눈에 알 수 있었다.

그는 대문 앞에서 한동안 서성거렸다. 좀처럼 열릴 것 같지 않은 대문은 굵은 목판으로 매우 튼튼하게 만들어져 있었다. 대문 옆에는 일상 통용문으로 보이는 작은 문도 하나 달려 있었다. 문패는 없었다.

그래서 주인이 누구인지 알 수 없었다.

한 시간쯤 왔다갔다하면서 살폈지만 출입하는 사람도 없었고 안에 사람이 있는 것 같은 기척도 보이지 않았다. 고급 주택가라

주위에는 밥 한 그릇 사먹을 데도 없었다. 거리로 나가 저녁을 먹고 나자 날이 완전히 저물었다. 그 집 앞으로 돌아와 보니 집안에 불이 들어와 있었다. 안에 사람이 있는 것 같았다.

모퉁이 쪽에서 순경 두 명이 나타났다. 그들은 곧장 걸어오더니 그 집 대문 앞에 다가섰다. 대문에는 순찰함이 비치되어 있었다. 순찰함 속에서 카드를 꺼내 몇 자 적고 나서 그들은 그곳을 떠났다.

"수고하십니다."

민기는 그들 옆으로 붙어 서면서 말을 걸었다. 순경들은 고개를 끄덕하면서 그대로 걸어갔다.

"저 집 주인은 뭐하는 사람입니까?"

민기는 그들이 방금 체크한 집을 가리키면서 물었다. 순경들이 멈춰 섰다. 수상하다는 듯이 아래위를 훑어본다.

"그건 왜 묻지요?"

"아니, 뭐…… 집이 하도 어마어마해서 그냥 한 번 물어본 겁니다. 도대체 어떤 사람이 저런 집에서 살고 있는가 하고 궁금해서요."

"이 사람 좀 이상한데……."

순경들은 그에게 신분증 제시를 요구했다. 민기는 웃으며 학생증을 꺼내 보였다.

"학생이오?"

"네, 학생입니다."

"학생이 왜 여기서 어슬렁거려요?"

"지나가는 길이었습니다."

경찰관들은 학생증을 돌려주면서 빨리 가라고 말했다. 민기는 순경들이 사라지자 다시 그 집 앞으로 되돌아왔다.

그는 몇 번인가 돌아갈까 하고 망설였다. 막연히 기다린다는 것은 여간 고통스러운 일이 아니었다. 더구나 그는 성질이 조급한 편이었다. 그는 몇 번이나 가다가 되돌아오곤 했다. 그러나 용케도 자정이 가깝도록 거기서 기다렸다.

어제 내리다가 그쳤던 비가 밤이 깊어지자 다시 내리기 시작했다. 부슬부슬 내리는 비였기 때문에 그는 피하려고 하지 않고 그대로 맞았다. 옷이 금방 축축해졌다.

자정이 지나 1시가 가까워졌을 때 검은 승용차 한 대가 조용히 굴러와 그 집 앞에 섰다.

민기는 볼펜을 꺼내 재빨리 자동차 넘버를 손바닥에다 적었다. 고급외제차였다. 차 속에는 운전사 외에 뒷자리에 남자가 한 명 앉아 있었다. 얼핏 보아 중년의 사내 같았다. 대문이 삐거덕 하고 열리더니, 차는 집안으로 사라졌다. 개 짖는 소리가 요란스러웠다.

민기는 비에 흠뻑 젖어 아파트로 돌아왔다. 아침에 보고할까 하다가 아무래도 빨리 보고하는 게 좋을 것 같아서 그는 아가다에게 전화를 걸었다.

아가다는 기다렸다는 듯이 전화를 받았다.

"그 전화를 세로 빌려쓰고 있는 사람을 알아냈습니다. 주소도 알아냈습니다."

아가다는 긴장하는 것 같았다.

"이름은 한애자…… 주소는 D동145번지…… 그 집은 어마어마한 집이었습니다. 담에 철조망이 쳐져 있고 감시용 카메라까지 설치되어 있었습니다. 안에는 사나운 개도 있습니다. 집주인이 누구인지는 아직 밝혀내지 못했습니다. 대문에 문패가 없어서 다른 방법으로 알아내야겠습니다. 새벽 1시쯤에 고급 외제 승용차가 그 집안으로 들어가는 것을 목격했습니다. 차 속에는 중년 남자가 한 명 타고 있었습니다. 차번호를 적어 두었습니다. 보고는 이상입니다. 다시 보고드리겠습니다."

"나한테 그 집을 가르쳐 줘요."

"직접 나오시려구요?"

"네, 그게 좋겠어요."

아침이 되자 비가 그쳤다. 그러나 오후가 되자 다시 비가 내리기 시작했다. 어제와 같은 부슬비였다. 오후 3시에 조민기는 아가다와 만나기로 한 다방에 나갔다.

아가다는 아직 나와 있지 않았다. 그러나 사실은 먼저 나와 있었는데 그가 그녀의 변장을 알아보지 못한 것이었다. 그녀는 전혀 몰라보게 변장하고 있었다. 보따리까지 끼고 앉아 있는 것이 영락없는 시골 아낙네의 모습이었다. 비까지 맞아 후줄근한 모습으로 구석 자리에 앉아 있었다. 안경은 끼고 있지 않았다.

그녀의 손짓에 가까이 다가가 뚫어지게 들여다보고 나서야 그는 상대가 아가다 임을 알아볼 수 있었다.

"몰라 봤습니다."

그가 놀라서 말하자 그녀는 미동도 하지 않고 물었다.

"어떠세요? 일할 만해요?"

"네, 재미도 있고 스릴도 있고…… 저는 원래 모험을 좋아합니다."

"다행이에요. 그만두면 어쩌나 했는데……."

"이런 일이라면 얼마든지 할 수 있습니다."

"열심히 해주어서 고마워요."

"뭘요. 가능한 한 저를 안 만나고 일을 처리하시겠다고 하시지 않았습니까?"

"네, 그래요. 하지만 필요에 따라서는……."

그녀는 말끝을 흐렸다. 커피를 한 잔씩 마시고 나서 그들은 다방을 나왔다.

그가 우산을 받쳐주려고 하자 그녀는 거절했다. 그녀는 비닐 우산을 하나 사들고 10여 미터 뒤에서 그를 따라왔다.

그들이 그 집 앞에 막 도착했을 때 안에서 차가 굴러나오고 있었다. 젊은 여자 혼자서 차를 운전하고 있었다.

"어제 본 차하고는 다릅니다. 저건 국산차인데요. 여자도 처음 봅니다."

"미행해 보세요."

아가다는 빠른 어조로 지시를 내렸다. 민기는 차가 빠진 쪽으로 급히 걸어갔다.

오 월은 그 집 앞을 여러 번 왔다갔다했다. 멀리까지 갔다가 되돌아오곤 했다.

골목을 사이에 두고 그 집과 비스듬히 마주보고 있는 집이 있었다. 오래된 일식집으로 역시 2층 집이라 맞은편 집을 감시하기에 아주 적격일 것 같았다. 그녀는 그 일식집을 한참 돌아보고 나서 그곳을 떠났다.

한 시간쯤 지나서 그녀는 그곳에 다시 나타났는데 아까와는 전혀 딴판으로 돈푼깨나 있는 여자처럼 잔뜩 치장한 모습을 하고 있었다.

그 날도 건수 하나 올리지 못해 일찍 집에 들어갈까 하고 망설이고 있던 복덕방 노인은 문을 열고 들어서는 성장한 여인을 보고 오랜만에 진짜 손님이 나타난 모양이라고 생각했다.

"어서 오십시오. 이리 앉으시지요."

노인은 반색을 하고 그녀를 맞이했다. 여인은 길게 이야기하지 않았다. 자기가 보고 온 일식집 이야기를 하면서 그에게 소개를 부탁했다.

노인은 돋보기 너머로 두 눈을 깜박거리면서 그녀의 이야기를 듣고 있다가 탁자를 탁 쳤다.

"아, 바로 그 집을 보셨군요. 그렇지 않아도 오래 전부터 내놓은 집입니다."

노인은 너무 오랫동안 팔리지 않아 헐값에라도 팔려고 한다는 말을 덧붙였다. 집은 너무 낡아 값이 없고 땅값만 내면 된다고 했다.

월은 그 맞은편 집에 대해 넌지시 물어보았다. 집이 매우 훌륭하다는 말과 함께 집주인이 무얼 하는 사람이냐고 물었다.

"그 집이라면 정말 좋지요. 아마 한 10억 정도 나갈 겁니다. 주인은 회사 사장이라고 하던데 자세한 건 잘 모르겠습니다."

"그건 그렇고, 그 일식집을 세로 얻을 수는 없을까요?"

그녀는 한 걸음 뒤로 물러섰다.

큰 고기가 걸린 줄 알았던 노인은 적이 실망한 표정이었다. 그는 웬만하면 쌀 때 사두라고 강권하다시피 했다. 오 월은 내일 다시 오겠다고 하고 일어섰다.

복덕방을 나온 그녀는 다시 그 집 쪽으로 갔다.

그 집 앞을 몇 번이나 왔다갔다하면서 동정을 살폈지만 집에서 나오는 사람도 집으로 들어가는 사람도 없었다. 무척이나 조용한 집이라는 생각이 들었다. 완만하게 경사진 골목길을 올라가자 오른쪽으로 굽어 내려가는 길이 나타났다. 그 길을 따라 내려가자 큰 길이 나타났고 그 길과 면한 모퉁이에 조그만 경양식집이 하나 있었다. '킬리만자로'라는 경양식집이었다.

조그만 실내에 푹신한 소파가 몇 개 적당히 배치되어 있고 클래식 음악이 조용히 흐르고 있었다. 어둡지도 밝지도 않은 조명이 실내 분위기를 아늑하게 감싸주고 있었다. 한 쌍의 젊은 남녀가 나란히 앉아 정답게 속삭이고 있을 뿐 손님은 없었다.

안경 낀 모습이 예뻐 보이는 처녀가 카운터에 앉아 있다가 안으로 들어서는 그녀를 향해 목례를 보냈다.

월은 큰 사진이 걸려 있는 벽 쪽으로 붙어 앉았다. 하이네켄 맥주 한 병을 시킨 다음 벽에 걸려 있는 사진을 바라보았다. 턱이 온통 흰 수염으로 덮여 있는 어니스트 헤밍웨이의 사진이었다.

그는 사냥총을 들고 앉아 있었는데 그 옆에는 맹수 한 마리가 죽어 나자빠져 있었다. 헤밍웨이 뒤로는 눈 덮인 킬리만자로의 봉우리가 어슴푸레하게 떠 있었다.

그녀는 안경 낀 처녀가 가져온 맥주를 컵에 따라 마셨다. 그제서야 자신이 진땀을 흘리고 있었음을 깨달았다. 뒤로 머리를 기대고 눈을 잠시 감았다. 눈을 뜨고 담배를 꺼내 물었다. 물러설 생각은 털끝만큼도 없었다. 아니, 오히려 가슴은 무서운 복수심으로 더욱 끓어오르고 있었다. 담배에 불을 붙였다.

밖으로 나왔을 때는 이미 어두워져 있었다. 비는 여전히 내리고 있었다. 문제의 집 쪽으로 천천히 걸어갔다. 바람이 불어 비닐우산이 뒤집혔다.

그것을 바로 펴려고 하는데 맞은편에서 조민기가 걸어오는 것이 보였다. 그는 그녀를 알아보지 못한 채 지나치려고 했다. 그녀가 비닐우산을 버리고 그의 우산 밑으로 들어가려고 하자 민기는 주춤하며 물러섰다가 비로소 그녀를 알아보고는 그녀의 머리 위로 우산을 내밀었다.

"방금 남자 두 명이 안으로 들어갔습니다."

그는 긴장해서 말했다. 월은 그를 '킬리만자로'로 데리고 들어갔다.

"분위기는 좋은데요."

"앞으로 이곳을 자주 이용해요. 전화번호를 적어두세요."

민기는 그녀가 시키는 대로 '킬리만자로'의 전화번호를 수첩에다 적었다. 월은 비프스테이크 2인분을 시켰다.

"남자 한 명은 어제 보았던 사람이고 다른 한 명은 대머리였습니다."

"그 여자는 어떻게 됐어요?"

"네, 말씀드리죠."

민기의 이야기는 대강 이러했다.

문제의 집에서 나온 여인이 골목을 빠져나가자 민기는 재빨리 택시를 잡아타고 그녀 뒤를 따랐다. 여인은 능숙하게 차를 몰았다. 그녀는 일단 광복동에 차를 세워놓고 국제 시장 쪽으로 걸어갔다. 민기도 택시에서 내려 그녀를 뒤쫓았다.

그녀는 어느 옷가게 안으로 들어갔다. 그녀는 10분쯤 후에 밖으로 나왔는데 옷가지를 하나 샀는지 쇼핑백을 하나 들고 있었다. 그녀는 옷가게 앞에서 잠시 망설이는 듯하다가 왔던 길로 되돌아왔다. 도중에 약방에 들러 무슨 약인가를 샀다.

민기가 관찰한 바로는 그녀는 굉장한 미인이었다. 노란 비옷 차림이었는데 키도 늘씬했다. 그녀는 갑자기 방향을 바꾸어 깡통 시장으로 갔다.

거기서 30분쯤 돌아다니면서 물건을 산 다음 다시 광복동으로 돌아왔다. 그녀가 차에 오르는 것을 보고 민기는 택시를 찾았으나 빈 택시가 눈에 띄지 않았다. 가까스로 택시를 잡았을 때 그녀가 탄 차는 이미 사라지고 난 뒤였다. 운전사를 재촉하여 부둣길 쪽으로 향하면서 보니 코발트색 승용차가 영도 쪽으로 꺾어지는 것이 얼핏 보였다.

대교를 건너자 마침내 그녀의 모습이 눈에 들어왔다. 그는 운전사에게 너무 바싹 다가가지 말라고 주의했다. 그 차는 태종대 쪽으로 달리고 있었다. 빗방울이 굵어지고 있었다. 코발트색 자가용이 태종대 입구를 통과했다. 갑자기 속력이 떨어졌다. 아주 느린 속도로 태종대를 한 바퀴 돌았다. 전망대를 지나 내려가더니 차를 세우고 내려섰다. 그녀는 돌계단을 내려갔다.

계단 아래는 해변이었다. 모래는 없고 굵은 자갈뿐이었다. 파도가 높이 치솟고 있었다.

가게가 하나 있고 그 옆에는 비치파라솔 몇 개가 세워져 있었다. 그것들은 바람에 쓰러질 듯 흔들리고 있었다.

남자가 한 명 파라솔 밑에 앉아 비를 피하고 있었다. 그밖에 사람은 보이지 않았다.

민기는 나무 뒤에 몸을 가리고 서서 여인이 내려가는 것을 지켜보았다.

계단을 모두 내려간 여인은 곧장 어떤 남자 쪽으로 다가갔다. 남자는 앉은 채 담배를 피우며 그녀를 바라보고 있었다. 잿빛의 정장 차림에 색깔 있는 선글라스를 끼고 있었다. 여인이 맞은편에 앉을 때까지도 남자는 움직이지 않았다. 거리가 멀어서 남자의 표정은 읽을 수가 없었다. 한참 후 갑자기 남자의 오른손이 올라갔다.

여인의 머리가 흔들렸다. 남자가 따귀를 갈긴 것이다. 그녀는 그대로 앉아 있었다. 남자가 다시 한 번 그녀의 뺨을 후려쳤다. 그래도 여자는 피하려고 하지 않았다. 마치 잘 길들여진 개처럼 피하지도 않고 얻어맞고 있었다. 남자는 몇 번 더 그녀를 때렸다. 그런 다음 일어섰다. 의외로 조그만 사내였다. 여자가 그를 붙잡았다. 그가 다시 때리자 여자는 손을 놓았다.

그들은 천천히 계단을 올라왔다. 남자는 주차해 놓은 노란 외제차에 올라 시동을 걸었다. 여인도 자기 차에 들어갔다. 민기는 재빨리 택시를 찾았다.

그러나 택시가 보이지 않았다.

"택시가 바로 없어서 하마터면 놓칠 뻔했죠. 가까스로 택시를 잡아 따라갔는데 해운대로 가더군요. 그들은 곧장 B호텔에 투숙했습니다. 남자는 40대였는데 뚱뚱하고 키가 여자보다 한 뼘이나 작았습니다. 여자는 마치 도살장에 끌려가는 것처럼 남자 뒤를 따라갔습니다. 로비에 앉아서 나오기를 기다렸지만 아무리 기다려도 나오지 않기에 돌아와 버렸습니다. 이쪽이 걱정이 되고 해서……."

그는 식어 버린 음식을 들기 시작했다.

"그들이 투숙한 호실을 알고 있나요?"

"확인하지 못했습니다."

"나와 함께 거기로 가요."

"지금 말입니까?"

그녀는 끄덕였다.

그들은 급히 식사를 끝내고 '킬리만자로'를 나섰다. 그 사이 빗줄기는 거세어져 있었다.

얼마쯤 걸어가다가 그녀는 길가에 세워둔 차 옆으로 다가섰다. 어디서나 흔하게 볼 수 있는 회색 국산 승용차였다.

빨간 색의 일제 스포츠카를 처분하고 남의 눈에 별로 띄지 않는 국산 중고차를 새로 구입한 것이다. 중고차치고는 손볼 데도 없었고 성능도 좋은 편이었다.

조민기가 옆자리에 올라앉자 그녀는 차를 출발시켰다. 빗줄기가 차창을 두드리는 소리가 쾌적한 기분을 안겨주고 있었다.

"운전 솜씨가 훌륭하신데요."

그의 말에 그녀는 아무 대꾸 없이 미소만 지어 보였다. 차는 부둣길을 지나 도시 고속도로 위를 질주해 갔다. 다른 차들이 흡사 낙엽처럼 뒤로 떨어져 나가자 그는 불안한 표정이 되어 아가다를 흘끔흘끔 쳐다보았다. 그러나 그녀는 아무 동요의 빛도 없이 앞만 바라보고 있었다.

얼마 후 차는 고속도로를 벗어나 해운대 쪽을 향해 오른쪽으로 커브를 그었다. 부산에 온 지 얼마 안 된 그녀로서는 매우 빨리 지리를 익힌 셈이었다.

이윽고 B호텔에 도착하자 그들은 따로 떨어져 호텔 안으로 들어갔다. 그녀는 1층 라운지로 가서 창가에 자리 잡고 칵테일을 한 잔 주문했다 그러는 동안 민기는 여기저기 돌아다니면서 두 남녀를 찾았다.

그들은 어디에도 보이지 않았다. 그들이 아직 호텔 방안에 있는지 아니면 이미 호텔에서 나갔는지 그것을 알 수가 없어 답답했다. 그는 로비에 앉아 기다렸다. 로비에서는 엘리베이터가 잘 보였다. 호텔방에 출입하는 사람들은 엘리베이터를 이용하도록 되어 있었다.

30분이 지나자 좀이 쑤시기 시작했다. 그는 담배를 피워물고 로비를 왔다갔다했다.

그림 쪽을 보니 아가다가 그린 듯이 앉아 있다. 참을성이 많은 여자라고 생각했다. 다시 의자에 앉아 엘리베이터를 노려보았다. 한 시간이 지났다. 갑자기 용변이 마려웠다. 그 사이에 그들이 나타날 것 같아서 그대로 참고 기다렸다. 다시 30분이 지났다. 시계를 보니 10시 20분 전이었다. 더 이상 참을 수 없어 화장실로 가려고 일어서는데 엘리베이터 문이 열리면서 기다리던 남녀가 나타났다.

그들은 로비를 가로질러 지하로 뻗은 계단을 내려갔다. 민기도 자리에서 일어났다.

지하에는 나이트클럽이 있었다. 남녀가 클럽 안으로 사라진 것을 확인한 민기는 라운지에서 기다리고 있는 아가다에게 가서 보고했다.

"그들이 나타났습니다. 방금 나이트클럽에 들어갔습니다."

"우리도 거기에 가요."

그들은 라운지를 떠나 나이트클럽으로 내려갔다.

클럽은 한창 북적거리는 시간이었다. 빈자리가 거의 없었기 때문에 웨이터가 마련해 준 자리에 가서 앉았다.

"저기…… 저 사람들입니다."

민기가 플로어 가까이에 있는 남녀를 가리키면서 속삭였다.

"담배에 불을 붙이고 있습니다."

아가다의 시선이 담배에 불을 붙이고 있는 남자의 얼굴 위에 고정되었다. 이어서 여자의 얼굴 위로 옮겨갔다.

그들과의 거리는 불과 4미터 정도밖에 되지 않았다. 그래서 자세히 관찰할 수가 있었다. 남자의 얼굴은 정면으로 보였지만 여자는 옆모습만 보이고 있었다.

남자는 모든 것이 작아 보였다. 40대 중반쯤 되어 보였는데 찢어진 눈매가 매서운 인상을 풍기고 있었다. 작은 체구이면서도 다른 사람들 위에 군림해 온 것 같은 카리스마적인 인상을 지니고 있었다. 그는 가끔씩 주위를 사납게 흘겨보곤 하는 버릇이 있었다.

여자 쪽은 얼핏 보기에도 주눅이 들어 있음을 알 수 있었다. 그녀는 어설픈 미소를 지으며 남자의 마음에 들려고 몹시 애쓰고 있는 것 같았다. 그녀가 문득 이쪽으로 고개를 돌렸다. 두 여자의 시선이 마주쳤다. 월은 무표정하게 그녀를 바라보았다. 우연히 그렇게 시선이 마주친 것처럼.

이쪽도 미인이었지만 저쪽도 꽤나 미인이었다.

그녀가 도로 저쪽으로 고개를 돌렸다. 그리고 두 번 다시 월을 쳐다보지 않았다.

남자가 얼굴을 가리려는 듯 색안경을 끼었다. 월은 남자의 왼손을 주시했다. 새끼손가락이 있었다. 그녀가 찾는 남자가 아니었다. 두 사람이 일어섰다. 플로어로 나가더니 디스코를 추기 시작했다.

여자는 눈에 띌 정도로 애교 있게 춤을 추었지만 남자는 그저 흉내만 내고 있었다.

"우리도 한 번 추죠."

민기가 아가다의 눈치를 살피며 말했다. 아가다는 끄덕하고 일어섰다.

그들은 플로어로 나가 리듬에 맞춰 몸을 흔들어대기 시작했다. 그들이 미행하고 있는 두 남녀도 바로 그들 옆에서 몸을 흔들어대고 있었다.

도중에 여자가 남자에게 뭐라고 말했다. 일본말이었다. 여자가 춤추는 것을 그쳤다. 그들은 플로어를 벗어나 제자리로 돌아가 앉았다.

월의 춤 솜씨는 형편없었다. 모두가 고개를 돌릴 정도로 그녀는 춤을 못 추었다. 민기는 그녀가 남의 시선을 끌지 않기 위해 일부러 그렇게 엉망으로 추고 있다는 것을 알았다.

11시가 지났다.

일본말을 하는 조그만 사나이는 폭음하고 있었다. 그 옆에서 여자는 불안한 표정으로 있었다.

민기와 오 월이 세 곡 째 추고 있을 때 클럽 안으로 두 사나이가 들어왔다. 민기는 그들을 보고 멈칫하다가 월에게 눈짓했다.

그들은 급히 자리로 돌아와 앉았다. 민기가 월의 귀에다 대고 숨가쁘게 속삭였다.

"아까 저녁 때 그 집에 들어갔던 사람들입니다. 대머리 옆에 있는 사람은 어제도 봤습니다."

그들은 실내를 둘러보고 있었다. 한 명은 대머리였고 다른 한 명은 광대뼈가 유난히 튀어나와 있었다. 여자가 그들을 보고 손

짓하자 그들은 여자 쪽으로 다가갔다. 여자는 일어서서 그들을
맞았다.

그러나 조그만 사나이는 비스듬히 앉은 채로 그들을 올려다
보고 있었다.

가까이 다가간 그들은 조그만 사나이에게 허리를 굽혔다. 그
러면서 뭐라고 말했는데 실내가 너무 시끄러워 무슨 말인지 알아
들을 수가 없었다. 그들은 그대로 서 있었다. 여자는 제일 마지막
에 앉았다.

조그만 사나이가 손을 흔들면서 일본말로 지껄였다. 대머리
가 머리를 조아렸다. 광대뼈도 마찬가지였다.

조그만 사나이는 술에 취해 방약무인한 태도로 지껄여대고
있었다.

두 사람은 끝까지 다소곳한 태도로 듣고 있었다.

갑자기 민기가 아가다의 팔을 꽉 잡았다가 놓았다.

"저…… 광대뼈 튀어나온 사람……."

아가다의 얼굴이 창백해졌다. 민기는 재빨리 속삭였다.

"새끼손가락이 없습니다."

"나도 봤어요."

아가다는 중얼거리고 나서 목이 타는지 맥주를 벌컥벌컥 들
이켰다.

그 사나이는 왼손으로 뺨을 쓰다듬고 있었다. 분명히 왼손 새
끼손가락이 보이지 않았다.

"어떻게 할까요?"

"그대로 가만히 있어요. 너무 그쪽을 쳐다보지 말아요."

"일어서는데요."

그들이 일어서고 있었다. 대머리와 광대뼈가 조그만 사나이를 부축하고 있었다.

"어떻게 할까요?"

"미행해요."

그들도 일어섰다.

조그만 사나이는 고급 외제차의 뒷좌석에 태워졌다. 그 옆에 광대뼈가 앉았다. 운전석에는 여자가 앉았다. 조그만 사나이가 몰고 온 노란 차는 대머리가 맡았다.

이윽고 두 대의 차는 조용히 호텔 구내를 빠져나갔다. 그들은 오른쪽으로 커브를 꺾어 달려갔다.

그 시간에 경사진 해안 도로에는 거의 지나는 차량이 없었다. 비가 내리고 있는데다 안개까지 끼어 시야가 매우 어두웠다. 아 가다는 열심히 차를 몰아갔지만 앞서 달려간 차들은 안개에 가려 보이지 않았다.

차가 언덕바지를 올라갔을 때 광대뼈는 바지를 걷어올려 단검을 뽑아 들었다.

단검을 왼손에 움켜잡고 취해서 쓰러져 있는 조그만 사나이의 목을 끌어안았다. 그리고 단검을 상대의 가슴에 깊숙이 찔러 넣는 것과 동시에 문을 열고 사나이를 차 밖으로 밀어던졌다. 사나이가 떨어지지 않으려고 버둥거리자 그는 구둣발로 가슴팍을 힘껏 찼다. 뒤따라가던 노란 차가 기다렸다는 듯이 땅바닥에 굴러 떨어진 사나이를 깔아뭉개고 지나갔다.

아가다는 꿈틀거리는 것을 보고 급브레이크를 밟았다. 두 사람은 차에서 내려 앞으로 나가 보았다.

조그만 사나이는 막 숨을 거두고 있었다. 안개와 어둠이 어느 정도 핏빛을 가려 주고 있었다.

민기가 두 눈을 부릅뜨고 시체를 내려다보고 있는 데 반해 아가다는 냉담한 눈으로 그것을 바라보고 있었다. 민기는 몸을 부르르 떨었다. 그는 두려워하고 있었다.

"어떻게 할까요? 경찰에 알려야 하지 않습니까?"

그 말에 그녀는 고개를 저었다.

"빨리 타세요."

민기는 하는 수 없이 차에 올랐다.

"차 넘버를 알고 있으니까 경찰에 신고하면 놈들을 체포할 수 있습니다."

"그건 안 돼요. 그냥 내버려 둬요."

그녀는 길에서 벗어난 곳에 차를 세웠다. 그리고 불을 모두 껐다. 민기는 계속 따지고 들었다.

"왜 안 된다는 겁니까? 저런 살인자들을 그냥 내버려 둔단 말입니까?"

"내버려 둬요. 만일 저들을 경찰에 체포하게 하면 우리가 할 일이 없어져요."

민기는 그녀의 말을 이해하지 못해 곤혹스런 표정을 지었다.

"아주 좋은 경험을 했어요. 저놈들은 살인을 누워 떡 먹기 식으로 해요. 조심하세요. 내가 조심하라고 이른 말을 이제 알 수 있을 거예요. 나는 학생이 희생되는 것을 바라지 않아요."

"살인을 보고도 모른 체한다는 건 죄악입니다."

"알고 있어요. 하지만 어쩔 수 없어요."

"그 어쩔 수 없는 이유가 뭔지 알고 싶습니다. 그렇지 않고서는……."

"그건 말할 수 없어요."

"그렇다면 전 일할 수 없습니다."

"그렇게 간단히 결정 내리지 말아요."

"죄악은 싫습니다."

"계약한 이상 그대로 일하세요. 난 학생이 마음에 들어요. 이런 것만 아니라면……."

"도대체 궁금해서 견딜 수가 없습니다. 왜 사람들을 미행해야 하는지…… 왜 살인을 보고도 모른 체해야 하는지…… 이상한 일들뿐입니다"

"시키는 대로만 하세요. 알려고 하지 말고 시키는 대로만 하세요. 그게 계약 조건이에요."

"인간인 이상 어떻게 모른 체할 수 있습니까? 전 그렇게 할 수 없습니다."

"그, 그렇다면 할 수 없죠."

그녀는 입을 다물었다. 차 안에는 한동안 무거운 침묵이 흘렀다. 그녀가 그 침묵을 깨고 말했다.

"차에서 내리세요. 당신 같은 사람 필요 없어요. 내가 사람을 잘못 봤지.”

“여기서 내리면 어떻게 하라는 겁니까?”

“알 바 아니에요. 걸어가든지 기어가든지 맘대로 해요.”

민기는 차에서 내렸다. 비바람에 몸을 가눌 수가 없었다. 그는 화가 나서 그녀를 노려보았다. 차가 천천히 움직이기 시작했다. 그는 문을 벌컥 열고 차 안으로 들어갔다.

“제가 잘못했습니다. 시키는 대로 하겠습니다.”

그렇게 말하고 나서 그는 입술을 깨물었다.

“할 일이 있어요. 시체를 뒤져서 소지품을 하나도 빼놓지 말고 가져와요. 놈들이 돌아올지 모르니까 빨리 하세요.”

그 말에 그는 얼어붙어 버렸다. 서슴없이 그런 명령을 내리는 그녀가 처음으로 무섭게 느껴졌다.

세상에 태어나 지금까지 그는 시체를 본 적이 없었다. 기껏해야 영화에서나 보았을 뿐이다. 그런 그에게 시체를 만지라고 했으니 놀라는 것도 무리는 아니었다. 대담한 그도 비바람 치는 밤에 피투성이 시체를 만진다는 것이 소름끼치도록 싫었다.

그러나 여자 앞에서 자신의 무서워하는 모습을 보인다는 것은 자존심이 허락하지 않는 일이었다. 그는 아가다를 쏘아보다가 차에서 내렸다.

비바람에 눈을 잘 뜰 수가 없었다. 허리를 구부리고 시체가 누워 있는 곳으로 급히 접근했다.

시체는 시커먼 모습으로 길바닥 위에 나뒹굴어 있었다. 무릎을 굽히고 시체에 손을 가져가다 말고 헉 하고 숨을 들이켰다. 아가다 쪽을 한 번 흘겨보고 나서 다시 손을 뻗었다. 일단 손이 닿자 재빨리 주머니를 뒤졌다. 손에 닿는 대로 꺼내 자기 호주머니 속에 집어넣었다.

막 상체를 일으키려는데 불빛이 보였다. 얼떨결에 뒤로 물러나다가 엉덩방아를 찧었다. 엉금엉금 기어 숲속으로 들어가 몸을 숨겼다.

불빛이 점점 가까워지더니 두 대의 차가 시체 옆에 정거했다. 여자 하나와 남자 두 명이 차에서 내렸다. 범인들이었다. 그들은 헤드라이트에 드러난 시체를 들여다보면서 자기들끼리 수군거렸다. 대머리가 구둣발로 시체의 머리를 툭툭 건드렸다.

"죽었어."

"여기서 이러지 말고 빨리 가요."

여자가 재빠른 어조로 말했다.

이윽고 그들은 차를 타고 급히 그곳을 떠났다.

민기는 숲속에서 기어 나와 아가다 쪽으로 걸어갔다. 그는 물에 빠진 새앙쥐 꼴이었다.

아가다는 그가 타자마자 차를 출발시켰다. 그리고 다시 범인들의 차를 미행하기 시작했다.

"소지품이 많아요?"

"네, 잡다하게 많은데요."

그는 시체에서 빼낸 물건들을 모두 꺼내 놓았다.

"이건 도둑질입니다. 강도로 오인받겠는데요."

그녀는 거기에는 아무 대꾸 없이 손수건을 꺼내 주었다.

“닦으세요.”

그는 비에 젖어 착 달라붙은 머리카락을 닦았다. 그리고 화가 난 투로 물었다.

“무섭지 않습니까?”

“아니요, 하나도.……."

그녀의 대답은 그를 다시 한 번 놀라게 했다.

“저는 무서워서 혼났습니다.”

“익숙해지면 괜찮을 거예요.”

그는 어안이 벙벙해졌다

“이런 일에 익숙해지고 싶지는 않습니다.”

그녀는 커브를 휙 꺾었다. 그 바람에 그의 몸이 그녀 쪽으로 기울어졌다. 앞서 간 두 대의 차는 미친 듯이 달리고 있었다. 아가다 역시 놓치지 않으려고 안간힘을 다해 쫓아가고 있었다.

도심을 통과한 범인들의 차는 이윽고 문제의 집으로 향하는 골목으로 접어들었다. 그것을 보고 아가다는 추적을 끝냈다.

비밀의 집

그들은 그 집을 '비밀의 집'이라고 불렀다.

'비밀의 집'에 대한 감시가 시작된 것은 하루 뒤였다. 오 월은 그 집 건너편에 있는 일식집을 통째로 빌렸다. 집이 너무 낡은 데다 재수 없는 집이라고 소문이 나서 세를 얻어들려는 사람도 없었던 것 같았다.

그래서 주인은 그 동안 집 관리를 위해 가난한 젊은 내외에게 집을 빌려 주었는데 마침 그 내외가 서울로 이사를 가게 되어 어차피 집이 비게 되었다는 거였다. 주인은 아주 헐값에라도 집을 팔았으면 했지만 월은 생각 끝에 월세로 빌리기로 했다.

집이 워낙 낡은데다 목조로 되어 있어 발을 옮길 때마다 금방이라도 꺼져 내릴 듯 삐걱거렸다. 관리가 엉망이었던지 구석구석이 먼지와 거미줄투성이였다.

그녀는 '비밀의 집'이 잘 내려다보이는 2층에다 필요한 준비를 갖추었다. 먼저 화려한 꽃무늬의 커튼을 창문에다 치고 장방형의 탁자를 창가에 붙여 놓았다. 의자는 몇 시간이라도 버틸 수 있는 푹신한 것을 준비했다. 카메라는 '비밀의 집' 쪽을 향해 고정시켜 놓았다. 망원경도 언제나 손이 닿을 수 있는 거리에다 준비해 두었다. 고성능의 최신 무비 카메라도 구입했다. 침대도 들여놓고 인스턴트 식품도 잔뜩 쌓아 놓았다. 조명 장치도 새롭게 했다.

그녀가 그런 준비를 하고 있는 동안 조민기는 동직원에게 수작을 걸고 있었다. 동직원은 이상하게 생각하면서 그의 요구를 들어주지 않았다. 그러나 민기는 물러서지 않고 끈질기게 늘어붙어 졸라댔다. 만일 그대로 물러설 경우 '비밀의 집'에 어떤 귀띔이 들어갈지도 모르기 때문에 그는 한사코 그 직원을 물고 늘어졌다.

그의 요구라는 것은 모종의 부정에 가담해 달라는 것이 아닌, 아주 간단한 일이었다. 그것은 '비밀의 집'의 주민등록표를 한 번만 보여 달라는 것이었다. 상대가 처음과는 달리 망설이는 것을 보고 민기는 10만 원을 주겠다고 제의했다. 그리고 한 걸음 더 나아가 그 주민등록표를 복사해 달라고 부탁했다.

동직원은 펄쩍 뛰다가 차츰 수그러졌다. 그러나 그는 끝내 돈을 받지 않았다. 당신의 얼굴을 보니 나쁜 일을 하려고 그러는 것 같지는 않다. 성의를 봐서 해 주겠으니 그렇게 알아라. 이렇게 말하고 그는 다음 날 복사물 두 통을 민기에게 건네주었다. 동직원으로 5년 동안 근무해 온 그는 매우 창백한 표정이었다.

민기가 복사물 두 통을 가지고 나타나자 아가다는 크게 기뻐했다. 그들은 머리를 맞대고 그것을 들여다보았다.

사진까지 복사되어 나왔기 때문에 '비밀의 집'의 구성 인원을 알아보는 것은 아주 쉬웠다.

그 집의 구성 인원은 단 두 명이었다. 호주 겸 세대주의 이름은 김명환(金明煥)이었다. 그는 왼손 새끼손가락이 없고 광대뼈가 튀어나온 바로 그 인물이었다.

또 한 사람은 민혜련(閔惠蓮)이라는 이름으로 그 미모의 여자 사진이 붙어 있었다. 두 사람은 부부 사이였다. 양동팔이라는 이름을 기대했던 아가다는 다소 실망했지만 김명환이라는 인물에 대한 기대를 버리지는 않았다.

그녀는 인물 카드를 작성했다. 김명환에게는 번호 1이 부여되었다. 민혜련에게는 2번을 붙였다. 아직 이름이 밝혀지지 않은 대머리 사나이에게는 넘버 3을 붙였다. 그들의 인상을 상세히 적었다.

1번과 2번의 경우에는 복사된 주민등록표에 기본적인 신원 사항이 나와 있었기 때문에 그대로 기입해 두었다. 1은 39세였다. 학력은 대졸이었고 직업은 무역업이었다. 2는 28세, 역시 대졸이고 직업은 없는 것으로 나와 있었다.

아가다와 민기는 '비밀의 집'을 감시하는 데 많은 어려움을 느꼈다. 무엇보다도 손이 모자랐다. 두 사람만으로는 완전한 감시가 불가능했다. 더구나 민기는 어디까지나 학생인 만큼 아가다처럼 전적으로 일에 매달릴 수 없는 단점이 있었다.

아가다는 생각 끝에 인원을 한 사람 더 늘려야겠다고 말했다. 민기는 절친한 친구인 신승우를 추천했다. 그는 신승우야말로 절대 믿을 만한 친구라고 몇 번이나 강조했다.

아가다가 신승우를 만났을 때 그는 조그마하면서도 당차 보이는 홍안의 미소년 같았다. 이야기를 듣고 난 그는 기뻐하면서 그들과 함께 일할 것을 약속했다. 아가다는 큰 원군을 만난 기분이었다.

민기와 둘이만 있게 되었을 때 승우는 그에게 계화가 다른 남학생과 데이트를 시작한 것 같다고 일러 주었다. 그 동안 너무 바빴기 때문에 민기는 거의 계화를 만나지 못했는데 드디어 그녀가 반기를 든 것 같았다. 그 말을 듣는 순간 민기는 가슴이 울컥했다. 당장에라도 달려가서 요절내고 싶은 마음이 간절했다.

그러나 그는 꾹 참았다. 남자가 어떤 놈이냐고 묻지도 않고 묵묵히 다른 데만 바라보았다. 그는 언젠가 그녀가 한 말이 생각났다. 그녀는 이렇게 말했다.

나는 남자가 없으면 못 살아. 단 하루라도 남자하고 데이트하지 않으면 산 것 같지가 않아. 난 지금까지 그냥 집에 들어가 본 적이 없어. 남자하고 데이트를 하고 그 남자가 집에까지 바래다 주어야 집에 들어갔다구. 그녀는 솔직하게 말했었고 그것을 솔직하게 실천에 옮기고 있었다.

승우로부터 그런 이야기를 듣고 난 민기는 갑자기 말이 없어지는 대신 전보다 더 일에 열심히 매달렸다.

감시는 24시간 계속되었다. 두 청년은 아가다의 지시에 잘 따라주었다. 그녀는 학생들이 학업에 지장이 없도록 시간을 적당히 배분해서 감시에 임하게 했다.

그 집에는 2층에 방이 두 개, 아래층에 방이 세 개 있었다. 다섯 개의 방에는 모두 다다미가 깔려 있었다. 그들은 2층의 방 두 개만 사용했다. 남자들은 감시용 방을 함께 사용했고, 아가다는 그 옆방을 이용했다. 비번일 때 그녀는 대개 외출했는데, 그렇지 않을 때는 그 방에서 계획을 검토하거나 잠을 자곤 했다.

살해된 조그만 일본인에 대한 기사는 신문에 한 줄도 비치지 않았다. 아마도 신원 미상의 변사체로 처리된 것 같았다.

아가다는 '비밀의 집'에 대한 감시 결과를 꼬박꼬박 적어나갔다.

1과 2는 주민등록표에는 부부 사이로 되어 있었지만 그들 사이에는 자식이 없는 것 같았다. 며칠 동안 감시했지만 그들의 자식으로 보이는 어린아이나 소년은 보이지 않았다.

그 집에는 가정부로 보이는 여자도 없었다. 여자라고는 2번뿐이었다.

'비밀의 집'은 언제나 커튼이 쳐져 있었기 때문에 집안에서 무슨 짓을 하는지 알 수가 없었다.

1번은 출입이 일정하지가 않았다. 아침 일찍 나갔다가 밤 늦게 돌아오기도 하고 늦은 오후에 외출했다가 이내 돌아오기도 했다. 주민등록표에는 39세로 나와 있었지만 그는 실제 나이보다

훨씬 더 들어 보였다. 자세히 관찰한 결과 일부러 그렇게 변장하고 다니는 것 같았다.

변장의 명수인지 머리카락이 잿빛으로 변하기도 하고 없던 콧수염이 달라붙어 있기도 했다. 여러 가지 안경으로 인상을 교묘하게 바꾸기도 했다. 변장하지 않을 때는 집에 있을 때 뿐이었다. 그는 가끔 정원을 어슬렁거리다가 벤치에 앉아 있거나 했다. 그리고 하루에 한 번씩은 역기를 들어 올리곤 했다. 정원에서 불고기 파티를 가질 때도 있었다. 그럴 때는 변장하지 않은 본래의 모습을 보여주고 있었다. 감시팀은 1의 변장과 본래의 모습을 망원 렌즈로 포착해서 빠짐없이 카메라에 담았다.

2는 변장하지 않았다. 주민등록표에는 민혜련으로 기재되어 있었지만 그녀가 전화를 빌린 한애자일 가능성이 컸다. 그녀는 함께 외출하는 법 없이 언제나 혼자서 나가곤 했다. 그녀 역시 출입 시간이 일정치가 않았다. 그녀는 외출 시에는 언제나 자기 전용차를 이용했다.

3은 가발로 대머리를 가릴 때가 있었다. 그는 주민등록이 되어 있지 않은 그곳의 동거인이었다. 1이 그에게 깍듯이 예의를 지키는 것으로 보아 그는 상위의 인물인 것 같았다. 그의 태도로 보아 그는 그 집의 사실상의 주인인 듯했다. 그는 외출할 때 거의 1과 동행했다. 변장하지 않은 때의 그의 모습은 40대 중반이었다. 살찐 얼굴에 코는 매부리코였고 두 눈은 날카롭게 찢어져 있었다. 그리고 거구였다. 놈은 시거를 즐겨 피우고 있었다.

그들 외에 그 집에는 두 사람이 더 있었다. 한 사람은 경비원이었다. 그들 역시 대머리에게 절대 복종하고 있었다. 단순히 고용된 사람들이 아니고 같은 일당인 듯했다.

아가다는 운전사에게 번호 4를 붙였다. 경비원은 5번이었다. 그들은 30대의 비슷한 나이들이었다. 4는 중키에 피부가 검었고 네모진 얼굴을 하고 있었다. 5는 키가 컸고 강파르게 마른 인상이었다. 그는 하루 종일 집을 지켰다.

며칠째 감시했지만 그들이 그 집에서 무엇들을 하고 있는지 도무지 감을 잡을 수가 없었다. 하루는 신승우가 '비밀의 집'에 잠입해 보자고 제의했다. 감시만 계속하는 것이 답답했던 모양이었다. 조민기도 승우의 의견에 동조하고 나왔다. 그러나 아가다는 그들의 제의를 들어주지 않았다.

감시 닷새째 되는 날 밤 10시경 '비밀의 집'에 방문객이 있었다. 방문객은 모두 세 명이었다. 모두가 남자들이었는데 밤이었기 때문에 그들의 인상은 잡히지 않았다. 두 시간쯤 지나 그들은 그곳을 떠났다.

다음 날 아침 오 월은 하루쯤 다녀올 데가 있다고 하면서 집을 나와 서울로 향했다. 시간을 아끼기 위해 비행기를 이용하고 싶었지만 틀림없이 수배망에 걸릴 것 같아서 열차를 이용했다.

서울에는 하오 1시에 도착했다. 역에서 그녀는 택시를 대절해 자신이 입원한 적이 있는 Y정신병원으로 달렸다. 1시간 30분쯤 후에 택시는 Y정신병원 정문을 들어섰다.

환자와 병원 관계자들이 그녀를 알아보고 반색을 하면서도 한편으로는 의아해 했다. 혼자서 다시 입원하러 왔느냐는 말에 그녀는 웃으면서 상태가 좋지 않아서 약을 좀 타러 왔다고 대답했다.

담당 의사는 그녀를 반갑게 맞아 주었다. 그리고 매우 친절하게 처방을 내려주었다.

그녀는 약국에 가서 약을 탄 다음 총무과로 들어갔다. 모두가 안면이 있는 얼굴들이었기 때문에 안에 들어온 그녀를 이상하게 생각하지 않았다. 이런 저런 이야기를 하면서 그녀는 누군가를 찾았다. 그러나 찾는 인물이 없었다.

그녀는 창가에 앉아 있는 여직원에게 지나가는 말투로 넌지시 물어보았다.

"아, 미스 권 말이군요."

여직원은 갑자기 목소리를 낮추어 말했다.

"그만뒀어요. 그 사건 때문에 물러났어요."

미스 권이라는 아가씨는 살인범을 면회 온 사람인 줄 알고 통과시켜 주었던 여직원이었던 것이다. 비록 모르고 그랬다 해도 환자가 살해된 이상 책임을 면할 수는 없었던 모양이었다.

"2층에 있던 박기술 씨도 그만뒀어요."

"그래요?"

월은 짐짓 놀라는 체했다.

박기술은 사건이 일어나던 날 2층 출구를 지키던 남자 간호사였다. 그는 오 월을 죽이러 온 범인을 안으로 들여보낸 장본인이었다. 파면당한 두 사람은 한편으로는 범인을 목격한 중요한 증인들이기도 했다.

월은 여직원을 데리고 휴게실로 갔다. 그리고 차를 사주면서 예쁘게 포장한 선물을 꺼내 놓았다.

"별것 아니니까 받아줘요."

"이게 뭐예요?"

여직원은 어리둥절한 표정이었다. 월에게 선물을 받을 만한 일을 해준 적이 없었기 때문이다. 그렇다고 가까운 사이였느냐 하면 그렇지도 않았다. 그러나 어떻든 선물을 주는 데야 마다할 리 없었다. 그녀는 얼굴을 붉히며 포장지를 뜯었다. 케이스를 열어보니 예쁜 목걸이였다. 백화점에서 사려면 몇 만 원 이상은 주어야 할 것이라고 그녀는 생각했다.

"싸구려니까 부담 갖지 말고 가져요."

"고마워요."

그녀는 왜 선물을 주는지 그 이유도 알지 못한 채 목걸이를 챙겨 넣었다.

월은 아주 자연스럽게 이야기를 풀어나갔다. 자신도 스스로 놀랄 정도로 그럴 듯하게 이야기를 꾸몄다.

"미스 권하고 박기술 씨는 결국 나 때문에 직장을 쫓겨난 거나 마찬가지예요. 난 이렇게 아무렇지도 않은데 그대로 모른 체한다는 건 너무하다고 생각해요. 난 두 사람이 병원을 그만둔 줄 몰랐어요. 알았으면 일찍 와 봤을 텐데. 정말 두 사람한테 미안하군요. 어떻게 하면 좋지요?"

"언니가 미안하게 생각할 필요는 없어요. 이런 말해서 안됐지만 두 사람이 잘못한 건 사실이잖아요. 잘못했기 때문에 그런 꼴

찍한 사건이 일어난 거 아니에요? 하마터면 언니가 당할 뻔했잖
아요?"

"그래도 그렇지 않아요. 단지 실수였지 고의로 그런 건 아니
었잖아요. 아무래도 두 사람을 만나 인사라도 해야겠어요. 그런
데 참, 난 두 사람 주소를 모르는데 어떡하지?"

"꼭 만나고 싶으세요?"

"응, 그 사람들을 만나서 인사를 해야 할 것 같아. 주소를 좀 알
려줄 수 없을까?"

"알 수 있어요. 총무과에 아는 사람들도 있고 인사 카드가 아
직 있을 거예요. 잠깐 기다리세요."

그녀는 10분 후 두 사람의 주소를 알아가지고 돌아왔다.

그녀가 내주는 메모지에는 다행히 전화번호까지 적혀 있었
다. 미스 권이라는 아가씨는 주소가 수원에 있었고 박기술은 서
울이었다.

월은 먼저 수원으로 미스 권을 찾아갔다.

수원 시내로 들어가 전화를 걸어보니 그녀는 회사에 나갔다
는 거였다. 아마 그녀의 어머니가 전화를 받은 것 같았다. 병원에
서 함께 근무한 친구라고 속이고 캐물으니 미스 권은 병원에서
나온 즉시 서울에 있는 모회사에 취직되어 수원 집에서 전철로
출퇴근한다고 했다.

직장 전화번호를 알아가지고 즉시 서울로 향했다. 오 월의 전
화를 받자 미스 권은 몹시 놀라는 것 같았다.

"어머나, 어떻게 여기를 알았어요?"

“다 아는 수가 있지. 병원에서 나왔다는 말을 듣고 가슴 아파서 혼났어요. 그래서 인사라도 하려고…….”

“아, 아니에요. 차라리 나오기 잘했어요. 병원보다 여기가 백 번 더 좋아요.”

“그래도 미안한 건 마찬가지예요.”

“아니, 그런 생각하지 마세요.”

“내가 저녁 살 게 우리 만나요.”

“오늘 저녁은 약속이 있어요.”

상대는 경계하는 것 같았다.

“그럼 잠깐 차라도 해요. 잠깐이면 돼요. 오래 붙잡지는 않을게요.”

붙잡고 늘어지자 상대는 마지못해 잠깐이라는 단서를 붙이고 월의 요구에 응해 주었다.

약속 시간까지는 아직 시간이 많이 남아 있었기 때문에 월은 박기술의 집에 전화를 걸었다. 어떤 젊은 여자가 받았는데 박은 집에 없다고 했다. 박의 여동생 되는 여자였다.

“급한 일로 그러는데 지금 좀 연락할 수 없을까요?”

“연락할 수 없어요.”

아침에 어디로 간다는 말도 없이 나갔다고 그녀는 말했다.

“언제쯤 들어오시나요?”

“잘 모르겠어요. 일정하지 않아요. 늦게 들어올 때도 있고 일찍 들어올 때도 있고 아예 며칠씩 안 들어올 때도 있어요. 실례지만 누구시라고 할까요?”

"저기…… 오 월이라고 해요. 다시 전화할 테니까 들어오시면 나가지 말고 기다리라고 전해 주세요."

월은 미스 권을 위해 목걸이 시계를 하나 샀다. 약속 장소에 약속 시간보다 10분 전에 나가 기다렸다. 미스 권은 5분쯤 지나서야 나타났다. 그녀는 약간 불안한 표정으로 월과 마주앉았다.

"바쁜데 만나자고 해서 미안해요."

"괜찮아요."

똑똑하고 영리해 보이는 아가씨였다. 잠시도 시선을 떼지 않고 있었다. 월은 선물을 꺼내 놓았다. 그녀 역시 처음에는 의아해하다가 벽을 무너트리면서 선물을 받아들었다.

월은 차를 마시고 난 뒤 백 속에서 한 줌의 사진을 꺼내 놓았다. 손바닥 크기로 찍은 컬러 사진들이었다.

"수고스럽지만 이 사진들을 좀 봐 줄래요?"

"이게 무슨 사진이죠?"

그녀는 놀란 눈으로 월을 쳐다보았다.

"묻지 말고 그냥 한 번만 봐 줘요."

부드럽던 월의 얼굴이 엄숙하게 굳어져 있었다.

미스 권은 더 묻지 않고 사진을 한 장씩 집어 들고 들여다보기 시작했다. 그러한 그녀를 월은 숨을 죽인 채 무서운 눈으로 바라보았다.

"앗!"

갑자기 미스 권이 낮게 부르짖으면서 보고 있던 사진을 바닥에 떨어트렸다. 얼굴이 파랗게 굳어 있었다. 두 손이 바들바들 떨고 있었다.

"왜 그래요?"

월이 눈을 부릅떴다. 그녀의 탁자 밑으로 굴러 떨어진 사진을 집어 들었다. 광대뼈가 튀어나온, 왼쪽 새끼손가락이 없는 사나이의 사진이었다.

"바로…… 바로…… 그 사람이에요! 그 놈이에요!"

"그 사람이라니, 누구 말하는 거예요?"

월은 숨가쁘게 물었다. 미스 권은 소름이 끼치는지 어깨를 추슬렀다.

"바로 그 살인범이에요? 그날 왔던 그 놈이에요!"

"틀림없어요?"

"틀림없어요! 나하고 말다툼까지 했기 때문에 분명히 기억하고 있어요. 이 사진 어디서 났죠?"

거기에는 대답하지 않고 월은 나머지 사진들을 끝까지 마저 보라고 일렀다.

권미경은 마음을 가라앉힌 뒤 다시 사진들을 들여다보기 시작했다. 이윽고 그녀는 몇 장의 사진들을 추려내기 시작했다. 그것들은 광대뼈가 튀어나온 사나이를 여러 각도에서 찍은 사진들이었다.

"틀림없어요! 이 놈이 맞아요!"

사진을 다 보고 난 권미경은 흥분해서 말했다.

"다른 얼굴은 본 적이 없나요?"

"없어요. 모두 처음 보는 얼굴들이에요."

"이 사람하고 함께 온 공범이 있어요. 두 명이 왔었어요."

"2층에 올라간 건 이 사람 혼자였어요. 다른 사람은 보지 못했어요."

"정말 고마워요."

마침내 월은 표적 제1호를 찾아낸 셈이다. 의심할 여지가 없는 범인이었다. 남편을 죽이고 뱃속의 아기까지 죽이고 행복한 가정을 파탄에 빠트리고 그녀의 인생을 짓밟아 버린 네 명 중의 한 명을 찾아낸 것이다!

권미경과 헤어져 다방을 나온 그녀는 너무 흥분한 나머지 제대로 몸을 가누기조차 어려웠다.

흥분하지 말자. 흥분해서는 안 된다. 그녀는 자신을 자꾸만 타일렀다. 흥분하면 일을 그르친다는 것을 그녀 자신이 잘 알고 있었던 것이다. 냉정해야 한다. 냉정해야만 실패 없이 목적한 바를 이룰 수 있을 것이다.

그녀는 확인할 수 있는 한 몇 번이고 더 확인하고 싶었다. 그래서 박기술의 집에 전화를 걸었다. 박기술은 아직 집에 돌아와 있지 않았다.

그녀는 한 시간마다 그의 집에 전화를 걸어보았다. 밤 11시에 겨우 그와 통화할 수 있었다. 그는 잔뜩 취해 있었다. 오 월이라고 하자 그는 깜짝 놀라는 것 같았다.

"웬일입니까? 이렇게 밤늦게……."

"지금 좀 만나 뵐 수 없을까요?"

늦은 시간이었지만 그녀는 잠시도 지체하고 싶지 않았다.

"이 시간에 말입니까?"

이 여자가 지금 제정신으로 말하는 것일까 하고 생각하는 눈치였다.

"무슨 일인지 전화로 말씀하시면……."

"아이, 안 돼요. 전화로는 안 되는 일이에요. 제가 한 잔 살게 나오세요."

"그, 그럴까요."

우유부단하고 여자에 약한 노총각인지라 별수 없이 응했다. 얼마 후 그들은 어느 호텔 나이트클럽에서 만났다. 박기술은 덩치가 크고 미련스럽게 생긴 사내였다. 술을 좋아하는 그는 월이 권하는 대로 마다않고 술을 마셨다.

얼마쯤 시간이 흘렀을 때 월은 용건을 끄집어냈다.

"이거 한 번 봐 주실래요?"

"그게 뭡니까?"

왜 그 시간에 불려나와 술 대접을 받고 있는지 그 이유를 알아보려는 생각조차 잊은 채 분위

기에 젖어 있던 그는 월이 내미는 봉투를 받아들었다. 봉투 속에는 사진이 들어 있었다.

"이게 무슨 사진이지요?"

"여러 사람 사진이에요. 한 번 봐 주세요."

"보는 거야 어렵지 않지요."

불빛이 어두웠기 때문에 그는 얼굴을 찡그리고 사진을 들여다보았다.

"여기서는 어두워서 안 되겠어요. 화장실에 가서 보고 오겠습
니다."

그는 비틀거리며 일어나 화장실 쪽으로 걸어갔다.

잠시 후 그가 돌아왔다. 거칠게 주저앉는 바람에 술병이 굴러
떨어졌다. 월은 술병을 집어 올렸다.

"이, 이거 어디서 났죠?"

그는 거칠게 숨을 내뿜으며 몇 장의 사진을 펴보았다. 동일 인
물을 여러 각도에서 찍은 것들이었다. 나머지 다른 사진들은 봉
투 속에 들어가 있었다.

월은 아무 대답도 하지 않고 상대방을 쏘아보기만 했다.

"이, 이거 바로 그, 그 놈입니다!"

"그 놈이라니요!"

"오 월 씨를 죽이려다가 잘못해서 이길자 씨를 죽인 놈 말입
니다!"

권미경이 골라낸 사진을 그도 똑같이 골라내 놓고 있었다.

"분명한가요?"

그녀는 숨을 죽이고 물었다.

"내가 왜 거짓말하겠어요. 그 놈이 분명해요! 2층에 올라왔던
놈이 분명해요! 이 사진들 어디서 났죠?"

"그건 말씀드릴 수 없어요."

박은 의아한 눈길로 그녀를 쳐다보다가 사진을 한 장 호주머
니 속에 넣으려고 했다.

"안 돼요!"

그녀는 손을 뻗어 사진을 낚아챘다.

"그 사진 뭐하려고 그러지요?"

박이 흥분한 얼굴로 물었다. 월은 사진들을 모두 담아 백 속에 집어넣었다.

"왜 그런 사진들을 가지고 다니지요?"

"못 본 걸로 해 주세요."

"그건 또 무슨 말이지요?"

"이 사진 봤다는 말 아무한테도 하지 마세요."

그는 고개를 갸우뚱했다.

"경찰한테두요?"

"네, 누구한테도 비밀로 해 주세요."

그녀는 박이 입을 다물어줄 것이라고는 별로 믿지 않았지만 그래도 그렇게 말하지 않을 수 없었다.

"범인이 누군지 알고 있죠?"

박이 눈을 크게 뜨고 물었다.

월은 머리를 흔들었다.

"몰라요."

"그럼 이 사진은 어디서 났죠? 찍은 건가요?"

"대답하고 싶지 않아요."

"사진을 빨리 경찰에 갖다 줘서 그 살인범을 체포하게 해야 해요. 이러고 있을 게 아니라……."

일어서려는 그를 월이 제지했다.

"내가 알아서 할 테니까 그대로 있으세요."

그는 의심스러운 눈초리로 그녀를 바라보았다.

"경찰에 신고하지 않을 거죠?"

"당신이 상관할 일이 아니에요."

"왜 상관할 일이 아닙니까? 흉악한 살인범인데요. 현상금까지 걸려 있지 않은가요?"

"난 그런 거 모르겠어요."

"그러지 말고 그 사진 한 장만 이리 주세요."

"안 돼요."

"그 사진들을 가지고 뭐할 겁니까?"

그녀는 대답하지 않고 일어섰다. 박도 따라 일어섰다.

"가겠어요. 고마웠어요."

"아니, 이대로 가시는 겁니까?"

그녀는 테이블 사이를 빠져 출입구 쪽으로 급히 걸어갔다. 박이 뒤따라가며 뭐라고 말했지만 그녀는 거들떠보지도 않고 내처 걸음을 옮겼다.

다음 날 아침 장완수 형사는 박기술의 전화를 받았다. 장 형사는 Y정신병원에서 살인 사건이 일어났을 때 목격자인 박기술을 몇 시간 동안 붙들고 앉아 꼬치꼬치 캐물었기 때문에 그를 잘 알고 있었다.

"저기…… 급히 드릴 말씀이 있어서 전화 걸었습니다."

"무슨 일인데?"

그는 박의 전화가 별로 달갑지가 않았다. 그런데 박의 다음 말이 그를 놀라게 했다.

“지난 밤에 오 월 씨를 만났는데요, 그 여자가…….”

“뭐, 뭐라고? 누구를 만났다고?”

“오, 오 월 씨를 만났는데요…….”

“정말이야?”

장 형사는 자기도 모르게 소리를 질렀다. 그 바람에 박은 멈칫했다.

“정말입니다. 제가 왜 거짓말을 하겠습니까?”

“지금 그 여자 어디 있어?”

“모, 모릅니다. 어젯밤에 연락이 와서 만났는데…… 범인 사진을 가지고 있었습니다. 제가 놀라서 어떻게 된 일이냐고 했더니…….”

“잠깐! 지금 어디서 전화 거는 거야?”

“집에서 거는 겁니다.”

“이리 나와. 만나서 이야기하자구.”

박의 전화는 그를 흥분시키기에 족했다.

그가 너무 흥분한 나머지 안절부절 못하는 것을 보고 그의 파트너인 황준배 형사가 무슨 일이냐고 물었다.

“따라와.”

그는 후다닥 뛰어나갔다. 그 뒤를 장 형사는 어리둥절한 얼굴로 따라갔다.

“무슨 일입니까?”

“박기술이 오 월을 만났대. 중요한 이야기가 있나봐. 자식한테서 전화가 왔어.”

그 말을 듣고 황 형사는 장 형사가 흥분할 만하다고 생각했다. 그 동안 그들은 매일같이 상부로부터 호되게 질책을 받아온 터였다. 범인을 쫓지 못하고 죽치고 앉아 있으니 욕을 들을 만도 했다. 수사본부 요원들은 지칠 대로 지친데다 주눅까지 들어 숨도 제대로 쉬지 못하고 있었다. 설상가상으로 오 월의 행방마저 묘연해져 버려 더욱 얼굴을 들 수가 없었다.

"하나도 빼놓지 말고 자세히 이야기해 봐요."

박기술을 만나자 장 형사는 숨 돌릴 여유도 주지 않고 재촉했다. 그가 하도 험상궂게 나오는 바람에 박은 머뭇거리며 입을 열었다.

그가 이야기를 다 마칠 때까지 장과 황은 미동도 하지 않고 앉아 있었다. 그리고 그가 이야기를 끝내자 장 형사는 주먹으로 자기 손바닥을 후려쳤다.

"이럴 수가……."

"뭐 제가 잘못한 거 있습니까?"

박은 겁먹은 얼굴로 물었다.

"잘못한 건 없어. 다만 신고가 늦은 것이 애석해. 즉시 신고해 주었으면 오 부인을 만나는 건데……."

"집에 가면 만나볼 수 있지 않습니까?"

"그 여자는 집에 없어요. 종적을 감추는 바람에 애를 먹고 있어요."

황 형사가 장 형사 대신 말했다.

"그런 줄 알았어야죠. 알았으면 붙잡아 두는 건데……."

"그 여자가 가지고 있는 사진이 분명히 범인 사진이었나?"

장 형사는 다시 한 번 확인하기 위해 물었다.

박은 두말하면 잔소리라는 듯 크게 고개를 끄덕였다.

"네, 틀림없습니다. 전 그 사진을 보자 단번에 알아봤습니다. 그 놈 사진은 모두 다섯 장이었는데 다섯 장 모두 다른 모습을 찍은 것이었죠. 하지만 그 놈이란 것을 금방 알아봤죠."

"그 사진을 어디서 입수했다고 하던가?"

"그렇지 않아도 궁금해서 물어보았죠. 하지만 대답을 해야죠. 그런 건 알 필요 없다고 하면서 가버렸습니다. 저는 사진 한 장을 얻어서 경찰에 갖다 주려고 했지요. 그런데 그 여자가 펄쩍 뛰는 바람에 그만뒀지요. 그런 사진이 생기면 재빨리 경찰에 갖다 줄 것이지 왜 자기가 들고 다니면서 그러는지 정말 알다가도 모를 일인데요. 아무리 한이 맺혔다 해도 여자 혼자서 범인을 잡을 수도 없는 거고……."

"다섯 장 외에 나머지 다른 사진들은?"

"모르는 얼굴들이었습니다. 그 중에는 여자 사진도 들어 있었습니다."

"사진은 모두 몇 장이었나?"

"글쎄요. 한 열댓 장 정도 되는 것 같던데…… 세어보지 않아서 잘 모르겠습니다."

"몇 사람을 찍은 사진이었나?"

"여러 사람이었습니다."

"몇 명?"

“글쎄요. 한 일곱여덟 명 되는 것 같던데요.”

박의 관찰력은 매우 엉성한 것이었다. 황 형사는 그의 미련스러움에 은근히 화가 치밀었다. 지금까지의 그의 말이 갑자기 의심스러워졌다.

“오 부인은 어디 간다고 하면서 갔나?”

“그런 말하지도 않았습니다. 도망치듯 가버렸습니다. 사진을 봤다는 말은 누구한테도 하지 말라고 하면서 가버렸습니다.”

“그 여자 정상이었나?”

“네, 이상한 데는 없었습니다. 하지만……”

그가 우물쭈물하자 장의 눈꼬리가 치켜올라갔다.

“하지만 뭐야?”

“어쩐지 좀 무서운 데가 있었습니다. 여자한테서 그런 걸 느껴 보기는 처음이었습니다.”

장 형사는 다음에 권미경을 만나러 갔다. 생각했던 대로 그녀한테도 오 월이 찾아왔음이 밝혀졌다.

그녀의 진술은 박기술의 말과 대체로 일치했다. 그녀는 오 월이 가지고 있던 사진들 중에서 이길자를 살해한 범인의 사진 다섯 장을 골라냈다고 말했다.

“틀림없는 범인이었어요.”

그녀는 박보다 관찰력이 뛰어났다.

“사진은 모두 스물세 장이었어요. 다섯 명을 찍은 컬러 사진들이었어요. 다섯 명 중 네 명은 남자들이었고 한 명만 여자였어요. 제가 아는 얼굴은 살인범 한 명 뿐이었고 나머지는 모르는 얼굴들이었어요."

그녀는 숫자를 정확히 대고 있었다.

"혹시 그 여자가 어디로 갔는지 알고 있나요?"

"모르겠어요."

장 형사 일행은 Y정신병원으로 달려갔다. 예상했던 대로 오월은 거기에 먼저 들러 박기술과 권미경의 주소를 알아냈음이 밝혀졌다. 장 형사는 허탈과 긴장을 동시에 느꼈다. 긴장감은 무엇인가 일어날 것만 같은 예감에서 비롯된 것이었다.

"뭔가 일어날 것 같은데……."

서울로 돌아오는 차 속에서 그가 중얼거린 말이었다. 황 형사는 곁눈질로 그를 쳐다보면서 그의 다음 말을 기다렸다.

"오 부인이 일을 저지를 것 같아."

"믿어지지 않습니다. 여자 혼자서……."

"사실로 나타났어. 그 여자가 종적을 감춘 이유를 이제야 알 수 있을 것 같아. 그 여자는 지금 목표를 향해 치밀하게 접근해 가고 있는 중이야."

"범인을 노리고 있는 걸까요?"

"물론이지."

"사진을 어떻게 입수했을까요?"

"범인들한테 가까이 접근한 게 틀림없어. 그리고 그들 몰래 사진을 찍은 거야. 그렇지만 그녀는 범인을 본 적이 없어. 그 여자 집에 범인들이 침입했을 때 놈들은 모두 복면을 하고 있었어. 그러니 얼굴을 알 리가 없지. 그래서 그 여자는 사진을 들고 확인하

러 다닌 거야. 권미경과 박기술이 범인의 얼굴을 보았거든. 오 부
인은 지금까지 범인을 찾아다녔던 게 분명해."

"무서운 여자군요."

"무서운 게 아니라 그런 일을 당하면 누구라도 그럴 수가 있
어. 나는 그 여자의 심정을 충분히 이해해."

"그 여자는 어쩔 셈인가요?"

"직접 자기 손으로 복수할 계획인 것 같아. 우리한테 맡기지
않고 자기 손으로 피를 보려고 하는 것 같아."

"그게 가능할까요?"

"불가능하다고 단정할 수도 없어. 아무리 연약한 여자라고 하
지만 치밀하게 계획을 세우면 불가능한 것도 아니야."

"상대는 한 명이 아닙니다."

"열 명이라도 상대할 거야. 오 부인에게는 무서운 게 없어."

"그대로 방치할 수는 없지 않습니까?"

"그 여자를 빨리 잡아야 해. 일이 벌어지기 전에…… 이미 벌
어진 일이지만…… 그런데 어디 가서 그 여자를 잡는다?"

장 형사는 획획 지나가는 바깥 풍경을 물끄러미 바라보았다.

"그 여자를 추적하면 범인들을 잡을 수 있겠는데요."

"가능한 일이지. 헌데 어디 있는지 알 수가 있어야지."

"그 여자를 찾아내더라도 얼른 붙잡지 말고 미행하는 게 좋겠
습니다."

"음…… 찾아낼 수만 있다면…… "

장 형사는 머리를 쥐어짰다. 아까부터 하나의 실마리가 아슴

푸레하게 보이고 있었는데 그것이 무엇인지 아직 잡히지가 않았던 것이다.

차가 서울 시내로 들어섰을 때 마침내 그것이 확연히 드러났다. 그는 손뼉을 마주쳤다.

"좋은 방법이 생각났어! 좀 힘들겠지만 말이야."

"무슨 방법입니까?"

"그 여자가 가지고 있던 스물세 장의 컬러 사진들 말이야. 그 사진들을 현상한 곳을 찾는 거야. 분명히 어디선가 돈을 주고 현상했을 거란 말이야."

"DP점까지 포함시킨다면 전국에 수천수만 군데나 될 텐데 그걸 일일이 다 어떻게 조사하죠?"

"그래도 해야 해. 그것이 그녀를 추적할 수 있는 유일한 길이니까. 그녀의 사진을 내보이면서 찾아다니면 반드시 반응을 보이는 곳이 있을 거야. 내 생각에는 대도시가 아닐까 생각하는데 두고 봐야지."

모든 것은 신속히 진행되었다.

전국에 거미줄처럼 뻗어 있는 비상 전화벨이 한동안 요란스럽게 울어댔다. 수만 명의 경찰이 거의 동시에 한 가지 목적을 위해 개미떼처럼 움직였다.

명령이 떨어진 지 하루도 못 돼 부산 쪽으로부터 연락이 왔다. DP점을 찾았다는 연락이었다.

장 형사와 황 형사는 급히 비행기 편으로 부산으로 내려갔다. 그 DP점은 도심을 벗어난 외진 곳에 자리 잡고 있었다.

갑자기 들이닥친 수사요원들을 보고 젊은 주인은 몹시 당황
하는 눈치를 보였다.

"이렇게 생긴 여자가 분명히 여기 왔었나요?"

장 형사는 월의 사진을 내보이며 물었다.

"네, 틀림없습니다. 우리 애 엄마도 봤는데요."

만삭의 부인이 남편 뒤에서 나와 자기도 틀림없이 봤다고 증
언했다.

"어떻게 생긴 사진을 뽑아 주었나요?"

"상체를 스냅으로 찍은 컬러 사진들이었습니다. 모두 다섯 명
을 찍은 사진이었습니다. 그 중 한 명은 여자였습니다. 망원 렌즈
로 잡은 사진 같았습니다."

"사진은 모두 몇 장이었나요?"

"잠깐 기다려 주십시오."

주인은 장부를 들여다보았다. 그리고 4월 18일자 페이지의
한 곳을 가리켜 보였다.

"여기 적혀 있습니다. 모두 스물세 장이었습니다."

장 형사는 주인이 가리키는 곳을 들여다보고 확인했다.

"그 여자에 대해 아는 대로 말해 봐요."

"아는 거야 별로 없지요. 그전부터 아는 사이도 아니고 단지
사진을 뽑아 달라고 온 손님이었으니까요. 인상을 말한다면 차분
하고 조용한 여자였습니다. 그리고 미인이었습니다."

주인은 자기 아내를 한 번 힐끗 쳐다보았다. 그의 아내는 미소
를 짓고 있었다.

"그 여자는 무슨 말을 했나요?"

"별로 말하지 않았습니다. 사진만 찾아 가지고 갔으니까요."

"동행이 있었나요?"

"아니요. 혼자였습니다."

그때 주인 아내가 한마디 했다.

"이 근방에 사는 여자 같아요."

장 형사의 눈이 번쩍 빛났다.

"어째서 그렇게 생각하시죠?"

"일전에 슈퍼에서 한 번 봤거든요."

"언제, 어느 슈퍼에서 말인가요?"

"사흘 전인가 나흘 전에 요 위에 있는 한일슈퍼에서요."

한일슈퍼는 큰 아파트 단지 안에 있었는데 부근 주택가의 주민들까지 그곳을 많이 이용하고 있었다.

장 형사와 황 형사는 그곳에 잠복했다. 그곳을 중심으로 반경 1킬로미터에 수사망이 퍼진 가운데 수사 요원들은 가가호호를 이 잡듯이 뒤지고 다녔다. 요소요소에서 임검이 실시되고 있었고 감시의 눈들이 쉴 사이 없이 행인들을 살피고 있었다.

장 형사와 황 형사는 잠시도 슈퍼마켓을 떠나지 않고 감시했다. 언제 나타날지도 모르는 사람을 막연히 기다린다는 것은 아주 지루하다 못해 고통스러운 일이었다. 그래도 나타난다는 보장만 있으면 기다리는 보람은 있다. 그러나 그런 보장도 없이 그들은 막연히 오 월을 기다리고 있었다.

슈퍼마켓은 초저녁에 제일 붐빈다. 낮에는 별로 손님이 없어

한가롭다.

　장 형사는 정육점 코너 안에 피묻은 가운을 입은 채 앉아 있었고 황 형사는 슈퍼마켓 경비원 복장으로 어슬렁거리고 있었다. 장 형사가 정육점 코너를 지키게 된 것은 그곳의 주인이 오 월의 얼굴을 알아보았기 때문이다.

　중년의 여주인은 이렇게 말했다.

　"요즘 몇 번 여기 온 여자예요. 그전에는 못 본 여잔데 아마 새로 이사온 모양이에요. 미인이고 고기를 많이 사가서 인상에 남아요."

　"고기를 많이 사간다고요? 무슨 고기를 얼마나 사갑니까?"

　장 형사는 미심쩍은 눈으로 그녀를 째려보면서 물었다.

　"한 번씩 올 때마다 쇠고기만 서너 근씩 사가요."

　"며칠에 한 번씩 오던가요?"

　"이틀이나 사흘에 한 번씩 와요."

　"고기만 사가는가요?"

　"아뇨. 다른 찬거리도 사가요."

　"마지막으로 고기를 사간 게 언제였습니까?"

　"그저께 저녁 때 왔었어요."

　"언제나 혼자였나요?"

　"네, 혼자 오곤 했어요."

　"이 여자 틀림없습니까?"

　그는 오 월의 사진을 손가락으로 퉁겨보였다.

　"네, 틀림없어요. 화장을 아주 짙게 했지만 틀림없어요."

장 형사는 속이 타는 듯 담배를 뻑뻑 빨았다. 혼자라면 굳이 슈퍼마켓을 들락거리며 찬거리를 살 필요가 없을 것이다.

이틀 사흘거리로 쇠고기를 서너 근씩이나 사갈 필요는 더더구나 없는 것이다. 생각할수록 이상한 일이다.

그녀는 한가롭게 앉아 손수 밥을 지어먹을 입장이 아니다. 그녀와 같은 입장이라면 식당에서 밥을 사먹어야 옳은 것이다. 방을 얻어 자취를 한다고 치자. 아무리 쇠고기를 좋아한다고 여자 혼자 그렇게 많은 고기를 먹어치울 수 있을까.

이상한 일이다. 만일 그녀가 고기를 사간 게 사실이라면 그녀는 두 명 이상의 다른 사람들과 함께 있음이 분명하다. 그들은 누구일까. 누구이길래 함께 있는 것일까. 누구이길래 그녀는 그들에게 고기를 사먹이는 것일까.

그는 아무래도 그것을 믿을 수가 없었다. 그러나 믿지 않을 수도 없었다. 그녀와 함께 있는 사람들이 남자들일 가능성이 크다. 여자들이라면 그녀가 위험을 무릅쓰고 그렇게 굳이 시장을 보지 않아도 되는 것이다.

도대체 어떤 남자들일까. 이 시점에서 그녀가 아무 이유 없이 남자들과 접촉할 리는 없다. 어떤 분명한 이유가 있기 때문에 남자들과 손을 잡고 있는 것이다. 그렇다면 혹시 그들은 그녀를 도와주고 있는 남자들이 아닐까.

그녀에게 지원 세력이 생긴 것일까. 그녀에게 지원 세력이 없으란 법은 없지 않은가.

그녀는 지금 범인들을 뒤쫓고 있다. 그런데 그것은 여자 혼자의 힘으로는 너무 벅찬 것이다. 경찰 수사력으로도 추적에 한계를 느끼고 있는데 여자 혼자서 어떻게 그들을 쫓는단 말인가.

뒤쫓아가 만난다 하자. 도대체 그녀 혼자서 어떻게 무엇을 할 수 있단 말인가. 손을 쓰기도 전에 그녀는 그들에게 살해당하고 말 것이다.

그렇지만 아무튼 그녀는 현재 범인들에게 바싹 접근해 있다. 그들의 사진까지 찍은 걸 보면 그들의 움직임을 낱낱이 감시하고 있는 것 같다. 어떻게 그런 것이 가능할 수 있을까. 다른 사람의 도움 없이도 가능한 일일까. 아니다. 불가능한 일이다. 누군가가 그녀의 일을 도와 주고 있는 것이 틀림없다.

오 월은 경양식집 '킬리만자로' 앞에 섰다. 골목 입구에서 점퍼 차림의 두 사나이가 어느 젊은 여자를 세워 놓고 신분증을 조사하고 있었다. 그들 중의 하나가 그녀를 쳐다보았다. 그녀는 고개를 돌리고 '킬리만자로' 안으로 들어갔다.

커피를 마신 다음 전화를 걸었다. 민기가 전화를 받았다.

"별일 없어요?"

"네, 별일 없습니다."

"골목을 한 번 돌아봐요. 이따가 '킬리만자로' 에서 만나요."

그녀는 자신이 너무 신경과민이 아닐까 하고 생각했다. 그러면서도 조그만 창문을 통해 골목 입구에 서 있는 두 사나이의 움직임을 자세히 관찰했다. 그들은 젊은 여자마다 모두 조사하고 있었다.

형사들인 것 같았다. 형사들이 왜 하필이면 이곳에서 젊은 여자들을 조사하는 걸까. 이상하다. 정말 이상하다. 그녀는 밖으로 나갈 자신이 없었다.

그녀는 자신의 주민등록증을 가지고 있었다. 그러나 그것을 꺼내 보일 수는 없었다.

민기가 들어왔다. 그는 자리에 앉자마자,

"심상치 않은데요. 경찰이 쫙 깔렸어요."

하고 말했다.

"주로 여자들을 조사하고 있는데요."

그는 덧붙여 말했다.

그녀는 한동안 아무 말하지 않고 창밖만 바라보았다. 가만 보니 형사들은 임검을 하면서 사진 대조를 하고 있었다.

"나가시면 곤란하겠습니다."

민기가 눈치를 채고 물었다. 그녀를 바라보는 그의 표정은 굳어 있었다. 월은 잠자코 고개를 끄덕였다. 민기는 그 이유를 캐묻지는 않았다.

"언젠가는 알게 될 거예요."

그녀는 이렇게 말하는 수밖에 없었다.

"다시 살펴보고 올 테니까 그대로 앉아 계십시오."

민기는 일어나 밖으로 나갔다.

한 시간쯤 후 그는 돌아왔다.

"이젠 나가셔도 됩니다."

월은 민기를 따라 밖으로 나왔다. 형사들은 다른 곳으로 이동했는지 보이지 않았다.

그들은 재빨리 걸어갔다.

"만일 경찰이 묻거든 우리 오누이처럼 행동해요."

그녀는 민기의 팔짱을 끼며 말했다.

"알았습니다, 누님."

민기는 선선히 대답했다.

그들이 커브진 골목을 돌았을 때 저만큼 떨어진 곳에 남자 두 명이 서 있는 것이 보였다. 그들 역시 형사 같았다. 그들이 이쪽을 바라보았다. 월은 안 되겠다 싶었다. 사진을 대조하면 피할 도리가 없었다. 그녀는 변장하지 않은 것을 후회했지만 이미 늦은 일이다.

"이쪽으로 가요!"

그녀는 날카롭게 말하며 옆길로 들어섰다.

뒤에서 호각 소리가 들려왔다. 월과 민기는 냅다 뛰기 시작했다. 호각 소리가 더욱 요란스럽게 들려오고 있었다. 월은 원래 뛰는 데에는 자신이 없었다.

그러나 다급해지자 자기도 모르게 열심히 뛰었다. 발이 빠른 민기가 그녀를 뒤에 떨어트리고 앞에 뛰어가다가 안 되겠다 싶었는지 기다렸다가 그녀의 손을 덥석 잡아끌었다.

호각 소리가 가까워지고 있었다.

그들은 아파트 단지 안으로 뛰어들었다.

"여기서 헤어져요!"

그녀는 민기의 손을 놓고 슈퍼마켓 안으로 들어갔다.

황 형사는 마침 화장실에 가고 없었고 장 형사는 정육점 코너에 앉아 졸고 있었다. 그녀는 정육점 앞으로 다가섰다. 고기를 진열해 놓은 쇼윈도 저쪽에 한 사내가 앉아 졸고 있는 것이 보였다. 어디서 본 듯하다고 생각한 순간 그녀는 소스라치게 놀라 얼른 돌아섰다.

그리고 미심쩍어 다시 한 번 사내를 돌아보았다. 분명히 장완수 형사였다. 이럴 수가! 그가 여기까지 오다니!

슈퍼마켓을 재빨리 빠져나온 그녀는 복도 끝에서 남자 두 사람이 아파트 단지를 가로질러 이쪽으로 걸어오고 있는 것을 보았다. 지금 나가면 그들과 마주칠 것이 틀림없었다. 그녀는 화장실로 들어갔다. 그녀가 여자 화장실로 들어가는 것과 동시에 남자 화장실 안에서 황 형사가 나왔다.

월은 문을 닫아걸고 땀을 닦았다. 마치 자신이 쫓기고 있는 범인 같은 생각이 들었다. 아직 그녀는 범법 행위가 될 만한 짓은 아무것도 하지 않았다. 경찰을 두려워할 아무 이유도 없는 것이다. 그렇지만 그녀는 경찰이 자신의 계획을 탐지하고 그것을 저지하려고 기를 쓰고 있다는 사실을 두려워하고 있었다.

만일 여기서 경찰에 붙잡힌다면 모든 계획은 수포로 돌아가 버리고 말 것이다. 그러나 그녀를 감시함으로써 피의 복수를 미리 막을 수는 있을 것이다.

노크 소리가 났다. 그녀도 노크했다. 그녀는 그대로 변기 위에 앉아 있었다. 한참 지나자 다시 노크 소리가 들려왔다. 그녀도 다시 노크했다.

밖에서 여자들의 투덜거리는 소리가 들려왔다. 그녀는 각오하고 하는 수 없이 문을 열었다. 여자 셋이 문 앞에 서 있다가 그녀를 보고 눈을 흘겼다.

"미안합니다."

그녀는 다소곳이 화장실을 나왔다. 화장실 밖에 유모차가 하나 서 있었다. 유모차 속에는 갓난아기가 들어 있었다. 아기는 눈을 반짝이며 손가락을 빨고 있었다.

슈퍼마켓에서 두 사나이가 막 나오고 있는 것이 보였다.

그녀는 고개를 얼른 숙였다. 엉겁결에 유모차에 손이 갔다. 유모차가 굴러갔다. 그녀는 아기를 보고 웃었다. 아기도 그녀를 보고 방긋방긋 웃었다.

두 사나이는 복도에서 서성거리고 있었다.

"무슨 여자가 그렇게 재빠르지."

"정말이야."

"화장실 한 번 가보지."

그들은 유모차를 피해 양쪽으로 갈라졌다. 유모차가 지나가자 그들은 화장실 쪽으로 걸어갔다.

월은 건물 밖으로 빠져나갔다. 유모차를 밀고 얼마쯤 가다가 마주 오는 택시를 보고 손을 들었다.

형사 두 명은 화장실 앞에서 머뭇거리고 있었다. 그때 문이 열리고 얼굴이 부은 듯한 젊은 여자가 밖으로 나왔다.

"어머! 아기가 어디 갔지?"

그녀는 놀란 눈으로 주위를 두리번거렸다.

“아기가 없어졌습니까?”

형사들이 다급하게 물었다.

“네, 유모차에 태워 여기다 세워뒀는데…….”

그녀는 금방이라도 울음을 터트릴 것만 같았다.

“멀리 못 갔을 겁니다.”

형사들은 밖으로 뛰쳐나갔다. 복도를 울리는 요란스러운 구둣발 소리에 장 형사와 황 형사도 뛰어나왔다.

먼저 뛰어나온 형사들은 저만큼 떨어진 곳에 유모차만 덩그라니 놓여 있는 것을 발견했다.

길 모퉁이로 사라지는 택시의 뒷좌석에 젊은 여자가 하나 앉아 있는 것이 얼핏 보였다.

“바로 저 여자야!”

형사 한 명은 택시가 사라진 쪽으로 달려갔고 다른 한 명은 아무 차라도 잡아타려고 거기서 기다렸다. 그러나 하필 그때 차가 한 대도 보이지 않았다.

장 형사는 이야기를 듣고 나서 미묘한 기분을 느꼈다. 오 월이 그물을 아슬아슬하게 빠져나간 데 대해 이상하게도 애석하기보다는 오히려 통쾌한 기분을 맛보고 있었다.

유모차의 주인은 하마터면 아기를 유괴당할 뻔했다면서 아기를 끌어안고 흐느껴 울었다.

택시를 쫓아가던 형사가 땀투성이가 되어 돌아왔다. 그는 오월을 미꾸라지 같은 여자라고 말했다.

“이런 미꾸라지 같은 여자는 처음 보는데요. 남의 유모차를 밀고 갈 줄 누가 알았겠어요. 기가 막혀서…… 잡기만 하면 작살을 내버려야지."

"그 여자는 범죄인이 아니야."

장 형사는 월을 옹호하듯 말했다. 상대방은 발끈했다.

"수배 인물이 아닙니까?"

"그렇긴 하지만 그 여자는 죄 지은 게 하나도 없어요. 우리가 야단법석을 떨고 있지만 우리한테 그 여자를 체포할 권한은 없어요. 단지 빨리 찾아내어 감시하자는 것뿐이지……."

"그럼 미쳤다고 이 짓하는 겁니까?"

"그래도 그 여자를 찾아내야 해요."

장 형사와 황 형사는 슈퍼마켓을 떠났다. 더 이상 그곳에 잠복해 있을 필요가 없었기 때문이다.

장 형사는 오 월과 함께 도망치다가 사라졌다는 청년에 대해 생각했다. 황 형사도 그 생각을 하고 있었던지 이렇게 물었다.

"그 청년은 누구죠?"

"글쎄, 만나보기 전에는 알 수 없지. 내 생각에는 그 여자를 도와 주는 사람이 아닌가 생각하는데, 확실한 거야 알 수 없지."

"도와 주는 사람이 있다면 일은 상당히 심각하게 돼 가는 거 아닙니까?"

"낙관할 수만은 없지. 더구나 그 여자한테는 마음대로 사용할 수 있는 돈이 있어. 잔돈푼이 아니고 거금이야. 남편이 남긴 유산이지. 그리고 회사도 그대로 돌아가고 있어. 따라서 그 여자는 돈의 힘으로 계획을 밀고 나갈 수 있어. 돈으로 그런 일 하나 못 하겠어?"

"그렇다면 그 청년은 고용된 사람일까요?"

황이 걸음을 멈추며 물었다.

"확실히 단언할 수야 없지만 그럴 가능성이 많지. 돈만 주면 얼마든지 사람을 고용할 수 있으니까."

그들은 차를 타려고도 하지 않은 채 내처 걸어갔다. 오후 4시 10분 전이었다.

"이번에 기회가 좋았는데…… 정말 애석한데요."

"그 여자가 도망친 게 애석하다는 건가?"

"네, 붙잡았다 놓친 거나 마찬가지 아닙니까. 이렇게 됐으니 그 여자는 더욱 조심할 거고 우리는 더욱 고생만 할 거고…… 이번에 잡았어야 하는 건데……."

"자네는 그렇게 생각하지만 난 그렇지가 않아."

"네? 그게 무슨 말씀이시죠?"

"내 본심 같아서는 그 여자가 복수하도록 내버려 두고 싶어. 범인들을 모두 찾아내어 복수할 수 있도록 도와 주고 싶어."

황 형사는 어리둥절한 눈으로 장 형사를 쳐다보았다. 장 형사는 계속해서 말을 이었다. 내친김에 속마음을 모두 털어놓겠다는 듯이,

"그런데 나는 그 여자의 일을 방해하고 있어. 왜냐하면 경찰이기 때문에…… 법은 어떤 형태의 복수도 금지하고 있어. 복수하고 싶으면 법에 호소하라는 거지. 하지만 당한 사람의 마음은 그렇지가 않아. 그렇게 이성적이지가 못해. 오랜 시간이 흘러도

감정은 감정으로 남아 있어. 그 여자는 복수를 자기가 해야 할 의무로 알고 있어. 그리고 그것은 그녀의 생존 이유이기도 해. 만일 복수의 기회를 박탈당하면 그녀는 자살해 버릴지도 몰라. 자기가 살아 있어야 할 이유가 없기 때문이지.”

“그 여자를 설득시켜 제2의 인생을 살도록 이끌어 주면 될 거 아닙니까?”

“당연히 그래야지. 하지만 그건 어느 정도 가능성이 있을 때 그럴 수가 있는 거야. 오 부인은 너무 충격이 컸어. 여러 놈한테 윤간을 당하고, 그녀 앞에서 남편은 살해당했어. 그뿐이 아니야. 뱃속의 아기도 죽고 말았어. 그런 상태에서 그녀가 느낀 게 무엇이었겠어?”

그는 얼굴을 찌푸리고 질주하는 차량들을 바라보았다. 그리고 말을 이었다.

“나는 그녀가 우리와는 정반대의 눈으로 세상을 보고 있다고 생각해. 우리 눈에 희게 보이는 것이 그녀의 눈에는 검게 보이고 있어. 그래서 그녀는 자기 계획을 착착 실천에 옮길 수가 있는 거야. 나는 경찰이기 때문에 그녀의 행동을 저지해야 한다는 것이 괴로워.”

유 인

대낮인데도 커튼으로 빛을 차단했기 때문에 방안은 어두웠다. 한 사내가 불을 켰다. 그들은 소파에 둘러앉아 있었다. 남자가 네 명, 여자가 한 명이었다.

대머리에 매부리코를 가진 사내가 시거에 불을 붙였다. 방안은 금방 향기로 가득 찼다.

"의견들을 말해 봐."

매부리코가 말했다. 살찐 얼굴에 눈매가 날카로웠다.

"아무래도 이 근방 공기가 이상합니다. 형사들이 쫙 깔려서 가가호호를 뒤지고 있습니다."

광대뼈가 튀어나온 사내가 말했다.

"네, 정말 이상해요. 여기도 얼마 전에 다녀갔어요."

눈빛이 유난히 검은 여자의 말이었다. 그녀는 코발트색 티셔츠를 입고 있었는데 팔짱을 끼고 있기 때문인지 젖가슴이 마치 풍선처럼 부풀어 있었다.

"안에 들어와서 조사를 했단 말이야?"

"아뇨, 그렇지 않고 누구누구 사느냐고 묻고 저를 유심히 관찰하다 갔어요. 여자 사진을 가지고 다니면서 대조하는 걸 보니까 어떤 여자를 찾는 것 같았어요."

"어떤 여자?"

"모르겠어요. 들고 있는 사진을 얼핏 봤기 때문에 누군지 모르겠어요."

"함정일지 모릅니다."

하고 네모진 얼굴의 사내가 말했다. 언제나 운전대를 잡는 사내로 피부가 검은 것이 특징이었다.

"함정이라니?"

매부리코가 시거를 문 채 물었다.

"여자를 찾는 건 가짜고 목적은 다른 데 있는지도 모릅니다. 확증을 잡을 때까지 상대를 안심시키고 나서 갑자기 들이치는 게 그들의 수법이니까요. 안심할 수 없습니다."

"그러니까 우리를 노리고 있을지도 모른다. 그건가?"

"네, 그렇습니다."

"그렇다면 이대로 있을 수 없지."

"옮기는 게 좋겠습니다."

하고 깡마른 사내가 말했다. 그는 항상 집을 지키고 있는 경비원이었다.

"그럼 옮길 준비를 해. 오늘 중으로 장소를 물색해서 표가 안 나게 옮겨. 만일 적당한 장소가 없으면 급한 대로 호텔을 하나 잡아. 일단 여기를 뜨는 게 좋겠어. 그리고 너는……."

매부리코는 턱으로 광대뼈가 튀어나온 사내를 가리켰다.

"서울에 좀 다녀와."

"알겠습니다."

그는 왼손으로 머리카락을 쓸어올렸다. 새끼손가락이 보이지 않았다.

"종로 쪽이 아직 결재를 해주지 않고 있는데 이번에 가서 받아내. 만일 해주지 않으면 본때를 보여줘."

"알겠습니다. 모두 얼마인가요?"

"한 장이야."

한 장은 1억을 말한다. 그만큼 그들이 말하는 단위는 컸다. 매부리코가 다시 말했다.

"그리고 5월 초에 물건이 또 들어온다고 모두 통고해 줘. 이번에는 지난번보다 물량이 배나 많으니까 그렇게 알고 준비를 잘 하라고 해."

"알겠습니다."

"명동 쪽에 배신자가 나타났는데 어떤 놈인지 알아봐. 처벌은 내가 갈 때까지 보류해 줘."

"알아 놓겠습니다."

"그리고 오 월에 대해서도 잘 알아봐. 기회를 만들어 아주 제

거해 버려."

"그렇게 하겠습니다."

"일이 끝나면 그대로 거기에 머물러 있어. 아무래도 보스가 일본에 가든가 아니면 일본에서 사람이 오든가 할 텐데 그때는 거들어 줘야 하니까 말이야."

광대뼈는 이상하다는 듯 상대를 바라보았다.

"이상하게 생각할 것 없어. 우리와 일본은 끊을래야 끊을 수가 없어. 서로가 필요에 의해서 만나는 거니까 사람 하나를 죽였다고 해서 그 놈들이 우리와 손을 끊지는 않을 거야. 그 놈들이 어떤 놈들이라고……."

"그럼 가보겠습니다."

광대뼈가 일어섰다.

잠시 후 그는 집을 나와 공항으로 향했다.

"제1호가 집을 나왔습니다."

"미행해요. 그리고 즉시즉시 연락해 줘요."

"세가 미행하겠습니다."

조민기는 전화를 끊고 승우를 바라보았다.

"가 봐."

승우가 창밖을 감시하면서 말했다. 민기는 밖으로 뛰어나왔다. 5시 20분께였다. 택시를 잡아타고 앞서 간 차를 뒤따랐다. 40분쯤 지나 민기는 공항에서 택시를 내렸다.

제1호가 매표소로 다가가는 것을 보고 민기는 접근했다.

"7시 서울행."

1호가 웅얼웅얼하는 목소리로 말했다.

"예약하셨나요?"

창구 저쪽에서 여직원이 상냥하게 물었다.

"그래."

그는 반말로 대답했다. 여직원의 안색이 변했다.

"성함을 말씀해 주실까요?"

"김명환……."

그가 표를 사들고 돌아서자 민기는 즉시 공중전화로 달려가서 아가다에게 전화를 걸었다.

"갈 테니까 기다리고 있어요."

"빨리 오셔야겠습니다."

아가다는 출발 20분 전에 도착했다.

사람들이 차례로 검사대로 다가가고 있었다.

민기는 아가다가 가까이 오기를 기다렸다가 말했다.

"저기…… 저 사람…… 007가방을 들고 있는 사람…… 노란 옷 입은 여자 뒤에 서 있는 사람입니다."

그녀는 표를 꺼내들면서 고개를 끄덕였다.

"서울까지 따라가실 겁니까?"

민기가 놀란 표정으로 물었다.

"네, 이제 가보세요."

"언제 오실 겁니까?"

"모르겠어요."

민기는 검사대 앞으로 다가가는 그녀의 뒷모습을 불안한 눈으로 쳐다보았다. 불안한 것은 오 월도 마찬가지였다.

그녀는 자신의 주민등록증을 검사대 위에 올려놓았다. 그밖에는 다른 것을 가지고 있지 않았기 때문에 붙잡혀도 하는 수 없다는 생각으로 그것을 제시한 것이다.

그런데 행인지 불행인지 그녀는 무사히 검사대를 통과했다. 아마 수사망에 구멍이 난 모양이었다. 인간이 하는 일이라 그럴 수도 있을 것이다.

그녀는 가만히 숨을 몰아쉬며 대기실로 들어섰다. 제1호가 의자 위에 모로 앉아 있는 것이 보였다.

그녀는 멀리 떨어진 뒤쪽에 앉아 1호의 뒷모습을 지켜보았다. 뒤가 켕기는지 1호가 뒤를 한 번 돌아보았다. 그녀는 얼른 고개를 돌려 버렸다.

잠시 후 아나운스먼트가 있었고 사람들은 출구 쪽으로 움직였다. 오 월은 재빨리 앞으로 걸어갔다. 1호를 지나쳐 출구를 얼른 빠져나갔다.

잠시 후 그녀는 트랩을 올라 비행기 안으로 들어갔다. 그녀는 일부러 뒤쪽 자리를 택했다. 자리에 앉아 1호가 들어오기를 기다렸다.

마침내 1호의 뒷모습이 보였다. 그는 중간 자리에 앉았다. 그를 죽이고 싶은 충동을 억누르면서 그녀는 그의 뒷모습을 무섭게 노려보았다. 어떻게나 노려보았는지 눈알이 밖으로 튀어나올 것만 같았다.

예정보다 5분 늦게 비행기는 이륙했다. 비행기가 김포 공항에 닿을 때까지 그녀는 그로부터 잠시도 한눈을 팔지 않았다.

비행기는 8시에 김포에 닿았다.

1호는 택시를 잡았다. 그녀도 뒤따라 택시에 올랐다. 그리고 미리 운전사에게 만 원짜리 지폐 한 장을 꺼내 주었다. 운전사는 그녀의 요구대로 눈치채이지 않도록 1호 택시를 미행해 갔다.

날이 이미 저물어 있었다.

1호는 시청 부근에서 택시를 내렸다. 길에는 사람들이 넘쳐 흐르고 있었기 때문에 미행하기도 좋았다.

1호는 얼마쯤 걸어가다가 R호텔로 들어갔다. 그는 곧장 프런트로 다가가 숙박 절차를 밟았다.

그것을 보고 월은 당황했다. 그녀는 숨을 한 번 몰아쉰 다음 프런트로 다가갔다.

"2515호실입니다."

프런트맨이 열쇠를 올려놓으며 1호에게 말했다.

"25층?"

1호가 물었다.

"네, 25층 15호실입니다."

"너무 높은데……?"

"거기밖에 방이 없습니다."

"……."

1호는 열쇠를 집어 들고 돌아섰다. 월은 반대쪽으로 얼른 돌아섰다.

1호가 엘리베이터 속으로 사라지자 그녀는 로비에 앉아 잠시

생각을 가다듬었다. 어떻게 그에게 접근해야 할지 뾰족한 수가
생각나지 않았다. 10분쯤 후 그녀는 프런트로 다가가 방을 하나
달라고 했다.

"25층 16호실을 주세요."

"꼭 그 방이어야 합니까?"

프런트맨이 물었다.

"네…… 그 방이 필요해요."

남자는 숙박카드를 내밀었다. 월은 주소와 이름을 모두 틀리
게 적었다. 숙박요금을 치른 다음 열쇠를 받아들고 25층으로 올
라갔다.

15호실 앞을 지나면서 귀를 기울여 보았으나 안에서는 아무
소리도 들리지 않았다. 16호실로 들어갔다. 방안은 넓었고 더블
베드가 한 켠에 놓여 있었다. 특급 호텔이라 방이 크고 고급스러
웠다.

그녀는 방문에 기대앉아 옆방에 귀를 기울였다.

그렇게 한참 앉아 있자 옆방 문이 여닫히는 소리가 들려왔다.
그녀는 냉큼 일어나 밖으로 나갔다. 1호가 엘리베이터 쪽으로 걸
어가고 있었다. 그녀는 고개를 조금 숙이고 그쪽으로 걸어갔다.

1호가 엘리베이터 앞에 멈춰 섰다. 월도 얼른 걸음을 멈추었
다. 그들은 엘리베이터 앞에 나란히 서 있었다. 사내가 그녀를 힐
끗 돌아보았다. 그녀는 남자의 시선을 묵살한 채 앞만 바라보고
있었다.

마침내 엘리베이터 문이 열렸다. 그녀는 남자가 먼저 타기를

기다렸다. 그러나 사내는 자기가 신사임을 과시하고 싶어서인지 의외로 상냥하게 나왔다.

"타시죠."

제스처를 쓰면서 그녀에게 먼저 타기를 권했다. 그녀는 먼저 엘리베이터 안으로 들어갔다.

사내가 뒤따라 들어왔다. 문이 닫히고 엘리베이터가 하강하기 시작했다. 안에는 단 두 사람만 있었다.

사내의 시선이 뱀처럼 몸에 와 감기는 것을 느끼면서 월은 그린 듯이 서 있었다. 그녀는 자신을 지금 시험해 보고 있었다. 짙은 화장에 가발, 그리고 엷은 색깔이 든 플라스틱테 안경이 그녀의 모습을 딴판으로 만들어놓고 있었다. 이 자가 나를 알아보지 못한다면 접근하는 것은 시간 문제라고 그녀는 생각했다. 그만큼 그녀는 자신의 미모와 몸매에 자신이 있었다.

한편 사내는 그녀를 알아보지 못하고 있었다. 여자의 뛰어난 미모에 그는 적잖게 혼란을 느끼고 있었다. 그의 눈은 재빨리 여자의 몸 구석구석을 훑어보고 있었다. 근사한 년인데, 하고 그는 생각했다. 특히 하체가 보기에 좋았다. 크고 탄력이 있어서 바지가 찢어질 듯 팽팽했다. 그런데 한 가지 궁금한 점이 있었다. 여자의 정체가 무엇인지 얼른 종잡을 수가 없었다.

처음에는 콜걸이 아닌가 했었다. 그러나 그런 냄새는 어디에도 없었다. 그렇다면 무엇일까. 애인하고 재미보고 돌아가는 것일까. 오피스걸일까. 그렇지는 않은 것 같다. 처녀 같기도 하고 부인 같기도 한데 확실한 것은 잘 모르겠다.

"광화문이 어디쯤 있습니까?"

그는 정중하게 물었다.

"여기서 가까워요."

그녀는 그를 보지 않고 말했다. 엘리베이터가 1층에 닿았다. 문이 열렸다. 그녀가 먼저 내렸다.

"어느 쪽인가요?"

남자가 다시 물었다.

"저쪽이에요."

그녀는 남자를 힐끗 한 번 쳐다보았다. 순간 그녀는 전율했다. 그러나 사내는 그것을 눈치채지 못하고 있었다. 그들은 열쇠를 맡긴 다음 함께 출구 쪽으로 걸어갔다.

"저도 광화문 쪽에 가는 길이에요."

그녀는 미끼를 던졌다. 사내는 기다렸다는 듯이 달려들었다.

"아, 그렇습니까. 잘 됐군요."

호텔을 나온 그들은 어깨를 나란히 하고 걸어갔다.

"광화문도 모르세요?"

"네, 서울에 살지 않아서……."

사내는 능청을 떨었다.

"그럼 어디 사세요?"

"도쿄에 살고 있습니다."

"아, 그럼 재일교포세요?"

"네, 그렇습니다. 조금 전에 도착한 길입니다."

"그러세요. 그럼 서울 지리를 잘 모르시겠네요."

그들은 지하도로 내려갔다.

“네, 모릅니다.”

“재일교포치고는 한국말을 잘하시네요.”

“집에서는 철저히 한국말만 쓰니까요.”

“애국심이 대단하시군요.”

“당연한 거 아닙니까.”

월은 입술을 깨물었다.

그들은 계단을 올라갔다.

그녀는 속으로 망설여졌다. 이 자가 혹시 나를 알아보고 유인하는 게 아닐까. 유인당하는 체하면서 유인하고 있는 게 아닐까. 아직 뭐라고 단정을 내릴 수는 없다. 가보는 데까지 가보자. 그렇지 않고는 접근하는 게 불가능하니까.

“K호텔이 어디 있습니까?”

“조금 가면 있어요. 거기 가시는 거예요?”

“네, 누굴 만나기로 해서…….”

“저기가 광화문이에요. 저 일대가 광화문이에요. 그리고 K호텔은 저거예요.”

“감사합니다. 바쁘시지 않으면 차라도 한 잔…….”

“아니에요. 약속이 있어서 가봐야 해요.”

그들은 K호텔 앞에 이르렀다. 사내가 그녀를 가로막다시피 하면서 말했다.

“이대로 헤어지면 섭섭하지 않습니까. 차라도 한 잔 살 수 있는 기회를 주셔야죠.”

"같은 호텔에 묵고 있으니까 만날 기회가 있겠죠 뭐."

"실례지만 몇 호실에 계십니까? 같은 층인 것 같던데……."

월은 망설이다가 마지못하는 체하면서 말했다.

"25층 16호실이에요."

"그렇다면 바로 옆방이군요!"

그가 반색을 했다.

그녀는 조금도 반가운 기색을 보이지 않은 채 무표정한 얼굴로 물었다.

"17호실에 계신가요?"

"아뇨, 15호실에 있습니다. 이따 전화 걸어도 되겠습니까?"

"안 돼요."

그녀는 미소를 지으며 머리를 살랑살랑 저었다. 그리고 급히 걸어갔다.

사내는 그녀의 팽팽한 둔부를 노려보면서 오늘밤 어떻게든지 저걸 품에 안고야 말겠다고 생각했다. 근사한 년이다. 그는 여자가 사라질 때까지 뒷모습을 바라보고 있다가 K호텔 안으로 들어갔다.

오늘밤은 일을 위해 사람을 만나고 싶지 않았다. 푹 쉬고 나서 내일 해도 시간은 충분했다. 그는 일식당에 들어가 혼자서 호화판으로 식사를 했다. 식사를 마치고 커피숍으로 자리를 옮겨 차를 마시면서 그 근사한 여자를 생각하기 시작했다.

여자는 얼마든지 있다. 거리에 널려 있는 게 여자다. 그러나 돈 주고 산 여자는 매력이 없다. 끝나면 역겨운 느낌이 든다. 여자는 많지만 근사하게 생긴 여자는 흔치가 않다. 흔치가 않은 게 아니라 아주 드물다. 그런데 그 여자는 무엇 하는 여자일까. 여자 혼자 호텔에 들었을 리는 만무하고, 아마 남자가 있겠지. 어떤 자식이 그 근사한 년을 데리고 호텔에 들었을까.

남자가 지키고 있으면 그녀를 넘본다는 것은 불가능하다. 그런데 그녀는 내가 전화를 걸어도 되겠느냐고 하자 말은 안 된다고 하면서 의미 있는 미소를 지어 보였다. 분명히 의미 있는 미소였다. 그는 커피를 마시고 나서 부리나케 R호텔로 돌아왔다. 그리고 로비에 비치된 전화로 2516호실을 불렀다. 한참 기다려도 전화를 받지 않는 것이 아직 그녀가 돌아오지 않은 것 같았다. 남자도 외출 중인 모양이라고 그는 생각하였다.

월은 그때 밤거리를 배회하고 있었다. 그녀는 그 자가 눈치를 못 챘다고 확신했기 때문에 어느 정도 여유있게 행동할 수 있었다. 그녀는 저녁을 든든히 먹어 두었다. 준비는 되어 있었다. 기회만 오면 해치울 생각이었다.

문득 그녀의 눈에 십자가가 보였다. 그것은 공중에 붉은 빛으로 떠 있었다. 그녀는 자기도 모르게 교회 안으로 빨려 들어가듯 들어갔다.

문은 활짝 열려 있었고 밝은 불빛 아래 몇 사람이 고개를 숙이고 기도하고 있는 것이 보였다.

그녀는 발소리를 죽이며 가만히 들어갔다. 그리고 긴 나무의자 뒤에 무릎을 꿇었다. 그녀는 독실한 기독교 신자였다. 그러나 사건 후에는 한 번도 교회를 찾지 않았다.

그녀는 정면의 대형 십자가를 바라보았다. 그리고 힘없이 고개를 떨어트렸다. 그녀는 중얼거렸다.

"나는 당신의 품을 떠나겠습니다."

"……."

"나는 당신을 믿지 않습니다!"

"……."

"나는 그들을 죽일 겁니다!"

"……."

"왜 당신은 아무 대답도 없으십니까!"

"……."

그녀는 머리를 들어 십자가를 쏘아보았다.

"당신이 그들을 벌하지 않으면 내가 벌하겠습니다!"

그녀는 비틀거리며 일어섰다. 도망치듯 교회를 빠져나왔다. 호텔에 돌아왔을 때는 온몸이 땀에 젖어 있었다. 샤워를 하려고 옷을 벗고 욕실에 들어가려는데 전화벨이 울렸다. 그녀는 숨을 죽인 채 전화통을 노려보았다. 벨이 여섯 번째 울렸을 때 그녀는 다가가 수화기를 들었다.

"아, 여보세요!"

남자 목소리였다. 옆방 사내의 목소리임을 그녀는 단번에 알았다. 예상했던 대로 걸려든 것이다.

"네."

그녀는 짧게 대답했다.

"아, 계시는군요. 15호실입니다."

“무슨 일인가요?”

그녀는 냉랭한 목소리로 물었다.

“아까는 고마웠습니다. 지금 뭘 하십니까?”

“샤워 중이에요.”

그것은 묘한 뉘앙스를 풍기는 말이었다.

“실례지만 누구와 함께 계십니까?”

“…….”

그녀는 잠자코 있었다. 그런 질문에 대해서는 입을 다물고 있는 것이 효과적이기 때문이었다. 그녀의 침묵은 확실히 남자의 호기심을 부채질했다.

“아니면 혼자 계십니까?”

“왜 그런 건 물으세요?”

“아니, 그저 한 번 물어본 겁니다. 혼자 계십니까?”

“…….”

그 질문에 대해 그녀는 또 침묵을 지켰다. 그것으로써 상대는 그녀가 혼자 있다고 믿는 모양이었다. 갑자기 적극적으로 나오기 시작한다.

“나도 혼잔데…… 우리 맥주나 한 잔 하는 게 어떻습니까?”

수화기를 통해 음악 소리가 시끄럽게 들려오고 있었다.

“그럴 수 없어요.”

“혼자시라면 이리 나오세요. 여기 나이트클럽입니다. 인사도 할 겸 제가 술 한 잔 살 테니까 이리 나오세요.”

“아니에요. 괜찮아요.”

거절하면서도 그녀의 목소리는 부드러워져 있었다. 사내는 찰거머리처럼 달라붙는다.

"그러시지 말고 한 잔 살 기회를 주십시오. 분위기가 아주 좋습니다."

"내일 커피나 한 잔 사 주세요."

"내일은 제가 일찍 어디 가야 합니다. 재일동포를 이렇게 푸대접하시깁니까?"

"어머, 푸대접이라고 생각하시면 곤란해요."

"잠깐 나오세요. 엘리베이터를 타고 10층으로 내려오시면 됩니다."

"아이, 옷 다 벗었는데…… 화장도 지우고 엉망이에요."

"기다리고 있겠습니다."

"기다리지 마세요."

"기다리고 있겠습니다."

사내는 자신만만하게 말했다.

"아이, 어떡하지."

그녀는 어느새 끌려가는 자세로 변해 있었다.

"빨리 나오세요."

찰칵 하고 전화가 끊어졌다.

월은 허공을 노려보면서 수화기를 내려놓았다. 불빛을 받아 두 눈이 무섭게 번득이고 있었다.

그녀는 방안에 비치되어 있는 냉장고를 열었다. 맥주와 음료수가 들어 있었다. 맥주가 여섯 병, 캔 사이다가 다섯 개, 캔 쥬스가 다섯 개, 캔 콜라가 네 개였다. 캔은 마개를 따서 모두 변기에 쏟아부었다. 빈 통들은 탁자 위아래에 늘어놓았다. 그것이 끝나자 이번에는 오프너로 맥주병 마개들을 하나하나 땄다. 네 개만 따고 나머지 두 개는 따지 않고 그대로 두었다.

백 속에서 약봉지를 꺼냈다. 하얀 분말을 마개를 딴 병 속에 하나씩 쏟아부었다. 네 개의 병 속에 모두 털어 넣은 다음 마개를 다시 덮었다.

표시가 나지 않게 오프너로 찌그러진 부분을 두드려 폈다. 약을 넣지 않은 병은 거기에 붙어 있는 상표를 조금 찢어놓음으로써 알아볼 수 있게 표시를 해 두었다. 여섯 개의 맥주병은 다시 냉장고 속으로 들어갔다.

옷을 입고 머리를 대강 매만진 다음 그녀는 창가에 서서 밖을 내다보았다. 못박힌 듯 그렇게 한 시간 가까이 서 있다가 방을 나왔다. 실수하면 안 된다고 몇 번이나 다짐하면서 엘리베이터를 타고 10층으로 내려갔다.

나이트클럽은 손님들로 초만원을 이루고 있었다. 귀를 찢는 것 같은 디스코 리듬과 환상적인 사이키 조명, 자욱한 담배 연기, 코를 찌르는 술 냄새, 거나하게 취한 사내들의 방자한 말소리 등이 한꺼번에 부딪쳐 왔다. 누가 누군지 분간을 못해 머뭇거리고 있는데 저만치서 손을 번쩍 드는 사람이 있었다. 바로 그 사나이였다.

그녀는 뾰로통한 얼굴로 다가갔다.

사내는 기다리다 지쳤다는 표정을 하고 있었다. 그러나 그녀가 늦게라도 나타나 줘서 기쁜 모양이었다. 능글맞게 웃으며 그녀에게 자리를 권한다.

탁자 위에 널려 있는 맥주병들로 보아 술을 이미 꽤나 마신 것 같았다.

"나오라고 해서 미안합니다."

"……."

그녀는 사내가 내미는 잔을 받아들었다.

"술 잘하십니까?"

"못해요. 한 잔만 마시면 빨개요."

"그게 좋지요."

예의바른 말씨에 그녀는 약간 당혹감을 느낀다. 이 자는 언제쯤 가면을 벗을까. 지금 봐서는 살인자 같지가 않다. 그녀는 조심스럽게 잔을 들어 입으로 가져갔다.

"자꾸 물어서 미안합니다만…… 혼자이신가요?"

살피듯이 하고 묻는다. 그녀는 살포시 웃었다.

"혼자니까 이렇게 나오지요."

사내는 이해할 수 없다는 듯 고개를 갸우뚱했다. 이상하다는 듯 여자를 바라본다.

"왜 그렇게 이상하게 쳐다보세요?"

월은 생글거리며 물었다.

"여자 혼자서 호텔에 투숙한 게 이상해서 그렇습니다."

"이상하긴 뭐가 이상해요. 여자 혼자서 호텔에 투숙하면 안 된다는 법이라도 있나요, 뭐."

그녀는 곱게 눈까지 흘긴다.

"아, 그게 아니고…… 여자 혼자 호텔에 드는 일이 거의 없기 때문에 하는 말입니다."

"사람 나름이죠. 뭐."

"조금 특이한 데가 있는 아가씨라는 생각이 듭니다."

"네, 전 좀 별난 데가 있어요."

그녀가 가볍게 퉁기자 사내는 빙그레 웃었다. 그가 왼손으로 잔을 집어 들었다. 월의 시선이 잠깐 그 손 위에 머물렀다가 피해 갔다. 네 개의 손가락, 마지막 새끼손가락이 없다.

벌써 몇 번이나 확인해 보았지만 자꾸만 그녀의 눈에 와서 박힌다. 가만 보니 그는 왼손을 주로 사용하고 있었다. 왼손잡이인 것 같았다. 그리고 새끼손가락이 없는 것을 굳이 숨기려고 하지도 않았다.

"난 별난 여자를 좋아합니다. 평범한 여자보다는……."

"나도 별난 남자를 좋아해요."

월은 능숙하게 받아넘겼다.

"그러고 보니까 어디서 본 듯한데요."

"어머, 그래요!"

그녀는 가슴이 철렁 내려앉았다. 이어서 가슴이 두방망이질 하기 시작했다. 그러나 내색은 하지 않고 얼굴에는 미소를 지어 보였다. 사내는 그녀를 요모조모 살피고 있었다.

"어디서 본 것 같은데……."

"도쿄서 봤나요?"

그녀는 놀리듯 물었다.

"아니, 그렇지는 않고……."

"난 그런 말 많이 들었어요. 흔해 빠진 얼굴이라 그런 모양이 겠죠."

"아니, 그렇지는 않아요."

"술이나 드세요."

그녀는 처음으로 사내의 잔에 술을 따라 주었다. 어서 이 자를 취하게 만들어야 한다. 나를 알아보면 큰일이다. 의식을 몽롱하 게 만들어 놓으면 나를 알아보지 못하겠지.

"어디 살아요?"

말투가 점점 점잖은 티를 벗어나고 있었다.

"서울이오."

"서울에 살면서 호텔에는 왜? 더구나 여자가 왜?"

"묻지 말아요."

그녀는 시무룩한 표정이 되었다.

"무슨 이유라도 있어요?"

"이유가 있으니까 호텔에 혼자 들어왔죠."

"무슨 이윤가요?"

"이야기하고 싶지 않아요."

그녀는 남은 술을 단숨에 들이켰다. 남자가 그녀의 빈 잔에 술 을 따랐다.

"난 듣고 싶은데……."

"싫어요."

그녀는 고개를 저었다.

"결혼은?"

"마치 심문하는 것 같군요."

"궁금해서 물은 거요. 그만큼 관심이 많다는 거지."

"흥, 내가 결혼한 여자처럼 보여요?"

"그런 것 같기도 하고 그렇지 않은 것 같기도 하고……."

"아직 미혼이에요."

그녀는 내뱉듯이 말했다. 그는 꽤나 술을 마시는데 쉬 취하는 것 같지가 않았다.

"이러고 있지 말고 우리도 나가서 한 번 흔듭시다."

그가 허리춤을 죄면서 몸을 일으켰다.

"난 추고 싶지 않아요."

"그러지 말고 일어나요."

그는 그녀의 팔목을 움켜쥐더니 잡아끌었다. 아파서 그녀는 얼굴을 찡그렸다. 손아귀 힘이 무척이나 억세었다. 그는 절대 놓아줄 것 같지 않았다.

그녀는 하는 수 없이 플로어로 끌려나갔다. 그리고 일단 리듬에 몸을 싣자 놀라울 정도로 열심히 그리고 멋지게 춤을 추기 시작했다. 춤에 있어서 그녀는 자신이 있었다. 사내도 춤 솜씨가 뛰어났다.

그들은 연속해서 쉬지 않고 춤을 꽉추다가 디스코 리듬이 끝나고 조용한 블루스곡이 흘러나오자 기다렸다는 듯이 서로를 끌어안았다.

“아주 잘 추는데…… 놀랐어.”

“거기도 아주 잘 추던데요.”

“몇 살이지?”

“숙녀 나이를 묻는 사람이 어디 있어요?”

“그런가, 그럼 이름은?”

“먼저 말해 봐요.”

“내 이름은 김용범…….”

“일본 이름은 뭐예요?”

“일본 이름은 없어.”

그는 반말로 말했다.

“한국에는 무슨 일로 왔어요?”

“여기다 지사를 설치하려고 왔지.”

“무슨 지사예요?”

“전화 회사…… 난 지사장으로 내정되어 있어.”

“그럼 앞으로 한국에서 살겠네요.”

“그렇지.”

“어머나, 축하해요.”

“우리 자주 만나.”

사내의 억센 팔이 그녀의 가는 허리를 꽉 죄었다. 그녀는 숨이 찼다.

“아이, 사람들이 봐요. 여기서 이러지 말아요.”

“냄새가 아주 좋아.”

그는 그녀의 머리에다 코를 대고 킁킁거렸다.

“결혼했어요?”

“아아니, 아직 미혼이야.”

나한테 기대를 걸어도 좋다. 남자의 눈빛은 이렇게 말하고 있었다.

“아, 죽고 싶어.”

갑자기 그녀가 뚱딴지같은 말을 했다.

“왜?”

“살고 싶지 않아요.”

그녀는 눈을 감으면서 사내의 가슴에 얼굴을 묻었다. 사내의 가슴이 격하게 뛰고 있는 것이 느껴졌다. 놈의 가슴에 비수를 꽂고 싶다. 깊이 깊이.

“내가 살고 싶게 해 줄까?”

“싫어요.”

그녀는 토할 것만 같았다.

사내의 냄새가 역겨웠다. 사내의 한 손이 그녀의 엉덩이를 만졌다.

“인생은 요리하기 나름이야. 요리하기에 따라서 맛있기도 하고 맛이 없기도 하지. 왜 살고 싶지 않지? 무슨 심각한 일이 있었나? 그래서 호텔에 혼자 투숙한 건가? 혹시 호텔에서 투신 자살하려고 그러는 거 아니야?”

“네, 맞아요. 그런데 용기가 없어서 못 하고 있어요.”

그녀는 눈을 뜨고 장난기 어린 표정으로 그를 올려다보았다.

“내가 죽여 줄까?”

“네, 그래요.”

“공짜로는 안 되지.”

그들은 서로를 와락 끌어안았다. 그녀는 두 팔을 올려 사내의 목을 끌어당겼다. 그리고 귀에다 대고 속삭였다.

“누구를 사랑해 봤어요?”

“그럼…….”

“죽도록 사랑해 봤어요?”

“물론…….”

그녀는 한숨을 길게 내쉬었다.

“한 남자를 사랑했어요. 지금도 사랑하고 있어요. 하지만 이젠 만날 수가 없어요.”

“왜?”

“헤어졌어요.”

그녀의 목소리가 작아지면서 흐느낌으로 변했다.

사내는 냉랭한 눈으로 그녀를 내려다보았다. 마치 맹수가 먹이를 놓고 어디서부터 먹을까 하고 살피는 것처럼.

“사랑하는데 왜 헤어졌지?”

“그 사람은 유부남이에요. 아내와 자식이 있어요.”

“알 만하군. 그래서 호텔에 혼자 든 거군.”

그녀는 끄덕였다.

“벌써 사흘 됐어요.”

“이 호텔에 든 지?”

“네, 아무도 만나고 싶지 않아요. 집에서는 나를 찾고 있을 거예요.”

“그렇게 사랑한다면 그 남자를 뺏으면 될 거 아니야?”

“그럴 수 없어요. 그도 그걸 바라지 않아요. 부인이 우리 관계를 알았어요. 현장을 들켰어요. 난 머리채를 잡혀 길거리로 끌려 나왔어요. 사람들이 재미있게 구경하더군요.”

그녀는 거짓말이 술술 나오는 데 스스로도 자못 놀랐다.

“고발하지 않았나? 간통죄로 고발하면 영락없이 교도소에 가게 될 텐데…….”

“그 여자가 파출소로 끌고 가는데 간신히 도망쳤어요. 그 분이 아내를 밀쳐내고 나를 구해 준 거예요. 그 분이 화가 나서 아내를 때리는 걸 보면서 나는 도망쳐 왔어요. 그 길로 이 호텔에 들어온 거예요.”

“그 사람한테는 연락하지 않았나?”

“다녀갔어요. 하지만 그게 마지막이었어요. 우리는 헤어지기로 했어요. 그 분 아내는 죽으려고 약을 먹었어요. 다행히 목숨을 건져 지금 병원에 있대요.”

“죄를 많이 지었군.”

“네, 그래요 하지만 어쩔 수 없었어요. 우리는 정말 서로 죽도록 사랑했어요. 헤어질 때는 가슴이 찢어지는 것 같았어요. 우리는 함께 울었어요. 난…… 그 분이 우는 거 처음 봤어요. 그 분이 가고 난 뒤…… 몇 번이나 창문으로 뛰어내리려고 했는지 몰라요. 하지만 차마 그럴 수가 없었어요.”

그녀는 울음을 삼키며 사내의 어깨에 얼굴을 묻었다. 사내는 그녀의 귓가에다 뜨거운 입김을 쏟았다.

"살아 있으니까 이렇게 춤도 출 수 있고 좋지 않아? 남자는 얼마든지 있어."

"네, 그래요. 지금은 죽지 않은 거…… 잘했다고 생각해요. 이렇게 좋은 분 만나 춤도 추고……."

"다 잊어."

그녀의 목에 그의 입술이 닿았다. 그녀는 본능적으로 목을 움츠렸다.

"잊어야 할 것은 빨리 잊을수록 좋은 거야. 내가 오늘밤 깨끗이 잊게 해 줄게."

"제발 잊고 싶어요."

사내는 그녀의 두 다리 사이로 무릎을 밀어넣었다. 그녀 역시 피하지 않고 하체를 앞으로 밀었다.

"내 방에 가지."

"그건 안 돼요."

"왜?"

"내 마음이 아직 정리가 안 됐어요."

"그런 거 따질 게 뭐 있어. 난 미치겠어."

"그러지 말고 내 방에 가서 술이나 마셔요. 여긴 너무 시끄러워 어지러워요."

남자의 눈빛이 번쩍 빛났다.

"좋아! 가자구!"

그들은 나이트클럽을 나와 25층으로 올라갔다. 엘리베이터 속에서 사내는 그녀를 품속에 안고 처음으로 키스했다. 그녀는 침착하게 행동했다. 조금이라도 이상한 눈치를 보이면 계획은 수포로 돌아가고 이쪽이 오히려 살해당하고 만다.

그녀의 방으로 그들은 들어섰다.

사내는 다급해졌다. 미친 듯이 그녀를 끌어안고 키스를 퍼붓더니 옷을 벗기려 들었다. 워낙 손길이 거칠었기 때문에 거절하다가는 옷을 모두 찢어발길 것 같았다. 힘으로는 당해낼 수 없을 것 같았다.

눈을 보니 이미 야수의 빛을 띠고 있었다. 그녀는 밀려가다가 침대 위로 쓰러졌다. 그는 그녀의 옷가지를 하나씩 벗겨 아무데나 집어던졌다. 아, 이 자에게 몸을 줘야 한단 말인가! 그녀는 마지막 남은 팬티를 움켜쥐면서 속으로 절규했다.

"놓지 못해?"

사내도 팬티를 움켜잡았다.

"안 돼요. 이러지 마세요. 강제로 이러는 건 싫어요." 사내는 야릇한 미소를 띠면서 표독스런 인상이 서서히 드러나고 있었다. 광대뼈가 더욱 튀어나오고 눈동자가 광기로 번득이고 있었다. 말을 듣지 않으면 죽이기라도 할 것 같았다.

"강제로 당하는 게 좋은 거야."

그 말과 동시에 그는 팬티를 홱 잡아당겼다. 팬티는 종이 조각처럼 찢겨져 날아갔다.

"아, 안 돼요! 이러면 싫어요!"

그녀는 울상이 되어 소리쳤다. 그러나 사내는 더욱 잔혹한 표정을 지었다.

"가만 있어!"

무자비하게 무릎으로 허벅지를 짓누르는 바람에 그녀는 고통을 이기지 못해 다리를 벌렸다.

"재일교포라고해서 신사인 줄 알았더니 이제 보니까 신사가 아니군요."

"이 마당에 신사가 어디 있어. 신사고 나발이고……."

태세를 갖추고 나자 그는 맹수처럼 덮쳐 왔다. 그녀는 두 손으로 그의 가슴을 밀었지만 남자는 끄떡도 하지 않았다. 오히려 더 무겁게 짓눌러 오기만 했다.

"취했군요."

"취했지만 얼마든지 할 수 있어."

"난 아직 취하지 않았어요."

"하고 나서 마셔."

"지금 마실래요. 취하지 않고 맨 정신으로 어떻게 해요."

그녀는 막 진입해 들어오는 그를 피해 엉덩이를 돌려 뺐다. 그는 허억 하고 숨을 내뿜으면서 눈을 부라렸다.

"가만 있지 못해!"

"누구한테 명령이세요."

"이게……."

다음의 그의 행동은 오 월의 상상을 뛰어넘는 것이었다. 그는 갑자기 오른손 주먹으로 그녀의 턱을 후려쳤다. 그것도 아주 강하게.

"아!"

턱이 부서져 나가는 것 같은 통증을 느끼면서 그녀는 축 늘어졌다. 정신이 가물가물해져 왔다.

"말 안 들으면 알지?"

이번에는 두 손으로 목을 짓누른다. 계속 저항하면 정말 목을 눌러 죽일 것 같았다.

그녀는 저항을 포기하고 눈을 감아 버렸다.

"진작 이럴 것이지."

"이건 강간이에요."

그녀는 힘없이 중얼거렸다.

"강간처럼 좋은 게 어딨어. 나는 강간을 즐기는 편이야. 많은 여자들이 강간당하고 싶어 해."

그가 마침내 헤집고 들어왔을 때 그녀는 증오감에 몸을 떨었다. 그것을 사내는 그녀가 흥분해서 그러는 줄 알고 그것 보라는 듯 호호호 하고 웃었다.

'이런 것은 아무것도 아니야. 목적을 달성할 수만 있다면 나는 무슨 짓이든 할 수 있어. 이런 치욕이야 얼마든지 견딜 수 있어. 이런 것이야 이미 각오하고 있었던 것이 아닌가. 아무렇지도 않아.'

그녀는 생명 없는 시체처럼 누워 있었다. 사내가 적극적으로 응해 줄 것을 요구했지만 그녀는 거기에 결코 응하지 않았다.

마침내 사내는 혼자 흥분해서 몸부림치다가 제풀에 무너져 내렸다. 그런 대로 욕심을 채웠는지 그는 만족한 한숨을 내쉬면서 담배를 피워 문다.

"점수를 매기면 90점은 되겠다."

"무슨 뜻이에요?"

"모르면 가만 있어."

"알고 싶어요."

"섹시한 점에서 말이야."

"난 가만 있었는데요?"

"그러니까 90이야. 움직여 줬으면 만점이겠어."

"정말이에요?"

"음, 흡수력이 굉장해."

"그 분도 그런 말을 했어요."

"정말 좋은 무기를 가졌어. 한 번 붙어본 남자는 여간해서 떨어지지 않겠어."

"왜 말이 그렇게 저속해요?"

"그런 말을 하는데 고상한 말을 쓰라는 말인가? 난 그렇지가 못해. 당분간 너는 내 애인이 돼 줘야겠어."

"흥, 누구 맘대로……."

"내 맘대로 하는 거야. 나한테서 떨어질 생각하지 마. 내가 가라고 할 때까지 내 곁에 있어야 해. 알았어?"

"……."

그녀는 일부러 침묵을 지켰다.

"알았느냐 말이야?"

"생각해 보구요. 아, 목 말라."

그녀는 침대에서 내려와 냉장고 쪽으로 이동했다. 그녀는 냉
장고 문을 열면서,

"취하면 나도 기분낼 수 있어요."

하고 말했다.

그녀는 맥주병을 모두 꺼내 탁자 위에 갖다놓았다. 탁자 앞에
앉아 오프너로 맥주병 마개를 땄다. 상표가 찢어진 것이었다. 컵
에 맥주를 따라 단숨에 들이켰다.

"나도 목이 칼칼한데……."

사내가 침대에서 몸을 일으키고 있었다.

"한 잔 드세요. 시원하니까."

그녀는 새 병마개를 땄다. 그것은 상표가 찢어지지 않은 것이
었다.

사내가 탁자 앞에 와서 앉았다.

그들은 탁자를 사이에 두고 벌거벗은 몸으로 마주앉았다. 그
녀는 요염한 눈길로 사내를 쏘아보았다.

"벌써 오르나?"

사내가 은근한 목소리로 물었다.

그녀는 야릇한 미소를 흘리면서 새 병의 맥주를 잔에다 따랐
다. 그녀는 그 병을 사내 쪽에 내려놓은 다음 거품이 이는 잔을 앞
으로 내밀었다.

"자, 드세요."

사내가 잔을 받았다.

그녀는 다리를 포갰다. 그리고 상체를 뒤로 젖히고 상대방을

지그시 바라보았다. 이제부터는 기다리는 거다. 서두르지 말고
기다리자. 저 놈이 나가떨어질 때까지 기다리자.

탐스럽게 부풀어오른 그녀의 가슴을 바라보면서 사내가 중얼
거렸다. 그녀는 두 손으로 젖무덤을 싸안았다.

"술 잘 하세요?"

일부러 술잔에 관심을 두도록 그렇게 물었다.

사내는 오른손으로 남근을 주무르고 왼손으로 술잔을 든 채
말했다.

"맥주 같은 거야 아무리 마셔도 취하지 않지. 이게 어디 술인
가. 음료수지."

그러면서 그는 단숨에 술을 꿀꺽꿀꺽 들이켰다. 월은 숨을 죽
이고 그의 움직임을 지켜보았다.

사내는 잔을 탁자 위에 탁 놓고,

"어, 시원하다."

하고 말했다.

월은 재빨리 빈 잔에 술을 따랐다.

"오늘밤은 잘 생각하지 마."

"네, 좋아요."

그녀는 요염하게 웃었다.

"우리 두 사람만의 파티를 여는 거야. 섹스 파티를……."

"네, 좋아요. 얼마든지……."

"이제야 솔직하게 나오는군."

남자는 두 잔째 술을 기분 좋게 들이켰다.

“자, 한 잔 들어.”

잔이 그녀 앞으로 건너왔다. 그녀는 냉큼 병을 들어 잔을 반쯤 채웠다. 그것을 재빨리 마신 다음 도로 잔을 건넸다.

사내는 세 잔째 술을 두 번에 다 마셨다. 상체를 소파에 묻더니 눈을 꿈벅거린다. 눈꺼풀이 무겁게 움직인다.

“취하세요?”

그녀는 조롱기 섞인 눈으로 그를 바라보았다.

“아 아니, 취하긴······.”

그는 네 잔째를 입으로 가져가다가,

“술맛이 좀 이상한 것 같은데······.”

하면서 잔을 도로 내려놓았다.

순간 그녀는 가슴이 쿵 하고 내려앉았다.

“아무렇지도 않은데요.”

“오줌 냄새 같은 게 나.”

“오줌 냄새요?”

“어떤 놈이 맥주에다 오줌을 쌌는지도 모르지.”

“아무리 그럴라구요.”

그녀는 그의 잔을 들어 냄새를 맡아 보았다.

“아무렇지도 않은데요.”

“내 코가 이상해졌나?”

그는 코를 벌름거리더니 다시 잔을 집어 들었는데 눈은 이미 초점이 흐려져 있었다.

“술 못 하는 남자를 보면 쪼다 같아요. 남자라면 술, 담배는 어느 정도 해야 해요.”

“그렇지.”

그는 힘없이 고개를 끄덕이고 나서 잔을 입으로 가져갔다.

“술 마시는 모습이 아주 멋져요.”

그 말에 그는 기분이 좋은지 벌쭉 웃었다.

월은 다섯 번째 잔을 채우고 나서 일어섰다. 욕실에 들어가 5분쯤 있다가 나와 보니 술잔은 그대로 있었고 사내는 눈을 지그시 감고 있었다. 그녀는 맞은편 자리에 앉아 그를 관찰하기 시작했다.

“주무시는 거예요?”

무릎을 흔들자 그는 눈을 조금 뜨다가 도로 감아 버렸다. 이윽고 그의 고개가 한쪽으로 꺾어졌다. 상체도 기울어졌다. 의식을 잃은 것이 분명했다.

그를 바라보는 그녀의 눈에 저주와 증오의 빛이 번득였다. 그녀는 천천히 몸을 일으켰다. 그리고 사내 쪽으로 다가가 의자를 뒤로 밀어 넘어트렸다. 사내 몸뚱이가 의자와 함께 뒤로 나가떨어졌다. 그런 줄도 모르고 사내는 잠들어 있었다.

그녀는 의자를 치우고 사내를 내려다보았다. 그의 목숨이 자신의 손에 달려 있다는 것이 믿어지지가 않았다. 그녀는 백 속에서 무엇인가를 꺼냈다. 이발용 면도칼이었다. 날이 시퍼런 빛을 뿜었다. 벌거벗은 몸으로 면도칼을 쥐고 서 있는 그녀의 모습은 괴이하기 짝이 없었다.

그녀는 몸을 부르르 떨었다. 호흡이 거칠어지고 있었다. 사내의 얼굴을 내려다보다가 발로 그것을 꽉 밟고 비벼댔다. 사내가 끙 하고 몸을 틀었다.

그녀는 긴장하면서 면도칼을 높이 치켜들었다. 목을 겨누고 내려 칠 듯하다가 그녀는 칼을 도로 내렸다. 눈에서는 눈물이 걷잡을 수 없이 흘러내리고 있었다. 이대로 죽일 수는 없어! 공범들을 알아낸 다음 아주 고통스럽게 죽여야 해!

그녀는 의자에 털썩 주저앉아 울음을 터트렸다. 울음 소리를 내지 않으려고 입을 틀어막았지만 그럴수록 더욱 격렬하게 터져 나오는 것이었다. 결코 울어서는 안 된다고 그렇게도 다짐했는데도 또 울음이 터졌다.

그녀는 그 밤을 뜬눈으로 지샜다.

아침에 사내가 꿈틀거리는 것을 보고 그녀는 그의 팔에다 주사를 놓았다. 강력한 마취제로 여섯 시간 정도 효과가 있는 것이었다.

9시가 되자 그녀는 외출 채비를 하고 방을 나왔다. 방문 손잡이에는 ‘No Disturb’ (깨우지 마시오)라는 표지판을 걸어 놓고 아래층으로 내려왔다. 프런트에 하루 더 묵겠다고 숙박료를 선불했다.

먹고 싶지 않았지만 아침 식사를 억지로 먹은 다음 남대문 시장으로 나갔다.

먼저 쇼핑백을 하나 구입했다. 다음에는 접착력이 강한 미제 테이프를 샀다. 천으로 된 테이프로 폭이 5센티미터쯤 된 대형이었다. 한 덩이의 길이가 100미터였는데 그것을 두 덩이나 샀다.

마지막으로 가늘고 질긴 철사를 구입했다.

호텔방으로 돌아오니 12시 5분 전이었다.

제1호는 카펫 바닥에 그대로 나뒹굴어져 있었다. 누가 방안에 침입한 흔적 같은 것은 보이지 않았다.

그녀는 서두르지 않고 천천히 일에 착수했다. 먼저 사내를 욕실로 끌고 갔다. 몹시 무거워 여간해서 움직이려 들지 않았다. 다리를 힘껏 잡아당기자 겨우 조금 당겨왔다. 그렇게라도 움직여주니 다행이었다. 가까스로 욕실에 처넣었을 때는 숨이 턱에 차고 얼굴이 온통 땀투성이였다. 얼굴을 씻고 나서 다음 작업에 들어갔다.

철사로 두 발목을 꽁꽁 묶었다. 엎어놓고 뒤로 묶었다. 가냘픈 여자의 손으로 그런 일을 한다는 것이 불가능할 것 같았지만 악에 받쳐 정신없이 하다 보니 남자 이상으로 단단히 손발을 묶어놓았다.

그 일을 끝내자 마지막 작업에 들어갔다. 그것은 가장 힘들고 시간이 걸리는 일이었다.

그녀는 발목에서부터 테이프를 감아 나갔다. 단단히 죄면서 감아 나갔다. 사내의 몸은 서서히 흰색으로 변해 갔다. 하체를 완전히 감고 상체로 올라갔다. 통째로 감아 나가는 것이기 때문에 여간 힘들지가 않았다.

허리, 가슴, 목으로 올라갔다. 목만은 숨이 막힐까봐 약간 여유를 주고 감았다.

마지막으로 머리통이 남았다. 눈, 귀, 코, 입을 남겨 두고 모두 하얗게 발랐다.

마침내 1호 사나이는 괴이한 형태로 변했다. 무시무시한 모습이었다.

사람이 아닌 괴물 같았다.

테이프는 아직 많이 남아 있었다. 다시 한 번 감았다. 두 번째부터는 감기가 쉬웠다. 사내가 몸을 꿈틀거렸다. 그러나 그뿐이었다. 더 이상 움직인다는 것은 불가능했다. 세 번 감았다. 네 번 감고 나자 테이프가 모두 떨어졌다.

죽을 힘을 다해 사내를 욕조 속으로 처넣는 데 성공했다. 그를 천장을 보게끔 반듯이 눕혔다.

2시가 가까워 오고 있었다.

사내는 3시가 조금 지나 눈을 떴다. 눈만 번득일 뿐 표정이 보이지 않으니까 이상하다.

"아, 아니…… 이, 이게 어떻게 된 거야?"

몸을 뒤틀어대며 사내가 묻는다.

"목소리를 낮춰!"

그녀는 면도칼을 눈앞에 갖다 댔다.

"네놈을 만나려고 내가 얼마나 헤매고 다녔는 줄 알아?"

그녀의 눈에서는 파란 불꽃이 일고 있었다.

"도대체 왜 이러는 거야? 답답해서 미치겠어. 이거 좀 풀어줘. 뭘로 이렇게 동여맸지?"

"쓸데없는 생각은 하지 마. 네가 아무리 천하장사라 해도 이걸 풀 수는 없어."

“이걸 풀어! 이게 무슨 짓이야!”

사내는 격렬하게 몸을 뒤틀었다. 그러나 쓸데없는 짓이었다.

“아직도 모르는 모양이군. 내가 누군지 아직 모르겠어?”

사내의 시선이 그녀의 얼굴에 한참 동안 머물렀다.

“우리는 어제 만나지 않았어? 나에게 강간당했다고 생각하나? 그래서 이러는 거야?”

“그걸 말하는 게 아니야. 오 월이라는 여자를 알고 있어?”

“뭐, 뭐라고?”

목소리가 드디어 떨리고 있었다.

“오 월…… 그래도 몰라?”

“몰라. 그런 이름은 처음이야.”

“내가 바로 오 월이야. 네놈이 죽이려다 실패한 오 월이야!”

“무슨 소릴 하는 거야! 난 그런 이름 몰라!”

“아직도 정신을 못 차리고 있군. 쉽게 자백할 거라고는 생각하지 않았어.”

그녀는 샤워기를 내렸다. 그것을 왼손에 들고 물을 틀었다. 샤워기를 놈의 입에다 갖다 댔다.

“사, 사람 살려!”

사내는 악을 쓰면서 몸부림쳤다.

그러나 샤워기를 입 속에 틀어넣는 바람에 목이 막혀 더 이상 소리를 지를 수가 없었다.

숨이 넘어가기 직전에 그녀는 샤워기를 입에서 뽑아냈다. 그러나 물은 잠그지 않고 그대로 두었다.

물이 욕조를 채우기 시작했다. 사내는 입을 벌리고 헐떡거렸
다. 물에 입술이 불어터져 있었다.

"내가 묻는 말에 솔직히 대답하지 않으면 네놈은 물에 빠져
죽을 거다."

그녀는 다시 샤워기를 얼굴에 가져갔다.

"아악! 그만! 그만! 마, 말하겠습니다! 제발 그만!"

그녀는 샤워기를 거두었다.

"말해 봐. 오 월이란 여자를 아나 모르나?"

"아, 압니다."

"그 여자가 누구지?"

"부인입니다."

"누구의 부인이었지?"

"유, 유동림의 부인이었습니다."

"유동림은 어떻게 됐지?"

"모, 모릅니다."

다시 얼굴에 물이 부어졌다.

"주, 죽었습니다."

사내는 쥐어짜듯 말했다.

"어떻게 죽었지?"

뜨거운 물이 어느새 그의 몸 위로 찰랑거리고 있었다.

"이 물이 가득 차면 어떻게 되는지 알지? 자, 말해 봐. 바른 대
로 말하는 거야. 바른대로……."

"살해됐습니다."

“어떻게?”

“칼에 찔렸습니다.”

“네가 찔렀지?”

“아, 아닙니다! 나는 망을 보고 다른 사람들이 찔렀습니다”

“아직도 정신이 덜 들었나 보지? 이건 장난이 아니야. 거짓말 하지 마!”

그녀는 손을 뻗어 사내의 얼굴을 짓눌렀다. 뜨거운 물 속에 잠기자 사내는 입으로 물을 뿜으며 숨이 막혀 헐떡거렸다.

“제가 찔렀습니다! 넷이 모두 찔렀습니다!”

“그때의 상황을 말해 봐.”

그녀는 저주스러운 나머지 말하는 것조차 괴로웠다.

“그때 나는 네놈들에게 윤간당하고 기절해 있었어. 그 사이에 너희들은 그 사람을 살해했어. 그렇지?”

“네네, 그렇습니다. 그 사람이 묶은 것을 풀고 갑자기 달려들었기 때문에 당황해서 찌른 겁니다.”

“그때 나는 임신 중이었어. 그러나 아기는 죽었어. 너희들이 죽인 거야. 결국 너희들은 나의 남편과 뱃속의 아기까지 죽인 거야. 그리고 나를 파멸시키고…… 신혼 6개월의 가정을 파멸시킨 네놈들을 찾아 나는 집을 나왔어. 내가 죽든가 너희들이 죽든가 둘 중의 하나야.”

“죽을 죄를 졌습니다. 명령이라 어쩔 수 없었습니다. 용서해 주시면…….”

사내가 비통하게 울음 섞인 소리로 말하는 것을 그녀의 다음 말이 막았다.

"이제 내가 누군지 알겠지?"

"아, 알겠습니다."

"병원으로 나를 죽이러 왔었지?"

"어쩔 수 없었습니다. 용서해 주십시오."

죽음을 앞에 둔 사내는 목숨을 건져 보려고 발버둥쳤지만 소용없는 짓이었다.

오 월의 질문은 더욱 날카로워지고 있었다.

"왜 나를 죽이려고 했지?"

"뒤탈을 없애기 위해서였습니다."

"나는 너희들이 얼굴을 보지 못했는데?"

"그래도 마음을 놓을 수가 없었습니다. 유일하게 현장을 목격했고 목소리까지 들었으니 마음을 놓을 수가 없었습니다."

"나 대신 엉뚱한 사람을 죽였어. 그때 나를 죽였더라면 너희들은 더 오래 악당으로 살아갈 수 있을 텐데……."

"어쩔 수 없었습니다. 명령이 그렇게 내려져서 어쩔 수가 없었습니다."

"무슨 명령? 그런 명령을 내린 놈이 누구야?"

월은 나직이 전율하며 물었다.

"두목이 내렸습니다."

"두목? 그 자의 이름은?"

"모릅니다. 아무도 두목의 이름을 모릅니다."

"알고 있는 것은 뭐야?"

"암호뿐입니다."

"암호가 뭐야?"

"죽음의 키스……."

"뭐라고?"

"죽음의 키스입니다."

"거짓말인지 아닌지는 금방 드러나. 만일 하나라도 거짓말일 경우에는 네놈의 눈을 뽑아 버릴 거야."

"저, 정말입니다. 거짓말할 리가 있습니까?"

그녀는 사내의 입 속에 물에 적신 수건을 틀어넣었다. 그녀는 방으로 돌아와 사내의 옷을 뒤져 수첩을 꺼냈다. 자신의 백 속에서 사진과 소형녹음기를 꺼냈다.

그녀는 다시 욕실로 들어가 입에 틀어막은 수건을 꺼냈다. 사내는 질식 일보 직전이었던지 후우 하고 숨을 내쉬며,

"제발…… 제발."

하고 중얼거렸다. 아까보다는 훨씬 기력이 떨어진 듯했다.

그녀는 녹음기를 틀었다.

"두목의 얼굴은?"

"모릅니다. 본 적이 없습니다."

"그럼 어떻게 연락을 취하지?"

"반장을 통해서 연락합니다. 반장은 두목의 연락처를 알고 있습니다."

"반장의 이름과 연락처를 대봐."

"이름은 이준구…… 전화번호는 457국에 3662입니다."

“그 전화번호는 부산에 있는 너희들 아지트 전화번호야?”

“네, 그렇습니다.”

“반장은 어떻게 생겼지?”

“뚱뚱하고 머리가 벗어졌습니다.”

월은 사진 한 장을 꺼내 보였다.

“이 잔가?”

“네네, 그렇습니다.”

“이 자는 살인에 가담하지 않았나?”

“가담한 정도가 아니라 그날 밤 총지휘했습니다.”

“이 자는?”

그녀는 다른 사진 한 장을 보였다. 그것 역시 몰래 찍은 사진
이었다.

“한상필입니다.”

“같은 일당인가?”

“그, 그렇습니다…… 제발 물을 좀 빼 주십시오. 숨이 막혀 죽
겠습니다.”

“그대로 있어. 이 자도 내 남편을 죽이는 데 가담했나?”

“네, 그렇습니다.”

그 자는 4번 사나이로 운전을 맡고 있던 자였다. 중키에 피부
가 검고 얼굴이 네모진 것이 특징이었다.

월은 5번 사나이의 사진을 집어 들었다. 경비를 서던 사나이
였다.

“이 자의 이름은?”

"엄창근입니다."

"이 자도 그날 밤 우리 집에 왔었나?"

"네, 같은 공범입니다."

그는 그녀가 일일이 그들의 사진을 찍어 가지고 있다는 사실에 몹시 놀란 듯했다.

"그 사진들은 모두 어디서 났지요?"

"내가 찍은 거야. 이 여자의 이름은?"

그녀는 마지막으로 여자 사진을 들이댔다.

"민혜련입니다. 우리 조직의 일원입니다."

"내 남편을 죽이는 데 가담했나?"

"가담하진 않았습니다. 남자 네 명만 가담했습니다. 그 여자는 아닙니다."

"너의 진짜 이름은 뭐지?"

"김명환입니다."

"양동팔이라는 이름은?"

"가명입니다."

"배광식을 알지? 일명 손대식 말이야?"

그는 월이 부산에서 처음 만난 사내였다.

"네, 알고 있습니다. 우리 조직원입니다."

"반장의 암호는 뭐지?"

"면도날입니다. 제발 목숨만 살려 주시면 모든 걸 다 털어놓겠습니다."

"먼저 사실대로 털어놔. 그러면 살려 줄 수도 있어."

"사실대로 이야기하겠습니다. 뭐든지 물어보십시오."

사내는 죽음으로부터 벗어나 보려고 갖은 애를 다 쓰고 있었다. 오 월은 사내의 수첩을 들여다보았다. 그리고 다음과 같은 내용을 발견했다.

보 스…… 죽음의 키스

이준구…… 면도날

김명환…… 작두

한상필…… 족제비

엄창근…… 거미

민혜련…… 살쾡이

손대식…… 플레이 보이

그밖에 열 명이 더 있었다. 그들에게도 물론 이름 외에 암호로 보이는 표현들이 붙여져 있었다.

각자의 연락 전화도 적혀 있었다. 김명환은 각자의 암호들을 모두 외우고 있었다.

월이 수첩을 들여다보며 묻자 그는 하나도 틀리지 않고 대답했다.

"너와 손대식은 왼손 새끼손가락이 없어. 손이란 자는 없어진 지 얼마 안 됐어. 왜 손가락이 없어졌지?"

"명령에 따르지 않거나 실수하면 손가락을 자릅니다. 조직을 배신하면 죽습니다."

"도대체 무슨 조직이지?"

"네, 밀수 조직입니다."

“밀수 조직?”

“네, 밀수 조직입니다.”

“조직 이름이 뭐지?’

“흑풍(黑風)입니다.”

“검은 바람이란 뜻인가?”

“네…….”

“밀수 조직이 왜 남편을 살해했지? 왜 우리 집에 침입해서 내 남편을 살해했지?”

“그, 그럴 만한 이유가 있었습니다.”

“이유라니? 무슨 이유?”

그녀는 가쁜 숨을 몰아쉬며 면도칼을 얼굴 가까이 들이댔다. 금방이라도 눈을 도려낼 것만 같았다.

사내는 눈을 크게 뜨고 머리를 흔들었다.

“말씀드리겠습니다. 제발…… 제발…….”

“말해! 빨리!”

“당신의 남편인 유동림은 밀수 운반책이었습니다.”

“뭐라고?”

그녀는 잘못 들은 것이 아닌가 해서 물었다.

“당신의 남편은 밀수 운반책이었습니다.”

그녀는 뚫어질 듯이 그 사내를 내려다보다가 머리를 천천히 가로저었다.

“나를 놀리는 거야?”

“아닙니다! 놀리다니요!”

“다시 한 번 말해 봐.”

그녀는 면도칼을 입 가까이 들이댔다. 입을 찢을 듯이.

“저는…… 사실대로 말하라고 해서 사실대로 말한 겁니다. 이러시면 사실대로 말할 수가 없습니다.”

“다시 한 번 말해 보라니까!”

그녀는 날카롭게 부르짖었다.

“당신의 남편 유동림은 밀수 운반책이었습니다.”

“거짓말하지 마! 절대 그럴 수가 없어! 그 분은 건설회사 사장이었어!”

“네, 건설회사 사장이었지요. 그건 맞습니다. 하지만 밀수 운반책이기도 했습니다.”

“아니야! 그럴 리가 없어!”

“사, 사실입니다.”

“아니야, 아니야. 그럴 리가 없어, 그럴 리가…….”

그녀는 정신없이 머리를 흔들며 중얼거렸다.

“사실입니다. 그는 우리 조직원은 아니었지만 우리 조직에 고용된 밀수 운반책이었습니다. 그런데…….”

“그런데 뭐야?”

그녀의 얼굴에 파르르 경련이 일었다.

“그런데 유동림이 그 일을 그만두려고 했습니다. 그는 아주 유능한 운반책이었기 때문에 우리는 그가 필요했습니다. 그는 외국어에도 능통하고 수단과 배짱도 대단했기 때문에 우리는 그가 꼭 필요했던 겁니다.”

"거짓말하지 마! 그 분이 뭐가 아쉬워서 그 짓을 했겠어?"

"돈이 아쉬워서 한 게 아니죠. 처음에는 돈 때문에 했지만 나중에는 조직의 강요에 못 이겨 한 것이지요. 일단 우리와 손을 잡으면 손을 뗀다는 것은 거의 불가능하지요. 우리가 허락하지 않은 이상 말입니다. 그런데 그 사람은 우리와 거래를 끊으려고 했습니다. 우리의 지시를 듣지 않았습니다. 그래서 혼을 내주기 위해 댁에 침입했던 겁니다. 그가 저항만 하지 않았던들 우리도 그를 죽이지는 않았을 겁니다. 그가 저항했기 때문에…… 그리고 그는 반장의 얼굴을 보았습니다. 반장이 쓰고 있던 복면을 벗겨냈지요. 반장은 얼굴이 드러나자 그를 죽이라고 명령했습니다. 우리는 그를 혼내 주더라도 절대 우리가 했다는 것을 밝히지 않을 생각이었지요. 단지 그가 짐작으로 조직이 얼마나 무서운가를 알아주었으면 했던 거지요. 그런데 그는 필사적으로 저항했고 반장의 얼굴까지 보고 말았지요. 그래서 하는 수 없이 그를 죽인 겁니다. 하는 수 없이…… 하는 수 없이……."

사내는 갑자기 흐느끼기 시작했다.

"시끄러! 이 개 같은 놈!"

그녀는 그의 머리를 짓눌렀다. 1분쯤 눌렀다가 떼자 그는 몸서리를 치며 울음을 그쳤다.

"내가 살아 나가기만 해봐라. 네년을 갈가리 찢어죽일 테다! 찢어죽이고 말 테다."

사내는 악에 받쳐 소리질렀다. 그녀는 그의 입 속에 물수건을 틀어넣었다.

"나를 죽이겠다고? 제발 죽여 보시지. 남자가 왜 이렇게 무력하실까? 자, 일어나서 나를 죽여 봐, 이 놈아!"

사내는 아무 소리도 못 지른 채 눈알만 굴렸다.

"소리지르면 더 깊이 찔러넣을 거야. 그렇게 되면 넌 질식해. 소리지를 거야, 안 지를 거야?"

그는 머리를 가로저었다. 그녀는 입에서 수건을 뽑아냈다. 사내는 후우 하고 길게 숨을 내쉬었다.

"내 남편이 언제부터 밀수에 가담했지?"

그녀는 남편에 대한 것을 속속들이 알고 싶었다. 만일 이 자의 말이 사실이라면 나는 남편의 겉만 알아온 셈이다. 그녀는 심한 혼란에 빠져들었다.

"몇 년 전부터였습니다. 동림건설을 세우기 전 대지건설에 있을 때인데 그때부터 가담했습니다. 대지건설은 명색만 건설회사이지 사실은 밀수를 전문으로 하는 회사였습니다. 우리가 차린 회사였지요. 해외건설 수주를 위해서는 얼마든지 출입국이 가능했기 때문에 우리는 그 점을 십분 이용했던 겁니다. 물론 형식적으로나마 실적을 위해 건설을 안 한 것은 아니지요. 그렇지만 그것은 어디까지나 형식적인 것이었고 주업은 밀수였습니다. 부인의 남편은 멋모르고 회사에 들어와 일하다가 자신도 모르는 사이에 밀수에 가담하게 되었지요. 사실을 알았을 때는 이미 늦은 뒤였지요. 발을 빼려고 했지만 그게 마음대로 될 리가 없었지요. 갖은 협박과 설득으로 그는 점점 깊이 빠져들어 갔습니다. 그는 운반책으로 뻔질나게 해외 나들이를 했지요."

그것은 사실이었다. 그때는 결혼 전이었지만 그녀는 유동림이 유난히도 외국에 자주 나간다고 생각했었다. 회사 일 때문이겠거니 하고 해석했지만 지금 말을 듣고 보니 그런 것만은 아닌 것 같았다.

"나중에 가서 그 사람은 아주 열성적으로 일했습니다. 이렇게 된 바에야 돈이나 벌자고 생각한 거지요. 사실은 한 번씩 성공할 때마다 막대한 돈이 굴러들어오곤 했으니까요. 그렇게 해서 그는 수 년 내에 거액을 모았습니다. 그리고 그 돈으로 동림건설을 차린 거지요. 그는 자기 사업체를 갖게 되고 그것이 잘 되자 밀수할 필요가 없어졌습니다. 당연한 결과지요. 그가 우리와 손을 끊으려고 한 것은 당연한 일이었지요. 그러나 우리는 그를 놓아줄 수가 없었습니다. 우리가 계속 협조할 것을 강요하자 그도 만만하게 나오지 않았습니다. 그 전과 달랐습니다. 만일 더 이상 강요하면 우리 조직을 세상에 알리겠다고 했습니다. 그래서 하는 수 없이 그를 혼내 주기 위해서⋯⋯."

"무엇으로 그것을 증명하지?"

그녀의 목소리는 흥분으로 떨리고 있었다.

"지금 이런 상태에서는 증명한다는 것이 불가능합니다."

"그럼 어떻게 해야지?"

"저를 풀어 주면 증거를 보이겠습니다."

"그 증거란 게 어디 있는데?"

"반장한테 증거물이 있습니다."

"어떤 증거물인데?"

"지출 명세서입니다. 유동림에게 운반 수당으로 지불한 돈의 액수를 적어 놓은 명세서입니다. 그 장부를 그대로 보관하고 있습니다."

그것은 대단한 충격이었다. 그러나 그녀는 어디까지나 그것을 믿고 싶지 않았다. 아니, 믿을 수가 없었다.

"부인 남편의 암호는 그림자였습니다."

"그림자?"

"네, 밀수 세계에서는 잘 알려진 암호였지요. 그렇지만 그림자가 누구인지는 아무도 몰랐습니다, 우리 외에는. 수사기관에서도 그림자를 검거하려고 무진 애를 썼지만 끝까지 체포할 수가 없었습니다. 그가 누군지도 알아내지 못했으니까요. 그에 대한 소문만 무성하게 나돌았을 뿐 그가 어떤 인물인지는 아무도 몰랐습니다. 그 일에 있어서만은 그는 아주 능란한 솜씨를 가진 인물이었습니다."

그는 아주 열심히 지껄이고 있었다.

"그 분을 모욕하지 마!"

그녀는 증오에 차서 소리쳤다.

"모욕하는 게 아닙니다."

사내도 안간힘을 다해 소리질렀다.

"누가 뭐래도 그 분은 내 남편이었어! 그리고 우리는 서로 사랑했어! 그게 사실이었다 해도 그 분은 너희들의 마수를 벗어나려고 하다가 살해됐어! 너희들은 악마야! 악마!"

"……."

"그 분은 누가 뭐래도 내 남편이었어! 내 사랑하는 남편이었어! 우리는 오랫동안 사랑하다가 결혼한 거야! 그런데 결혼 6개월 만에 너희들이 우리의 사랑과 가정을 짓밟아 버린 거야! 악마 같은 것들!"

그녀는 눈물을 흘리며 울부짖었다. 사내는 공포에 질린 눈으로 그녀를 올려다보기만 할 뿐 할 말을 잊고 있었다.

한참 후에야 그녀는 좀 진정이 되었는지 차분한 목소리로 물었다.

"너희 조직에 대해 좀더 자세히 이야기해 봐."

"우리 조직은 가장 강력한 조직입니다. 지금까지 국내에는 수개 조직이 있었는데 그것들을 모두 없애고 하나로 통일한 겁니다. 조직원 수가 몇 명인지는 잘 모르지만 대략 100여 명이 10개 반으로 나뉘어 활약하고 있습니다. 면도날이 이끄는 반은 보스의 직속 기구로 기획과 감찰을 맡고 있습니다. 새로운 일을 기획하고 보스의 명령이 잘 집행되고 있는지 감시하는 반이지요. 회사로 말하면 비서실 같은 곳입니다."

"가장 악랄한 놈들만 모여 있군."

"밀수 조직인 만큼 엄하게 다루지 않으면 안 됩니다."

"다른 반은 어떻게 연락하지? 또 그들의 명단은 어디 있지?"

"저는 모릅니다. 보스와 반장만이 알고 있습니다."

"모를 리가 없어."

"정말입니다. 그건 극비 사항이기 때문에 우리 같은 조무래기들은 모릅니다."

그는 일부러 자신을 비하시킴으로써 위기를 벗어나 보려고 기도하고 있었다.

"그런데 너희들은 왜 부산에 몰려 있는 거지? 그 집에서 무엇들을 하고 있는 거지?"

"이번에 50억대의 밀수품이 오기로 되어 있었는데 부산 쪽에서 반란자가 생겼습니다. 그래서 그것을 정리하기 위해 내려간 겁니다."

"해결되었나?"

"아직 안 됐습니다."

"그 집은 그럼 너희들의 아지트인가?"

"네, 부산 쪽 아지트입니다."

"일본인은 왜 죽였지?"

"그것까지 알고 있군요."

"너희들 일거일동은 전부 체크되고 있어."

"이렇게 된 이상 모두 말하겠습니다. 그 일본 놈은 우리의 중요 거래선이었습니다. 그 놈은 상당한 영향력을 발휘하는 놈이었지요. 그런데 놈이 이번 거래에서 우리와 손을 끊고 다른 자와 거래하겠다는 거였습니다. 그 놈이 올 때마다 우리는 살쾡이를 안겨 주고 극진히 접대했습니다. 놈은 살쾡이에게 반해서 그 여자를 일본에 데리고 가 살림을 차리겠다는 거였습니다. 하지만 그건 안 될 말이었습니다. 살쾡이가 거부하자 놈은 그것을 이유로 우리와 손을 끊고 다른 놈하고 거래를 트려고 했습니다. 그 다른 놈이란 우리 조직을 배반한 놈입니다. 우리는 지금까지 일본 측에 질질 끌려왔습니다. 이 기회에 대등한 입장으로 끌어올리기 위해서도 단호한 태도를 보여줄 필요가 있었습니다. 그래서 놈을 죽인 겁니다."

이제 사내에게서 알아볼 것은 거의 다 알아보았다. 그녀의 목적은 오직 단 한 가지밖에 없었다. 그 목적을 실행하는데 주저할 필요는 조금도 없다고 그녀는 생각했다. 마침내 그녀는 마음을 정했다.

욕조 속에 누워 있는 사내를 내려다보는 그녀의 눈빛은 죽은 호수처럼 깊게 가라앉아 있었다.

그녀가 더 이상 질문을 하지 않고 가만히 내려다보기만 하자 사내는 위기의 순간이 다가왔음을 직감했는지 발광하기 시작했다. 그는 살려달라고 무수히 애걸했다. 그녀가 조금도 동요의 빛을 보이지 않자 그는 고래고래 악을 썼다. 당황한 그녀는 그의 입속에 물수건을 틀어막고 재갈을 물렸다. 그때 초인종 소리가 났다. 그녀는 망설이다가 밖으로 나갔다.

"누구세요?"

그녀는 문을 열지 않고 조심스럽게 물었다.

"웨이텁니다. 무슨 일 없습니까?"

"없는데요."

"비명 소리가 들리기에 왔습니다."

"아무 일 없어요. 장난으로 그런 거예요."

"다른 손님들한테 폐가 되지 않도록 부탁하겠습니다."

"알겠어요."

“실례했습니다.”

그녀는 다시 욕실로 들어갔다.

그런데 놀랍게도 사내가 상체를 일으키고 있었다. 그는 욕조 밖으로 나오려고 기를 쓰고 있다가 그녀가 다가서자 머리로 그녀의 가슴팍을 들이받았다. 그 충격에 그녀는 뒤로 벌렁 나가떨어졌다. 위기의 순간이었다.

그녀가 잠시 넋을 뺀 채 사내의 움직임을 지켜보고 있다가 면도칼을 집어 들고 달려들었다. 사내가 멈칫하는 사이 면도칼이 번쩍하고 빛을 냈다. 동시에 피가 솟구쳤다.

입이 틀어막힌 사내는 아무 소리도 지르지 못한 채 다시 욕조 속으로 쓰러졌다. 그녀는 짐승 같은 소리를 내면서 정신없이 칼을 휘둘렀다. 욕조 속의 물이 벌겋게 물들었다.

그녀는 숨이 턱에 차서 시체를 내려다보다 면도칼을 손에서 떨어트렸다. 그리고 무릎을 꺾으면서 울음을 터트렸다. 욕조의 모서리에 이마를 댄 채 그녀는 한동안 정신없이 울었다.

그것은 목적을 달성한 데서 온 기쁨의 눈물이 아니라 허탈과 공포 때문에 흘리는 눈물이었다. 자신이 마침내 살해했다는 사실에 그녀는 몹시 놀라고 있었다.

한참 후 울음을 그친 그녀는 다시 한 번 시체를 내려다보았다. 욕조 속의 물은 시뻘겋게 변해 있었고, 그 속에 잠겨 있는 시체는 더욱 참혹한 모습을 하고 있었다. 시체는 천장을 향해 두 눈을 부릅뜨고 있었다.

그녀는 갑자기 변기 위에 허리를 굽히고 토하기 시작했다. 속에 든 것을 모두 토하고 나자 속이 좀 가라앉는 것 같았다.

그녀는 냉정한 눈으로 주위를 둘러보았다. 여기저기에 온통 지문투성이일 것이라고 그녀는 생각했다. 그렇다고 보이지도 않는 그것들을 일일이 찾아내 닦아낸다는 것도 사실상 불가능한 일이었다. 그리고 그것을 닦을 필요성을 그녀는 느끼지 못하고 있었다. 자신이 살인범이라는 사실을 그녀는 숨기고 싶지 않았다.

한 시간쯤 지나 그녀는 호텔방을 나왔다. 서두를 것이 없다는 생각에 커피숍에 들어가 커피를 곱빼기로 마셨다.

공포감은 사라지고 없었다. 당연히 해야 할 일을 했다는 생각이었다. 자신이 언젠가는 체포되어 처벌받을 것이라는 것도 알고 있었다. 남은 세 명을 제거할 때까지 경찰의 수사망을 피할 생각이었다. 그 일이 끝나면 아무 때나 체포되어도 상관 없다. 체포되기 전에 자수하리라고 마음먹었다.

아주 천천히 커피를 마시고 나서 커피숍을 나왔다. 프런트 데스크에는 들르지 않았다. 대낮이었다. 호텔방에서 끔찍한 살인 사건이 일어난 것도 모른 채 사람들은 바쁘게 움직이고 있었다. 내일 정오까지 방을 얻었으니까 그때까지 시체는 발견되지 않을 것이다.

그녀는 꽃가게에 들렀다. 흰 백합을 한 아름 산 다음 택시를 잡아탔다.

한 시간쯤 지나 그녀는 공원 묘지로 들어섰다. 젊은 묘지 관리인이 그녀의 모습을 유심히 관찰했다. 그녀는 남편의 묘 앞에서 걸음을 멈추었다.

봉분 위에는 잔디가 듬성듬성 자라 있었다. 묘 앞에 놓여 있는 화병 속에는 말라비틀어진 꽃나무 가지 몇 개가 초라하게 꽂혀 있었다.

그녀는 왈칵 눈물이 솟았다. 가져온 백합을 내려놓고 무릎을 꿇었다. 걷잡을 수 없이 울음이 터져 나왔다. 그녀는 격렬하게 가냘픈 어깨를 떨면서 흐느껴 울었다.

한참 정신없이 그렇게 울고 있는데,

"그만 고정하십시오."

하고 남자 목소리가 들려왔다.

그녀는 깜짝 놀라 뒤돌아보았다.

점퍼 차림의 젊은 사내가 두 손을 맞잡고 서 있었다. 선한 인상의 남자였다.

"관리실에 있습니다."

하고 그가 말했다.

그녀는 눈물을 훔치고 일어섰다.

"오랜만에 오셨군요."

관리인이 그녀를 알아보고 있었다.

"부인되시지요?"

"……."

그녀는 끄덕였다.

"장례 때 오시고 처음 오시는 거지요?"

"……."

그녀는 부끄러운 얼굴을 숙였다.

"물을 갈아드리지요."

관리인이 화병을 집어 들었다.

"그 꽃은 누가 갖다 꽂은 건가요?

"어느 형사가 가져온 겁니다. 장 모라는 형사인데……."

그녀는 멈칫하고 관리인을 쳐다보았다.

"언제 그 분이 오셨나요?"

"한 열흘 정도 됩니다. 그전에도 한 번 왔었지요. 부인을 찾고 있더군요. 부인이 여기 오시면 즉시 자기한테 연락해 달라고 했습니다만……."

"연락했나요?"

"아니오, 아직 안 했습니다."

관리인이 화병의 물을 갈아올 때까지 그녀는 그 자리에 우두커니 서 있었다.

관리인이 돌아왔을 때 그녀는 이렇게 물었다.

"그 분한테 연락할 건가요?"

"네, 경찰의 부탁인데 안 들어주기가 곤란하군요. 연락하면 안 되나요?"

"……."

그녀는 대답 대신 고개를 가만히 저었다. 그것을 보고 관리인은 난처한 표정을 지었다.

"무슨 곤란한 일이라도 있나요?"

"아니오."

그녀는 화병에 백합을 꽂은 다음 두 번 절하고 돌아섰다. 관리인은 멀리까지 따라나왔다.

그녀가 만 원짜리 두 장을 집어 주자 그는 사양하다가 두 손으로 그것을 받았다.

그녀가 대절한 택시를 타고 사라지자 관리인은 천천히 관리실로 돌아왔다. 낡은 책상 위에는 전화통이 놓여 있었다. 그는 망설이며 그것을 바라보았다.

그녀가 떠난 지 한 시간쯤 지났을 때 관리인은 서랍에서 명함 한 장을 꺼냈다. 이윽고 수화기를 들고 다이얼을 천천히 돌렸다. 신호가 떨어지면서 남자 목소리가 퉁명스럽게 들려왔다.

"저기…… 장완수 형사님 좀 부탁합니다."

"장 형사요?"

"네, 그렇습니다."

"지금 안 계십니다. 지방 출장 갔습니다."

"언제 돌아오시는가요?"

"모릅니다. 거기 어딥니까?"

"동산 공원 묘지입니다."

"공원 묘지라구요? 무슨 일로 그럽니까?"

"아, 아무것도 아닙니다. 돌아오시면 전화 왔었다고 전해 주십시오."

관리인은 수화기를 얼른 내려놓고 일어섰다. 잘됐다는 생각이 들었다.

오 월은 서울역에서 택시를 내렸다.

부산행 침대칸 표를 한 장 구입한 다음 시내로 들어갔다. 출발 시간까지는 아직 시간이 많이 남아 있었다.

공원 묘지에서부터 줄곧 뇌리에 따라다니는 얼굴이 있었다. 눈매가 사납게 찢어진 그 키 큰 형사였다. 짙은 눈썹에 큼직한 코를 가진 그 형사가 집요하게 자신을 추적하고 있다고 생각하자 그녀는 기분이 착잡했다.

내가 드디어 범인들 중의 한 명을 살해한 것을 알게 되면 그는 어떤 표정을 지을까. 지금까지 그는 나를 보호하기 위해, 아니면 비극을 막기 위해 나를 찾고 있었다. 그러나 이제부터는 살인범 오 월을 뒤쫓게 되겠지.

그녀는 가발 상점으로 들어갔다. 그녀가 잿빛 가발을 고르자 주인은 이상하다는 듯 그녀를 쳐다보았다.

"왜 젊은 아가씨가 그런 걸 고르세요?"

"연극 공연에 사용할 거예요."

"아, 연극 배우신가 보죠?"

월은 미소를 지어 보였다.

"무슨 연극이에요?"

중년 부인은 꼬치꼬치 캐물었다.

"세일즈맨의 죽음이에요."

"어머나, 그거 꼭 한 번 보고 싶었는데…… 그거 어디서 공연 하지요?"

"부산에서 공연할 거예요."

"어머, 그래요? 그거 누구 작품이에요?"

"아서 밀러……."

그녀는 값을 깎지 않고 그대로 지불했다. 다음에 그녀는 백화점에 들러 노부인에 어울리는 옷을 한 벌 샀다. 베이지색 바탕에 검은 점이 촘촘히 뿌려진 투피스였다. 그런 복장에 어울리게 굽 낮은 검정 구두도 구입했다. 핸드백과 안경을 바꾸고 모조 진주 목걸이도 하나 샀다.

마지막으로 호텔에 들렀다. 호텔방에서 그녀는 정성들여 자신의 모습을 바꾸어 나갔다.

두 시간 후 그녀는 품위 있는 노부인의 모습으로 방을 나섰다. 걸음걸이까지 느렸다. 그녀는 자신의 모습에 어울리게 고급 식당에 들어가 저녁 식사를 시켰다.

그로부터 1시간 30분 후 그녀는 부산행 열차에 몸을 실었다.

- 2권에 계속 -

김성종

1941년 중국 제남시 출생. 전남 구례에서 성장기를 보냈다.
구례 농고와 연세대학교 정외과 졸업한 후 언론매체에 종사하다가
전업 작가로 전업.
1969년 조선일보 신춘문예 단편소설 당선
1971년 현대문학 소설추천 완료
1974년 한국일보 장편소설 공모에 「최후의 증인」 당선
장편 대하소설 「여명의 눈동자」(전10권)는 TV드라마로 방영
장편 추리소설 「제5열」, 「부랑의 강」 등 50여 편의 작품을 발표하였다.

미 로 의 저 쪽 · 1
김성종 장편추리소설

초판발행 ——— 2010년 7월 25일
초판 1쇄 ——— 2010년 7월 25일
저자 ——— 金聖鍾
발행인 ——— 金仁鍾

발행처 ——— 도서출판 남도
등록일자 ——— 서기 1978년 6월 26일 (제2009-000039호)

주소 ——— 경기도 성남시 중원구 상대원동 513-22
　　　　　　　중일아인스플라츠 507호
전화 ——— 031-746-7761　　서울 02-488-2923.
팩스 ——— 031-746-7762　　서울 02-473-0481
E.mail ——— ndbook@naver.com

ISBN　978-89-7265-567-1　　04810
ISBN　978-89-7265-566-4　　04810 세트

파본이나 잘못된 책은 교환하여 드립니다.

정가: 11,000원

이 책은 1983년 도서출판 명지사에서 최초 발행되었습니다

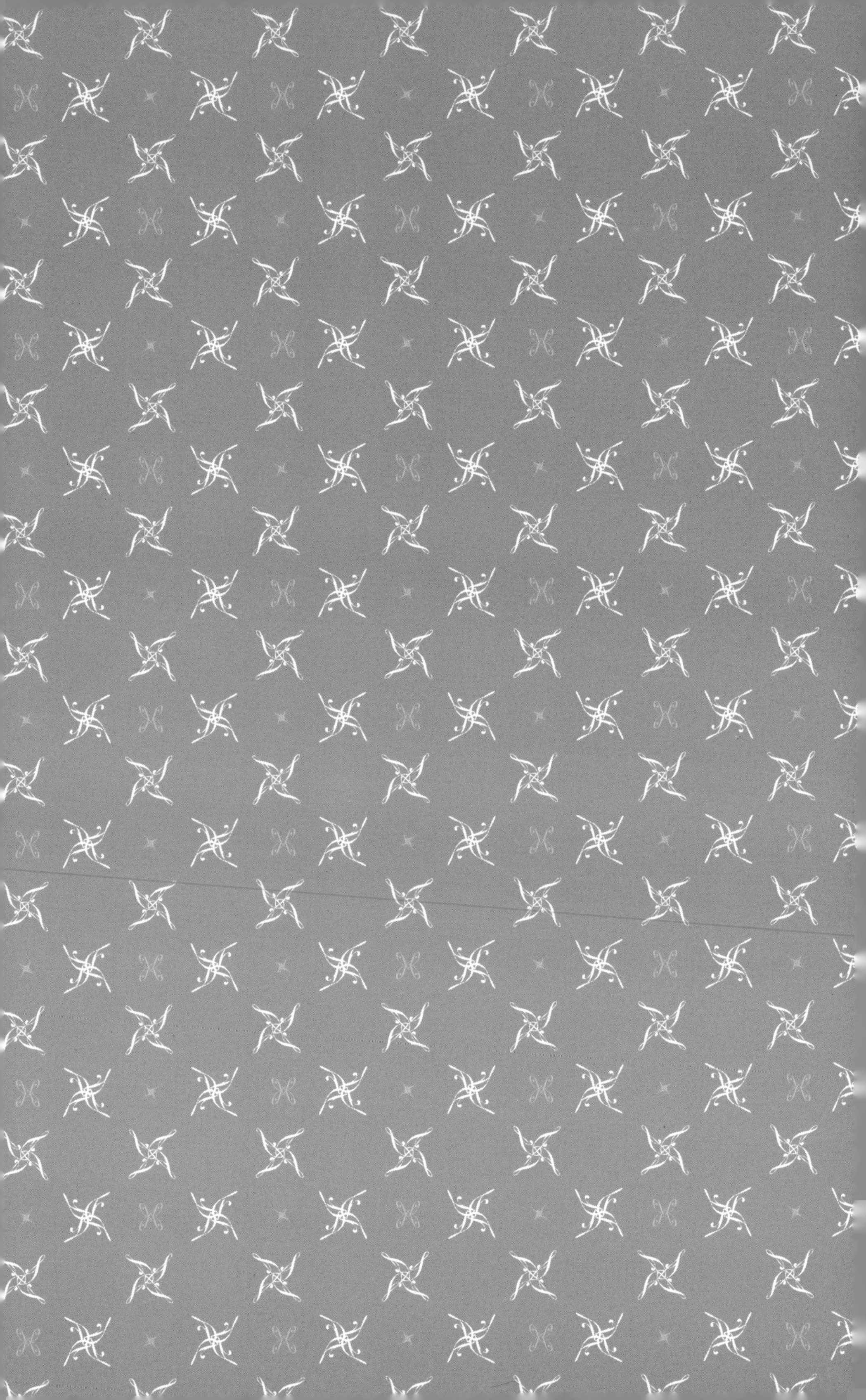

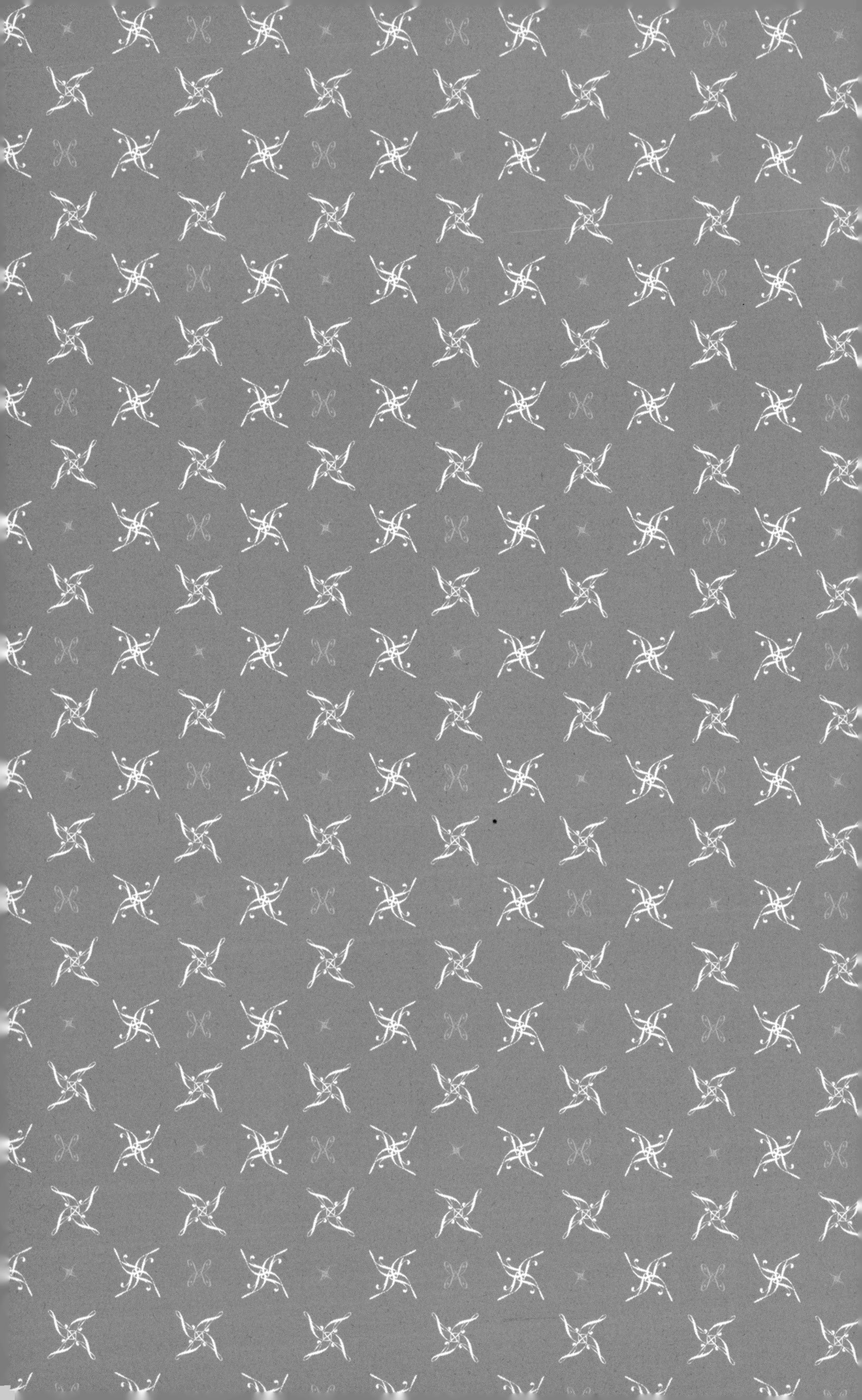